author
法拉栗

深空出版
INTERSTELLAR PUBLISHING

深空出版
INTERSTELLAR PUBLISHING

第一章　絕對侵占

周均言試圖睜眼，卻覺得眼皮無比沉重，他用力掀起眼簾，眼前漆黑一片，房間昏暗得難以視物。

可以確定的是，周均言從沒有睡過這麼柔軟的床，軟得像是有羽毛蹭到自己的身體，那感覺難以形容，他只知道下半身似乎被什麼絞緊。

空氣中瀰漫著陌生的味道，他察覺自己的呼吸沉重到怪異，好像下一秒就要因為窒息而死。

周均言想抬起手臂開燈，這才發現他的手腕被綁住了，掙脫不開。

到底發生了什麼？可是每當他想要回憶時，頭就疼得像是要炸開。

在他試圖發出聲音的時候，他聽到他粗重的呼吸聲中夾雜著細碎的女人嚶嚀。

意識漸漸回籠，他察覺到有個女人騎在自己身上扭來扭去，而他的腰一直在不自覺地用力抬起，一下又一下違背他意志地貫穿著細窄滑膩的甬道。

可怕的快感蔓延至全身。

欲望在體內叫囂，周均言眉頭擰緊，死死掐著自己的虎口，卻無法控制碩大的龜頭破開層層褶皺直頂花心。

周均言不知道他幹了多久，下半身全憑本能地挺動抽插著，他甚至無法停下來。

身上的女人迎合著他的動作，因為他的頂弄，她帶著哭腔發出斷斷續續的呻吟。

「嗯……哈啊……輕一點，周、周均言！」

這個聲音周均言並不陌生，是顧顏。

他被顧顏下藥了。

兩天前，顧顏站在A市的市政府大樓門口，撥了電話給多年好友許嫣。

「他穿西裝的樣子好帥啊。」

「誰？」

「當然是周均言……」

許嫣翻了個白眼。這一週以來，周均言這個名字，她都聽到耳朵快長繭了。

周均言是誰？那是顧顏情竇初開的對象。

說出來都不會有人相信，顧顏暗戀了周均言七年，竟然是一週前才得知他的名字。

他們故事的開頭許嫣聽了無數次，顧顏高一開學報到那天，坐在她暴發戶老爹的法拉利上，因為學校門口交通壅塞，她等得無聊便不耐煩地搖下車窗。

於是，她看到了她這輩子見過最好看的男生。

十幾歲的少年身材頎長，他身穿白襯衫，領口微微敞開，一邊和身邊的人說著話，一邊將袖子捲到臂彎處。陽光灑在他身上，他站在人群裡，清冷的氣質如此突出。

每次顧顏提到他們的初遇時，都會害羞得面色緋紅。

「他捲好袖子就看向我了，我們對視了！」

「然後他對妳笑了？」沒有女生抗拒得了朋友的愛情故事，特別是俊男美女的。

許嫣很給面子地等待她的回答。

誰知顧顏星星眼地看向前方，「他冷冰冰地看著我，然後轉頭了。」

大概是許嫣的表情太過震驚，顧顏紅著臉解釋。

「他真的好帥，冷漠的樣子最帥。」

一直到今天，許嫣仍無法理解她因為一個冰冷的眼神就惦記一個陌生男生那麼多年，但顧顏思維本來就和正常人不同，奇葩事做多了，這一樁也就顯得沒那麼奇葩了。

只是當年顧顏一個猶豫，還沒開口問對方的名字，周均言就已經被人群擋住了。

等她終於穿過人群時，目光所及之處早已沒有那個白衣少年的身影了。

正式開學以後，顧顏第一個學期就把三個年級每班的班草都打聽得一清二楚，卻沒有一個是他。

周均言的出現讓顧顏徹底變成了一個懷春少女，她的思緒裡一直期待著有一天能在某個轉角遇到他。

直到這次重逢，顧顏才知道，原來周均言比她大了三歲。那天他根本不是去報到，而是返校探望自己高三班導。

她一直在作著夢，而周均言已經畢業了，這自然不可能發生。

然而闊別七年，顧顏終於再次遇見他了。

高中畢業後，顧顏的父親顧中林直接把她送到了美國上大學，那是間花錢就能拿到學歷的大學，顧顏在那裡混了四年後畢業回國，直接在她爸經營的一間傳媒公司實習。

顧顏的媽媽在她很小的時候就因感情不和跟顧中林離了婚，顧顏有記憶以來從沒見過她，聽奶奶說她早已再嫁到英國了。

大概是因為可憐顧顏從小沒有媽媽，所以全家人都寵著她，對她沒有任何要求。

顧顏上班全看心情，偶爾無聊沒人陪玩了就去公司轉轉。

一週前，她正好興致來了去上班，在工作室還沒坐多久，離他們一馬路之隔的市政府正好來了兩個小姑娘送資料，是和市政府合作的城市推廣項目合約。

等到她們離開了一陣子後，主編才發現合約還遺落在這裡，小編們都在忙，顧顏閒著也是閒著，便自告奮勇去送東西。

她剛踏進市政府大門，就看見一道身穿白色襯衫及藏青色領帶的高大身影從玻璃門走出。

這個人逆著光向她走來，和記憶中那個少年的臉漸漸重合。

原來世上真的有命運這一回事。

顧顏神情恍惚地看著走到自己跟前的人。

「送件的同事剛到職沒多久，很多事情還不太熟。抱歉，麻煩妳特地跑一趟。」

他伸出手要接她手上的資料，顧顏卻忘了鬆手。

「你叫什麼名字？」看他沉默不說話，顧顏小聲補了一句，「不然我怎麼知道能不能把資料交給你呢？」

周均言垂眸看著她，禮貌卻疏離。

「周均言。」

周、均、言……他叫周均言。

在他轉身離開前，顧顏忍不住追問：「你有女朋友嗎？」

而周均言只是頓了頓，並沒有回頭。

「上班時間我不回答私人問題。」

當天晚上，顧顏就靠著關係把周均言的電話號碼、住址、身分證號碼全搞到手了。

她本打算每天噓寒問暖、送吃送喝之類的樸實追求，結果這個提案一提出就被許嫣給否決了。

「這都什麼年代了，男人早就不吃田螺姑娘這套了。妳這樣明擺著會嚇到周均言，還顯得自己很廉價。妳起碼先了解他之後，創造機會讓他認識妳再送上門。」

創造機會讓他認識自己……有道理。

於是接下來幾天，顧顏有事沒事就會到市政府刷刷存在感。

她不敢進去，只敢讓司機把車停在市政府的門口目送周均言下班。

不過周均言的車停在市政府裡，他每天下午五點半都會準時開出來，且從沒有往她這裡看過一眼。

偶爾掃過來，也是冷冷的。

顧顏駕照考了幾次都沒能通過，顧中林其他事都能任著她胡鬧，偏偏這件事上不願意花錢幫她弄虛作假。於是她只能買了輛小跑車，請了個二十四小時待命的司機。

司機性子安靜沉穩，並不亂打聽，搞得顧顏在等周均言下班的時候想找個人聊天消磨時光都不行，最後她只能打起市政府警衛的主意。

警衛長著一張老實臉，在顧顏問起周均言有沒有女朋友時，笑得憨極了。

「我沒看見他和女生走得很近過。」

顧顏聽到這話簡直心花怒放，結果沒過兩天，她坐在她的紅色小跑車裡就看到周均言和一個燙著大波浪的年輕女人有說有笑地從市政府大樓出來。

顧顏委屈地回到車裡，想來想去也只能跟許嫣傾訴。

「他和一個女人一起下班了。」

許嫣很快回了她的訊息。

「那女的長得好看嗎？」

「一般般。」

「那不就行了。」

「一點也不行……我嫉妒，我好喜歡他，可是他從來都不對我笑。」

妳不就是喜歡熱臉貼他冷屁股嗎？許嫣忍住才沒有這樣回。

只不過她已經不知道第幾次聽到顧顏的表白言論，內心麻木到直接發了一個貼圖。

「喜歡就去硬上啊，表白有什麼用，還不是會被拒絕？追不到就硬上，上不到就下藥，翻臉了就發裸照，大不了進監獄。妳連監獄都不敢蹲還敢說愛她？」

「哦，對了，把『她』換成『他』。」

顧顏自然知道她是在開玩笑，撇著嘴笑出聲，回傳道：「被妳說得動心了。」

許嫣順著她的話繼續說。

「哈哈，而且就算事情傳出去了，大家也都會覺得妳才是受害者。妳睡到就是賺到！」

顧顏笑著笑著，眼神停留在那個貼圖還有許嫣的最後一句話上，捨不得移開。

她瘋了吧？她承認她動心了，她甚至想起自己幾年前上大學時看的言情小說，女主總是被男主強迫著強迫著就產生了愛情。

那麼，她是不是也可以？

顧顏回了家直接在客廳就把自己脫了個乾淨，反正家裡也沒有別人，房子是顧中林在她回國前就買好的，說是離公司近，方便她上班。

她光著身子進了浴室，很快便躺進已經準備好熱水的浴缸裡。

浴缸足夠容納兩個人，顧顏整個人埋進水裡，一直到憋不住氣才把頭冒出來。

顧顏甩掉手上的水，又在浴巾上蹭了蹭才把洗臉臺上的手機撈過來，開始無意識地在瀏覽器的搜索欄上一個字一個字地輸著。

——女人強暴男人犯法嗎？

她甚至做賊心虛地開了無痕瀏覽器，其實她也只有一點好奇。

不過原來許嫣說的是真的，很多案例都是優先判男性有罪再說。

完了，她好像真的有點想這樣做。

比起得不到他的心，得到他的身體也是好的。確實，睡到就是賺到。

不然等周均言愛上她，她說不定都停經了。

顧顏情緒高漲，她在她家的傳媒工作室也待了一陣子，對於策劃也懂了點皮毛，只是沒想到第一次實戰是用在綁架心上人這件有點上不了檯面的事上。

她把這件事當作一件正經事想了想，找幫她綁架的人手其實不難，顧中林黑道白道的人脈不少，但顧顏不打算利用她老爸的資源，萬一被發現她是用來強搶男人，他大概會打斷她的腿。

她自己花點錢就好了嘛，錢能解決的問題都不是問題，顧顏樂觀地想。

只要別傷到周均言就好，她腦子裡已經羅織出不知多少套無痛綁架周均言的方案了。

她還是覺得下藥這個環節比較重要。

顧顏一分鐘也等不及了，生怕自己下一秒就退縮，她是典型的衝動型人格，說到就要做到。

她思索了片刻，在通訊錄裡翻了一陣，很快找到她在美國認識，現在也回了A市的朋友——羅拉。

撥通電話後，顧顏臉不紅心不跳，直入主題地問羅拉能不能搞到沒有副作用的男用催情藥。

她本來想說是她的一個朋友想要，結果羅拉完全不好奇她要用在誰身上，只問了她家住址，說明天正好要出門見炮友，順路帶給她。

顧顏走了個神，覺得羅拉性生活好豐富的樣子，她羨慕完又再三強調「一定要沒有副作用的藥哦」。

等掛斷電話後，她才有了實感，她真的要對心儀的男子下藥了，她要犯法了！

顧顏也不是第一天知道自己價值觀不太正常了，她沒有害怕的感覺，甚至有點躍躍欲試。

她叛逆地想，她只是犯了男人在愛而不得時都會犯的錯罷了。

總之，周均言不虧。

閉上眼睛後，她開始幻想，不知道周均言這樣冷面的人在床上是什麼樣子。

她倚靠著浴缸，將手慢慢往下，伸進兩腿間的細縫中，兩指分開唇肉，找到隱藏在其中的那顆細小的圓核揉弄著。

顧顏想像那是周均言的手指，修長而有力，她加快在陰蒂上打轉的速度，死死地咬住嘴唇才能抑制住已經到嘴邊的嚶嚀。

「嗯……」

穴中早已因為她的動作流出透明汁液，是觸感完全不同於浴缸裡水流的液體，一種陌生的渴望躁動不安地就要衝破她的身體，她腳趾蜷縮，受不了地扭動著身體，浴室地面全是被她濺出的水。

腿間的汁液越聚越多，她開始將食指中指併攏，瘋狂地揉著豆豆，想要，好想要……

高潮前她突然鬆開了手，心底湧現出難耐的空虛……

從浴缸裡出來時，她的腿都是軟的，她失重地躺到床上平復著自己的呼吸。

唉，好可憐，只能自己撫慰自己。

不過既然這樣都可以助眠，那麼真的和周均言做呢？

一想到周均言，她好像就變身成色中惡胚了。

臨睡前，顧顏想——明天，就明天，她一定要睡到本人！

不出顧顏意料，還真讓她靠著她龐大的朋友圈找到了絕對可靠的綁匪人選。

他們果然是專業的，提出的作案方式令顧顏聽了都拍手叫絕。

他們只要跟著周均言的車，在沒有監視器的地方輕輕追撞一下，等周均言下車後用藥迷暈他就好。

按照道上規矩，他們通常是一棍子了事，鑒於顧顏「絕對不能傷害男主人公」的訴求，他們只能用進口的高品質迷藥，於是顧顏又多花了點錢。

她把周均言的身分證、下班時間還有車牌號碼等資訊全發了過去，交完百分之三十的訂金後，她想著——太好了，今晚就要有性生活了！

作案當天，顧顏把自己的檔期排得很滿——去美容院給臉做清潔，種睫毛，全身脫毛還有到隔壁沙龍做造型……

等她搞好一切已經下午四點了，羅拉跟她在沙龍碰了個面，順便把藥給了她。

為了能讓小腹在做愛時看起來沒什麼贅肉，她一整天只喝了一杯鮮榨果汁。

回家前，她接了一通電話又折回商場逛了好一陣子，最後買了一件紅色情趣內衣。

其實顧顏也知道她做的這些有點多餘，畢竟周均言到時候被迷暈，根本什麼都看不到也感受不到。

不過她還是得替自己找點事做，不然等待時間太難熬了。

顧顏推開臥室的門後，屏住了呼吸。

顧顏家的門是智慧密碼鎖，她知道周均言已經被他們送過來了，一點紕漏都沒有出。

儘管剛剛接完電話已經有了心理準備，但她對於眼前的畫面還是有些難以置信。

那個她渴望已久的人正閉著眼睛端端正正地躺在她床上。

這種感覺就像是王子即將吻醒睡美人，她興奮地在床邊繞圈子。

「周……周均言？」她試探地出聲，對方果然一點反應也沒有。

顧顏知道他現在睡得很沉，她在床邊蹲下，周均言的五官十分立體，輪廓分明，她小心翼翼地摸了摸他高挺的鼻梁。

唉，好帥。

也是，不帥她也不至於幹出這種事了。

算了，不要演那麼多內心戲了，還是趕緊生米煮成熟飯吧！

她正準備站起身脫衣服，餘光一掃才發現周均言的兩隻手被銬在床頭的柱子上了。

沒想到這個綁架一條龍竟然服務到這種程度。

顧顏傾身看了看，周均言的手腕果然有一點磨紅了。

她心疼地到處找能塞在他手腕處防護的東西，最後只能用四個胸墊分別墊在他的手腕上……

顧顏把房間的窗簾拉了起來，脫掉了自己的衣服。

屋內一片漆黑，她只能感覺到周均言的氣息，還有男性殺手香水的味道，是她不久前在專櫃買的。

顧顏被這香味熏得打了個噴嚏，又把羅拉給她的男用催情藥倒進了加濕器裡。

很快，一股特別的味道完全掩蓋了香水味，那個味道讓她的頭皮酥麻，她終於忍不住地爬上床，坐在周均言的大腿上。

想像和實踐終究還是有所不同的。

她感謝那些人沒順帶著把周均言的衣服脫了，好讓她能有機會小鹿亂撞地感受幫心上人脫衣服的心動感。

因為手腕被銬了，襯衫沒辦法完全脫掉，顧顏也不執著。

她比較在意他的褲子。

拉開拉鍊後，周均言的性器就這樣從黑色的西服褲子裡彈出來。

顧顏伸手過去摸了摸，第一反應是——謝天謝地，老天總算沒辜負她犯法都要把他睡了的執念。

即使陰莖半軟著，也能看得出尺寸傲人。

她藉著加濕器的燈光依稀看得出周均言的陰莖顏色很粉白，跟她從前看的那些A片的男主角完全不一樣。

潔身自好，他在她心裡又多了一個優點。

顧顏跨坐在他腿上，決意先把他搞硬，不然這愛是做不成的。

她的一隻手根本握不住周均言的陰莖，就這樣乾巴巴地上下套弄，陰莖一點變大變硬的反應都沒有。

顧顏有些無措地想，該不會需要幫他口交吧……

她垂下身子，鼻子湊過去聞了聞，周均言這裡一點也不難聞，但她從沒做過這種事，最後還是去拿了無香濕紙巾把他那裡擦了擦。

擦完後，她整個人趴在周均言的兩腿間，抱著一種彌補心態緩緩垂下頭，張開嘴將性器一點一點含進口腔裡，舌頭不斷地往龜頭上的馬眼裡鑽。

很快，她感覺到口腔裡的硬物明顯變大，床上昏迷的人似乎動了動，顧顏嘴裡的動作頓住了，周均言該不會醒了吧？

可是他們都說了，周均言不可能那麼快就恢復意識的。

意識到這點之後，顧顏才放下心來繼續舔弄嘴裡的性器。

她回憶起自己看的那些小電影，試著用舌頭細細舔過硬物上微微凸起的血管，又不時掃過他已經開始冒出一點液體的龜頭，這一次，她是真的聽到周均言的呼吸變得粗重。

她明顯地察覺周均言的大腿肌肉變得緊繃，他連呼吸聲都那麼性感。

很快，她嘴裡的性器再次脹大，她感覺自己的嘴快被撐破了，大股大股的精液就這樣射進了顧顏的喉嚨裡。

周均言就這樣射了?!

是她口技太好，還是周均言太……快？

她心跳加速地看著他在無意識中高潮後皺眉的樣子，她大概搞到處男了。

這一趟值回票價。

顧顏在周均言的頸側撐起手臂，他的嘴唇有點薄，但是很好看，她盯著看了很久，最後也只是用食指輕觸了觸，涼涼的。

她俯下身，在他的眉毛、眼睛還有下巴落下一個個吻，唯獨繞過了嘴唇。

可笑的是，她馬上就要偷走他的初夜了，卻怕褻瀆了他的唇。

吻在顧顏心中是神聖的。

如果有一天，周均言可以心甘情願地吻她……

會有這麼一天嗎？想到這裡，她的心情便有些沮喪。

顧顏抿緊嘴唇，再一次直起身跨坐在對方不久前射過的陰莖上，一隻手握著它套弄著。有精液作潤滑，這一次陰莖在她手裡硬得很快，她另一隻手伸到自己的兩腿間，剛剛在周均言高潮的時候她就已經濕了。

顧顏不再猶豫，她用手指分開兩瓣陰唇，握著早已蓄勢待發的性器在早已汁液泛濫的穴口處磨了磨，最後對準了位置就要坐下去……

她本以為自己會有那種被巨斧劈成兩半的疼痛感，事實上卻沒有。

這全靠羅拉在給她催情藥的時候附贈了她一條藥膏，羅拉說是局部麻醉藥，她第一次上床用的就是這個。

顧顏剛剛上床前在穴口塗了一點點，現在低下頭看著兩人結合的地方，周均言的性器進入得很是艱難，被自己包裹住一大半，她只能感覺到腫脹還有酥癢感。

她終於和周均言睡了……

她有了藥物的麻痹，並不覺得過分難受，不過周均言的表情看起來卻很痛苦，大概是被她絞得疼了。

「你別跑啊，破處本來就會疼的。」她在心裡嘀咕著，整個人伏在他的身上死死地摟住他的腰，不肯放他離開，再一次用力地坐下去。

周均言的硬物巨大，可是她沒想到這一次只是龜頭進來了一點就讓她穴口撐得這麼難受，還好空氣裡的催情藥紓緩了她的神經，她深深地呼吸，試著放鬆小穴，好讓周均言進得更深。

因為這樣的姿勢，她小巧的乳尖蹭在他石子一樣硬的乳頭上，一瞬間，麻酥感竄到了尾椎，顧顏控制不住地抖了一下，小穴噴出了一點水。

她還是第一次知道自己的乳房這麼敏感。

顧顏頭抵著他的下巴，陰部夾緊周均言的性器輕輕地左右晃動。

不知被他的龜頭頂到哪裡，顧顏「啊」了一聲，穴裡流出的水再一次澆在了周均言的陰莖上。

滾燙而炙熱的性器一次次地被她的動作帶著進入體內，顧顏忍不住地發出呻吟。

她的聲音因為快感變得尖細，還帶著哭腔。

而出乎她意料的是，沒過多久，周均言在意識迷濛間，開始小幅度地挺動起他的腰了……

顧顏本來在他的陰莖上騎累了，想換一個姿勢，沒想到她的穴口剛剛離開陰莖一點，竟被周均言一個挺身用力地插了回去！

「哈啊……」

顧顏努力壓抑著呻吟的渴望，膽戰心驚地分辨著周均言的神色。

他並沒有清醒，是催情藥發作了。

男人果然是下半身思考的動物。

花穴裡的快感持續堆積，她騎在他身上已經不需要扭動，敏感處一次又一次被他的龜頭頂到，每頂一次，顧顏就舒服到全身顫抖，一對飽滿的乳房被他撞得抖來抖去。

她不知多少次被他的龜頭戳到她的敏感點，顫抖著地靠在周均言的胸前。

周均言持續不斷地操弄著顧顏的小穴，一時之間，房間裡除了加濕器的聲音，就是兩人粗重的喘息還有難以抑制的呻吟。顧顏的汁液從穴口處往下滴，而周均言什麼都不知道，只是順從欲望地來回挺動，囊袋撞擊著顧顏的腿根，兩人的汁液被撞得四處飛濺。

終於，當周均言再一次頂到她穴裡那個凸起後，顧顏高潮了……

「周、周均言！啊啊啊……」

彼此的心跳聲就快把耳膜震聾，原來高潮是這種感覺，顧顏像小貓一樣無力地靠在周均言身上，舒服地喘息，他的呼吸也早就亂了。

「嗯……」

而身下的人依然在她敏感的穴裡衝刺著，顧顏任由他的性器加速抽動著，他竟然還沒有射……

顧顏有些吃不消地想，到底是誰強姦誰？

顧顏再次醒來的時候，周均言的性器依然在自己穴裡毫無章法地進出著。

「嗯……」

其實她只睡了半小時不到，但麻藥的時效差不多過去了。她懷疑自己的下體要燒起來了，飽脹感讓她難以忍受。

周均言在她睡著的時候射進來了……

不斷插進她穴裡的性器因為黏滑的液體而不時滑出她的臀縫間，但下一刻總會以更深的姿態再次深深捅入她的身體裡。

兩個人的下半身不著寸縷地緊貼在一起，周均言每一次的抽插都帶出嘖嘖水聲，這聲音聽得顧顏臉紅耳熱。

顧顏虛脫地掛在周均言的身上，她已經一點力氣都沒有了，乳房就這樣壓在他的胸膛上，兩條腿不忘張合開，勾住周均言的臀。

顧顏隨著他的節奏自動地搖著自己的腰，穴肉終於找到了感覺，隨著周均言的抽插而收縮，把露在空氣中的性器再一點點地吞進自己的深處。

周均言急促的呼吸聲就落在顧顏的耳邊，而他龜頭的馬眼再一次開始分泌出透明的清液，顧顏被他插得全身都在顫抖，呼吸也變得艱澀。

她的神志好像也被催情藥搞得迷醉了，不斷地扭動自己的臀，好讓周均言入到最裡面。

加濕器的水霧正對著她的方向，她感覺眼前一片模糊。

她就快被他榨乾了⋯⋯

強烈的快感衝擊著她，顧顏聽到周均言一聲悶哼，突然又加快抽插的速度，粗大的性器在她的敏感點深深一頂後，大股溫涼的精液在她的花穴深處盡數釋放。

持久的射精激得顧顏大腦一片空白，下體痙攣，顧顏終於失控地尖叫。

「哈啊⋯⋯輕一點，周、周均言！」

叫出聲，顧顏揚起脖頸，卻在一片朦朧中發現周均言睜開了眼睛！

她條件反射地手撐在周均言的小腹上坐起，身體卻因為快感忍不住地顫抖著。

「周均言？」

她忐忑地小聲試探，等了半天才發現是自己的錯覺。

周均言面色如紙，眼睛依然閉著。

顧顏深深地呼出一口氣，等到周均言氣息平復不再動作了，她才慢慢從他的身體離開。

「嗯⋯⋯」

陰莖從穴內出來竟然比進入更讓人難受。

顧顏下了床得扶著牆才能站穩，腿間的精液混著她的濕液不斷往下流。

顧顏認命地把自己下面擦乾淨，還不忘體貼地趴在床邊把周均言兩腿間的濁液清理掉。

唉，強姦犯果然只能落得自己清理殘局的下場呢。

處理完以後，她心滿意足地在周均言旁邊躺下，這種感覺好奇妙。

隔著一掌的距離看著周均言英俊的睡顏，顧顏再一次堅定：牡丹花下死，坐牢也風流。

顧顏就這樣心大地在周均言身邊睡著了，要不是日光直曬得她眼睛疼，她都不願意睜開眼。這窗簾品質不行，明天就換。

她坐起身，看到身邊的人後心跳漏了一拍。周均言仍然在她身邊睡著，她低下頭聽了聽他的呼吸，很平緩。

羅拉說這是正常的，顧顏自我安慰他晚點醒是好事，其實她還沒想好怎麼面對她的受害者呢。

顧顏有些愧疚地看著他的臉，唉，怪他過分美麗了。

吃飽再想吧，她從不在麻煩還沒來臨前自行折磨。

下了床，屋內一片光亮，她才突然發現床尾擺著一個三腳架，走近一看，上面竟然還有一臺迷你攝影機。

不會吧，昨天在電話裡她不過是隨口一說……

因為綁架集團送人上門的服務太到位，她笑著開玩笑說是不是連拍攝道具都幫她準備了。

她昨天回來太興奮，那麼顯眼的東西她居然沒發現。

顧顏跟著公司的人湊熱鬧出過幾次外景，她看了看顯示器上亮著的光點，不會不知道這是在錄製中。

她目瞪口呆地把攝影機從腳架上拿下，對著螢幕研究了一陣，小小的螢幕上突然出現昨天下午回到家時看到的周均言被綁在床上的畫面。

進度條好長……她往後拉了一段，畫面很快變得昏暗，而她全身赤裸，只露了一個後背地坐在周均言身上扭來扭去的畫面全被錄進去了……

說實話，拍得還滿顯瘦的。

顧顏還是第一次看自己主演的A片，她津津有味地看著，一時忘了要去外面找吃的，直到影片裡她的呻吟聲讓她害羞地站不住，她正準備在床邊坐下，卻對上了一雙冰冷的眼睛。

周均言醒了。

在自己斷斷續續的叫床聲還有周均言粗重的喘息聲中，顧顏手忙腳亂地把手裡的影片給關了。

世界終於恢復了清淨。

顧顏的人生還從沒有經歷過比此刻更讓人窒息的尷尬。

她大概是難以洗白了，周均言會不會以為自己拍影片是為了威脅他？

等等，這好像也不失為要脅他和自己在一起的好方法……

氣氛變得凝重，顧顏以為周均言會開口說些什麼，沒想到他早已沒再看她，一言不發地用手臂施力，試圖睜開手銬，動靜大得像是要拆床。

「妳是誰」、「妳到底對我做了什麼」這些標準句式他都沒問……

顧顏看著他青筋暴起的手腕還有額頭，慶幸自己有先見之明，替他在手腕上墊了防磨的海綿墊，不然按照他這個架勢，他的手現在一定已經不能看了。

「你、你別這樣——」

他冷冷地開口，並不看她。

「解開。」

他的教養真好，遇到這種事竟然沒有氣急敗壞地罵她。

「唉，更喜歡他了。」顧顏心想。

可是他整個人現在看起來太過陰鬱，周身像是淬了一層冰，化都化不掉。

顧顏覺得自己有點冷，低頭一看，自己正一絲不掛地站在床下。

她兩隻手不知道到底該捂住哪裡，手足無措地看了一眼周均言，羞怯地說：「我、我先去穿個衣服，等下我們再講。」

說完，她小跑到衣櫃前找她最滿意的一件杏色流蘇睡袍。

身後金屬撞擊牆面的聲音再一次響起，顧顏只能加快自己穿衣服的速度。

等她繫好睡袍的帶子，強裝鎮定地走到床頭，還沒開口，就聽到周均言極度壓抑下的聲音，低啞極了。

「把我放了，這件事我不跟妳計較。」

被一個女人下藥強上這種事，任何一個有尊嚴的男人都沒辦法說出去吧。

顧顏鼓起勇氣，厚著臉皮開口：「我可以放了你，只要……只要你答應和我在一起。」

因為沒有底氣，她越講越小聲。

聽了她的話，周均言的氣血不斷往上湧。

他眼眶發紅，手也慢慢收緊，看得顧顏一個哆嗦。

周均言的眼神冷漠，聲音帶著無法隱藏的厭惡，「不可能，妳想都別想。」

他的目光太過凌厲，顧顏被他嫌惡的語氣傷到，委屈地說：「可是，我們都睡了啊。」

考慮到他身為男人的自尊心，她忍著沒說她知道他的初體驗已經給了她。

理智還有教養此時已經被周均言丟到九霄雲外，憤怒和難堪充斥著他的整個心臟。

「我從沒見過像妳這麼不知羞恥的女人！」

顧顏被他惡狠狠的語氣唬住了，身體抖了抖。

這件事確實是她做錯在先，哄著他也是應該的，這種事就得死皮賴臉才行。

「這件事是我做的不對，我不應該一時衝動對你做出這種事。可是我做都已經做了……你也有舒服到啊。」她垂著頭，小媳婦似地看了一眼周均言的臉色，小聲又快速地補充了一句，「而且，你昨晚高潮了三次。」

「妳給我閉嘴！」

閉嘴就閉嘴，反正凌亂的床單、垃圾桶裡的衛生紙證明了一切。

顧顏被凶了兩次以後好像習慣了，老實說，他會給她好臉色才奇怪呢。

不過，她安靜了一會兒還是忍不住繼續說。

「和我在一起有什麼不好呢？我會對你很好的，我跟你保證。」她試圖用真誠打動他的心，「只要你願意給我一個機會，讓我為你做什麼都可以。」

周均言快被她氣笑了，他晃了晃手腕上墊著胸罩墊子的手銬，彷彿看著一個笑話般看著她。

「找人綁架我，給我下藥，說妳會對我好？」

面前的這個女人已經超出了他的認知，周均言真希望閉上眼睛，再睜開發現眼前的一切只是場噩夢。

「那是……那是因為你不理我，還和別的女人有說有笑，我才會這樣。如果你願意換個角度想的話，我只是想換一種比較有效率的方法加快我們之間的進度。」

滑天下之大稽。

「妳不是想，妳是直接做了。」他黑色的瞳孔沒有一點溫度，只剩嘲弄。

顧顏當作沒聽懂他話語裡的譏諷，看向他的眼神裡依然滿含愛意。

「我朋友和我保證了那個藥沒有副作用的，我也陪你聞了一晚上呢，我是絕對不會傷害你的。」

再和她說下去，他會瘋的。

「多說無益，就這樣綁著我吧，看妳最後會得到什麼。」

周均言索性闔上眼睛，只當自己死了。

顧顏最怕別人當自己是空氣，再說了，她就那麼讓他看不上嗎？

她站在周均言的身邊洩氣地問：「你真的不要再考慮考慮嗎？我們試一年也可以啊？如果你一年以後還是沒辦法喜歡上我，那我到時候絕對不糾纏你。」

周均言深吸一口氣，全然不理會她，顧顏在他的耳邊繼續討價還價：

「那不然半年，你覺得怎麼樣？其實六個月你忍忍就過去了。」

她講著講著覺得自己好可憐，推銷自己都推不出去，心裡升起一點難過，彷彿她才是那個受害者。

「總不能再短了吧……」

她委屈巴巴地看著緊閉雙眼的周均言。

顧顏雙手抱胸，苦著一張臉，盤腿坐在臥室的陽臺上。

周均言已經整整四個小時沒給她一點反應了，房間靜得嚇人。

她又餓又空虛，但周均言不吃東西，她覺得她也應該陪著他。

不過她身上總有一股事後的味道，剛剛還是沒忍住去洗了個澡，結果差點因為低血糖暈倒在浴室。

顧顏摸了摸癟下去的肚子，好像有點堅持不住了。

她看著床上的人，衣襟半敞，頭髮凌亂，很有一種落魄的美感。

「秀色可餐」這個成語一點也沒錯，她好像又沒那麼飢餓了。

她的目光從他的眉毛輾轉向下，最後落在了他的嘴唇上。

顧顏的臉又一次皺起來，她嘆了一口氣，認命地從窗臺上下來。

她從客廳倒了一杯水，在床邊蹲下，哄著他。

「喝點水好不好？你嘴唇都裂開了。」

周均言只是聽到了她的聲音，眉頭再度擰起，他將薄唇抿得緊緊，拒絕配合。

顧顏扁了扁嘴，將水杯往他的嘴邊送，他偏頭就躲開。

顧顏覺得如果自己是男人的話，她就可以說：「你不喝，是要我親口餵你喝嗎？」說完就去占周均言的便宜。

可惜她是個女人，這話一出口，說不定周均言一腳就能把她踹飛……

看著他不耐煩的神情，顧顏知道他的忍耐應該到達了極限。

「那好吧，等你渴或者餓的時候再叫我。」她真是拿他一點辦法也沒有。

這時，周均言卻睜開了眼。

他的睫毛又長又黑，如果不是存在於他瞳孔裡的冷漠讓人難以忽視，顧顏真想伸手去摸摸是不是真的。

顧顏對上了他的眼睛，她看見周均言笑了，只是那笑裡盡是嘲弄還有冰冷。

她沮喪地離開房間，她承認自己現在陷入了糾結。

原來囚禁PLAY也不是那麼容易的……是不是應該放了他呢？

可是如果她睡完就把周均言拋到一邊，豈不是更不負責任嗎？和那些射後不理的男人有什麼區別？

顧顏像個遊魂似的，在偌大的客廳一圈又一圈地晃蕩，沉思良久最後還是拿出了手機，撥了通電話。

掛掉電話後，她拖著沉重的步子往臥室走。

手還沒觸到門，她又聽到金屬撞擊實木床柱的聲音了……

罷了，強扭的瓜或許是甜的，但她力氣太小扭不動，那還是放了他吧，大不了換種和平的方法追求他，反正他們已經上了全壘打，進度好像還可以。

她整理了一下心情，開了門幾步走到他身邊，只見周均言拳頭緊握，與剛剛冷漠自持的他完全判若兩人。

「放開我。」

見她來了，他幾乎是從牙縫裡擠出這四個字。

「你怎麼了？」

顧顏擔憂地望著他。

周均言蒼白的臉瞬間漲得通紅，他惱羞成怒地說：「我要去洗手間！」

顧顏這才明白過來，這種事怎麼忍得了？她急忙從櫃子裡找出開手銬的鑰匙，這是她剛剛心生退意打電話問到的。

然而等她手握鑰匙回過頭，看到周均言焦躁的神色時，她突然福至心靈，是她打動了上天嗎？

她將鑰匙對上鎖孔，卻沒有插進去，但也不敢看他的表情。

「你答應我說的條件，我就幫你開。」

周均言看向她的眼神像是要殺了她。

「半年，就六、六個月……」顧顏將脖子縮進衣領裡。

兩人僵持著，幾秒後，周均言終於放棄地閉上了眼睛，頹喪地開口：「我答應妳。」

得到了他的允諾後，顧顏喜孜孜地低頭幫他解右手的手銬，還不忘約法三章：「我說的戀愛是要可以親親抱抱還有那個的那種哦。」

等她把左手上的手銬也解掉後，周均言沉默著兩步跨下了床，步子依然鎮定。

她像是看不出他的戾氣，熱情地領著他往浴室走。

「在這邊……」

第二章　他屬於我

周均言從浴室出來的時候，顧顏正捂著嘴笑。

「剛剛答應過我的事，不會騙我吧？我完全相信你喔。」

周均言壓抑著眼底怒意，神色淡然地看著顧顏。

許久，他活動著痠痛的手腕，輕蔑地笑了。

「不會，畢竟妳手裡還有我的把柄。」

顧顏聽著他冷颼颼的語氣，明白了他話裡的意思，她「啊」了一聲轉身跑回臥室，周均言冷著臉看著她跑進去，很快又跑回他跟前。

她紅著臉將手裡的攝影機放到周均言手上。

周均言沉著臉看著她，「妳又想搞什麼鬼？」

沒想到顧顏眼睛晶亮地回看他，「想讓你相信我啊。你親自把這個影片刪掉，就相信我絕對不會害你了吧？」

周均言默不作聲地審視著她，顧顏嚥了嚥口水繼續說：「我知道你說的把柄是這個，但這個影片不是我故意錄的。我知道你擔心假如你不答應我，我可能會到你工作的地方鬧，你又是公務員，到時候一定會影響到你的工作的。」

糟糕，怎麼說著說著，把後續打算全說出來了……

眼看周均言臉色越來越難看，顧顏及時剎車。

她拿過攝影機在他懷疑的目光裡找到那段影片。

果不其然，周均言光看影片縮圖臉就黑了，她能感覺到他整個人都是僵硬的。

顧顏毫不猶豫地按了刪除，最後甚至到攝影機的回收暫存區再次刪除了檔案。因為影片檔案太大，花了接近兩分鐘才徹底刪除。

在這兩分鐘裡，周均言沒有說話，顧顏只顧著偷瞟他的表情，也沒有說話。檔案徹底粉碎後，周均言依舊緘口不言。

顧顏的心裡不上不下的，她最後有些受傷地將設備塞到周均言的手裡，小聲說：「我知道是我一時衝動做了錯事，造成了難以挽回的局面。那我把這個攝影機交給你處理，你總能相信我了吧？」

周均言神色複雜地看著她，最後還是顧顏堅持著塞進了他手裡。

「那，我們現在已經是男女朋友了，你能不能再陪——」

「我有事要忙。」周均言拿著攝影機，腳步直直往大門口走。

顧顏乖巧地跟在他身後。

「可是今天是週日，你要忙什麼？」

顧顏沒敢說自己就是知道他昨天值班，今天休息，才特地挑了昨天帶他回家……

周均言沒說話，等到他走到玄關，顧顏還是不捨地擋在門前。

「你的車被我的，嗯……那個朋友拖到B2的A十三號了。」

周均言落在她身上的眼神讓她有些不自在，可她不說的話他找不到車，會更生她的氣的。

她瞄了他一眼，試圖彌補，「我請他們把你的車開去保養了。」

周均言依然沒什麼表情，「知道了，讓開。」

「你能給我微信ID嗎？」

「我不用微信。」周均言拒絕得乾脆俐落。

顧顏嘴巴微微張開，就聽到周均言戲謔的聲音。

「再說了，妳不是有我的電話號碼嗎？」

他的語氣淡淡的，讓人摸不清他真實的情緒。

「那……我打給你的話，你會接嗎？」顧顏滿懷期待地問他。

他清冷的目光掠過她的臉龐，顧顏被他看得有些腿軟。

「妳試試看不就知道了。」

他的聲音低沉，聽得顧顏心底小鹿亂撞起來，她鬼迷心竅地踮起腳尖，在他的下巴飛快地印了一個吻。

「那我們明天見。」

說完，她害羞地轉身就往臥室跑，不好意思再多看周均言一眼。

回了房間的顧顏在床上滾來滾去，直到房外傳來大門被關上的聲音，她的臉頰都在發燙。

心臟就要跳出來了，明明都做過愛了，為什麼還會這麼緊張……

她好像戀愛了，而且是和她朝思暮想了七年的人。

還有什麼生活比現在更美好的嗎？

要不是許嫣突然被她爸帶著去了日本旅遊，她真想全程給她播報實況啊。

最後，顧顏趴在床上，喜孜孜地打開手機，從裡面找到了她白天閒著無聊上傳至雲端硬碟裡的影片。

看不見周均言真人的時候，那就睹影片思人好了。

她想起剛剛在周均言面前信誓旦旦的樣子有點臉紅，不過這世上哪有不騙男朋友的女朋友嘛。

再說了，她真的只是想給自己留個紀念，後面做愛的時候又沒有露臉，她實在捨不得刪掉他們的第一次罷了。

她是無論如何也不可能會害他的。

明天，明天就可以再見到他了！

天知道顧顏高中畢業以後就再也沒有早起過了。

她在更衣室的鏡子前光是試衣服就花了整整兩個小時，最後穿了上周才買的白色洋裝。

看起來良家婦女中帶了點邪惡，她滿意極了。

顧顏上班一個月了還從沒有過在週一就出現的情況，十點鐘她刷卡進公司的時候，裡頭的人見了她活像見了鬼。

她規規矩矩地坐在電腦前，拿著主編不知道從那個旮旯找到的備用文章學習排版。

剛替標題「點進來教你年前瘦到兩位數」選好醒目的字體，她就心不在焉地望了一眼手機。

在來公司的路上她打了一次電話給周均言，除了冰冷的無人接聽外，什麼也沒有。

她就知道周均言不會接的，意料之中的事她甚至都沒來得及失落。

反正他已經答應和自己談六個月的戀愛了，她有那麼長的時間攻略他，今天才第一天，她是不會那麼快氣餒退縮的。

沒錯，她就應該直接去找他，想這些彎彎繞繞根本毫無意義。

顧顏在這邊自我鼓舞，主編正拉著設計小李在過道邊的圓桌上開小會，一大串的對話裡她只聽進了「市政府」三個字，身體也下意識地跟著一顫。

顧顏歪著頭向她們那個方向傾斜，原來市政府那邊對於推廣C城文化方案裡的圖案設計都不滿意，但又遲遲不說具體哪裡需要修改，主編讓小李和那邊的負責人直接溝通，別讓她在中間傳話。

「我不要，他們太難伺候了！」小李才二十歲出頭，看起來和顧顏差不多大，她一臉菜色，大概已經熬了幾天夜。

「後天相關報導就要上了，妳不要也得要，克服一下！」主編拍了拍她的肩膀。

顧顏聽到這話，精神立刻來了。

「我可以幫忙嗎？我去了會問清楚，然後幫妳錄音再發給妳，這樣可以嗎？」她目光殷切地看著她們。

「我同意。」小李自然是願意的，她改圖已經快要改到吐，實在不想再去和甲方溝通了。

主編是個什麼人精，看著顧顏桃花滿面的樣子立刻頓悟了，千金小姐想幹什麼就幹什麼囉，也不指望她在這裡能做什麼正事。

最後，顧顏腳步輕快地從十九樓的電梯出來，她從大廈後門走出，小跑著鑽進她的車裡。

「去隔壁的市政府。」

「好的。」

大約是她的表情太過甜蜜，車子發動後，司機透過鏡子看了她一眼。

「我今天穿得好看嗎？」

果然，這句話是少不了的。

「好看的。」

警衛室裡的大叔剛看到她下車，嘴巴就咧開了。

她還沒走到跟前，他就推開窗，「幾天沒見妳了，還以為妳不來了。」

「叔叔好啊。」顧顏和大叔天南地北地聊了好幾天，再見面像是看到了自己的親友團，她把剛剛從主編手裡拿的牌子遞到大叔眼前，「我今天終於可以進去啦，你替不替我開心？」

大叔點著頭把門打開，壓根沒看她手裡的牌子，「開心開心，進去往後面那棟樓走，小周在三樓最裡面的辦公室。」

小周，好可愛的稱呼。

顧顏感動地對大叔擺了擺手，「你人好好哦，大叔。」

進了電梯後，顧顏發現一件事。

電梯裡連她一共四個人，有三個人在看著她。

一直等到她踏出電梯，往周均言的辦公室走，每一個經過她的人都會突然回頭看她。

她今天有漂亮到這種程度嗎？

顧顏不自在地往前走，身後突然有人叫住她。

「是不是顧顏？是來找小周的嗎？他的辦公室在右邊。」

連我的名字都知道？

顧顏驚訝地轉過身，身後兩個穿著制服的姐姐笑著看著她。

顧顏能感覺到她的笑容帶著善意，還有八卦的……打趣。

震驚，怎麼全世界都知道她是來找周均言？

顧顏指了指自己，小聲問：「妳們認識我？」

那兩個姐姐相視一笑，狡黠道：「咳，妳在我們這裡很出名的。」

她們不會是知道她做了什麼吧？想到這裡，顧顏瞬間尷尬到滿臉通紅。

「不用不好意思啦，我們只是覺得很有趣，想知道有沒有人可以把小周拿下。」那看起來還不知道。

顧顏摸了摸頭髮，有點心虛，「其實我今天是來問工作上的事的。姐姐，請問他在哪個辦公室？」

「他一大早就坐局裡的車去鄉下開會了，很慘的。」

「這樣啊……」顧顏心垮了。

「不過他車沒開走，肯定會回來的，要不然妳等等他？正好陪我們玩玩。」

「不會打擾妳們嗎？」顧顏總是分不清別人是客套還是認真，可是她真的很想等一等周均言。

「不忙不忙！我們還想問妳，妳上週三穿的那條裙子是哪個牌子的？」

「那件紅色的？」

「對，看妳穿得好漂亮，我也想給我女兒買一件。」

「那我回家看看……不過您都有女兒了？」

一直到中午，周均言也沒有回來。顧顏臉皮再厚也不好意思打擾了，最後被幾個姐姐硬留著去吃了員工餐廳。

不時有人經過她們的桌子來打招呼，顧顏努力忽視他們充滿探索欲的神情，禮貌地微笑。

下午近三點時，她叫了咖啡店的外賣，因為訂單量有點大，工作人員還打來了電話。

顧顏最後說：「記得一定要送一杯給門口警衛室的大叔哦，要給他熱的。」

周均言出現在三樓大廳的時候，顧顏正抱著一杯咖啡有一口沒一口地喝著。

玻璃門推開，一點聲音也沒發出。

沒有人發現他回來，只有她。

就像是心被驟然按了開關按鈕，顧顏有所感知地抬起頭，他就出現了。

周均言沒有注意到她，神情專注地看著手裡的文件，他捏著文件的手指修長乾淨，骨節分明。

他左臂彎掛著一件衣服，大概是太熱了所以脫下來拿著，裡面依然是顧顏鍾愛的白色襯衫。

——這個人現在屬於我。

她心動地看著周均言。

等到他走近，周圍出現了輕咳聲，很調侃的那種聲音。

周均言聽到動靜後，放下了手中的文件，隨著別人的目光看向了顧顏所在的方向，同時沒有忽略每一個桌子上都出現了一杯咖啡。

氣氛過於微妙。

顧顏站起身，眼睛晶亮地看著他，下一秒她就發現他微微地皺了一下眉，聲音十分冷淡。

「妳在這裡做什麼？」

顧顏正想回答，剛剛一直和自己聊天的姐姐從他們中間穿過，走到飲水機前面倒水。

「小周，你不接電話又忙到下班才回來，她等你等一整天了。是工作上的事，對吧顏顏？」

顏顏？

周均言額角一抽，壓低了聲音。

「出去。」

顧顏沒聽清他的話，泉水似的一雙眸子直視著他。

「我們設計在一些問題上想要和你討論一下……」

周均言對上她的目光，心底漸漸浮起難以抑制的煩躁感。

「想讓他們都看著是嗎？」他目光難測地看著她。

「什麼？」

周均言深吸一口氣。

「去電梯口等我。」

顧顏望夫石似地站在電梯口等周均言，下班的人開始變多了。

「不搭嗎？」

電梯門開後，她聽到有人在提醒她，於是抱歉地後退兩步，而電梯裡已經有人替她搶答。

「她在等小周。」

抑揚頓挫的一聲「哦」。

電梯門剛闔上，顧顏沒來得及害羞，周均言已經拿著車鑰匙出現。

顧顏的視線瞬間就黏在他身上，周均言並沒有等電梯，而是繞進了一旁的救生梯，她乖乖地跟在他身後。

樓梯間的白光燈明晃晃地亮著，周均言腿長步子邁得大，顧顏跟得有點吃力。

明窺了那麼多天，顧顏知道周均言停車的位置，她一眼就看見了。

知道周均言暫時還不可能主動幫她開車門，她便自動自發地拉開了副駕駛的門。拉開以後，她異常乖巧地問了一句：「那我坐上去啦？」

周均言插入鑰匙，抬頭看著她，眼裡泛著淡淡的嘲諷。

好有殺氣的眼神，顧顏一個顫抖。

坐進了「女友專用座」後，她整個人陷入了飄飄然。

見周均言沉默著，顧顏輕輕地開口：「你要帶我去哪裡？」

她不會白痴到認為周均言真的是來履行男友義務，帶她去約會的。

對方並沒有回答她的問題。半晌後，顧顏很是想得開地聳了聳肩，望著他的眼神像是能流出蜜。

「好吧，不管你帶我去哪裡，我都願意。」

周均言聞言先是一愣，隨後臉色更難看了。

車駛出大門，顧顏和警衛大叔愉快地打了招呼才想起她的司機還在外面等她。

她側頭一看，那輛紅色跑車就停在離她幾公尺遠的路邊。

顧顏按下車窗，手臂靠在窗邊，她並不大聲地叫他：「延一！看這邊！」

司機叫王延一，年紀輕輕，耳朵卻不怎麼好，完全沒注意到她。

她正準備向他招手，就在這時，車窗緩緩上升，顧顏驚詫地收回手臂。她看了一眼周均言，他目不斜視地看著前方，一如既往地冷漠。

好吧，不給開窗，她就打電話。

「延一，你把車開回去吧，有人送我了。」她餘光看了一眼周均言，心上一動，嘴上已經非常多餘地補了一句，「我男朋友送我。」

周均言下巴繃得很緊，並沒有說話，顧顏也不知道自己在暗暗開心什麼。

「明天？明天早上再說。」

車子駛了一陣子後，周均言停在一間藥局前。

「帶她來看病」是她的第一反應，顧顏還在猶豫要不要和他一起下車，車門已經被鎖上了……

兩分鐘後，周均言面無表情地提著一個袋子出來，他直接將那袋東西丟在後座上。

顧顏趁他沒注意的時候，很快地回了一下頭。

這一看，臉紅了。

其實這些天顧顏發現自己的身體發生了一些改變，人一旦開了葷，都會這樣嗎？

她從前幾乎沒有特別渴望的感覺，但自從和周均言上了床以後，她只要想起周均言在床上狠狠進入她的樣子，下面就會泛出水意……

原來周均言在她還在迷茫摸索的時間裡已經為他們找到了一條路——先性後愛，越做越愛。

她心猿意馬地坐在座位上，才發現這條路怎麼看起來這麼熟悉。

是回她家的路。

在顧顏輸入大門密碼時，周均言背過了頭。

門打開以後，顧顏鞋還沒脫掉，便撒嬌地轉頭問他要不要喝一點紅酒。只見周均言直接在玄關處站定，已經開始解自己襯衫的釦子。

「你我……我們在這裡？」她目瞪口呆地看著周均言和他手裡剛買來的保險套。

周均言冷笑出聲：「這不就是妳來找我的目的嗎——滿足妳的身體需求。」

說著，他目光冷冷地看著她，已經完全解開了褲頭皮帶。

「欸？話不是那麼——」顧顏想反駁他的話。

他幹嘛把自己說得像是按摩棒！

可是周均言根本不給她反駁的機會，他一把將她扯過來抵在門上，直接將她的裙子往上掀，修長的手指拽下她的底褲，下一秒就不容置喙地握著硬挺的性器插進她體內。

「啊——」一瞬間，熟悉而又陌生的快感蔓延至全身。

顧顏夾得太緊，周均言倒吸了一口氣，他右手在她的雙腿間隨意地摸了摸，摸到了大片黏膩。

「早就濕透了，還叫什麼？」他譏諷地看著她。

「嗚嗚嗚，不要說了……」

顧顏捂著臉，不知道自己在周均言心中是不是已經變成什麼淫娃蕩婦了……

她試著放鬆身體，有了腿間的汁液作潤滑，周均言仍進入得不太輕鬆，顧顏太能絞了。

他雙手扣住顧顏的細腰，毫無感情地用力插進去，整根沒入。

「嗯……」

周均言動作狠，頂得深，撞得顧顏的背緊緊貼著冰冷的門，背後的溫度讓她不自覺地再一次收縮小穴，她如願以償地聽到周均言悶哼了一聲，猶豫著將頭埋進了周均言的胸膛。

做愛是不是會讓人產生兩個人好像變親密了的錯覺呢？還是只有她一個人這樣想？

她聽著他強而有力的心跳聲，感覺到他的胸膛隨著她的靠近變得僵硬。

這種情緒對她而言太過陌生，顧顏試探著抬起雙手，虛虛地摟住周均言的脖子。

拜託了，千萬不要推開她。

周均言沒說什麼，只是猛地加快了搗弄的動作，他抬起她的右腿，變換著角度地抽插，兩人的交合處早已汁水四濺，嘖嘖水聲聽得顧顏差點羞暈過去。

「嗚嗚嗚好舒服……」

不知過了多久，漸漸的，周均言的喘息變得粗重，操弄得更深，好幾次頂到那個點了，顧顏「啊」的尖叫了一聲，花穴中一下子冒出了汩汩的淫液，全部淋在了體內的性器上。

周均言卻依然握住她的腰，沒有給顧顏任何緩衝的時間，將她與自己拉開一點距離，開始新一輪的插入。

顧顏的頭被迫離開他的胸口靠在門上，因為高潮，她的頭腦還昏昏沉沉的。

她抬眼看向周均言，只見他的髮絲有些凌亂，她定定地看了許久，情不自禁地伸手撫平他那幾根髮絲。

「你今天好忙，會不會很辛苦？」她輕輕出聲，忘記了她大概不會得到他的回答。

周均言嘴唇抿緊地扣住她在他頭上作亂的手，好小的一隻手，輕輕一握就可以握住。

他低下頭對上她迷離而關切的目光，很快視線落在她翹而飽滿的唇瓣上，一種陌生到令人厭惡的情緒自心中升起。

他鬆開她的手，不再看她，龜頭嵌進了花穴最深處，穴肉被撐開，顧顏哼叫著仰起纖細白皙的脖頸。

粗大的性器再次貫穿至顧顏的最深處。

顧顏被那有力的一插，幾乎失聲尖叫。

「嗚嗚，我不行了，我站不住了……回房間好不好……」

周均言聽著她撒嬌一樣的呻吟，臉色並不好看，直到他覺得自己站得有些累了，終於拖住她的臀，就著交合的姿勢往臥室的方向走。

兩人每走一步，顧顏體內的肉棒就進入得前所未有的深，她在這短短的幾十公尺距離中，又一次高潮了……

淫液順著她的大腿根往下淌，等到顧顏看到床的時候，她已經離被幹暈過去不遠了。快走到床邊時，周均言驟然停下腳步，顧顏想問他怎麼了，下一刻他方向一轉，維持著在她身體裡的動作一步步走到臥室的落地鏡前，懲罰性地把硬物往她花穴深處頂。

顧顏還沒能從剛剛的高潮中緩和過來，此刻的小穴分外敏感，她哆嗦地拱起背，忘記了說話，要不是周均言的手拖住她的臀，她一定會狠狠癱軟在地。

鏡子前，周均言終於放下顧顏，性器就這樣從顧顏身體裡一點一點地離開，帶出大股汁液。

腳落地之後，顧顏雙膝發軟，根本站不穩，她伸手想扶住周均言的手臂，卻被他強硬地轉過身體。

臥室裡沒有開燈，全靠客廳微弱的光線，顧顏看著鏡子裡自己的肩頭被他五指合攏握住。

周均言這是要和她在鏡子前面搞？

她還在胡思亂想著，人一下子被周均言往上提了提，她條件反射地抓住鏡子邊，滾燙的性器再一次蠻橫地闖進她的穴裡——原來後入是這種感覺，她承受不住了！

周均言再次看向床邊的兩副手銬，銀色器具的光澤讓他在一進入房間時就注意到了。

他收回目光，睫毛掩下一切情緒，不顧一切地頂進穴內，冷酷而固執地對著那一點研磨。

顧顏在他的懷裡扭動著，叫聲一聲嬌過一聲。

周均言嘴角微扯，手指用力地捏住顧顏的下頜，讓她不得不直視著鏡子裡因為酥麻的快感而不斷扭動的自己。

與此同時，他強勢地將性器一鼓作氣地搗進花穴最深處。

「看看鏡子裡的騷貨。」

他的用詞惡劣到連自己都覺得陌生。

聽到這句話之後，顧顏全身顫動起來，再看向鏡面中不斷交媾的兩具肉體，視覺上的刺激讓她內壁倏地收縮，吐出一股淫液。

周均言將她狠狠按在鏡子上，她身上的裙子就像一塊布，胸前早已空蕩蕩的一片，挺立的乳尖觸碰到冰涼的鏡面，顧顏縮著脖子就要往後退，卻被周均言壓著無法動彈。

周均言箍住她的腰從背後狠狠插入，另一隻手將她的一條大腿最大限度地抬起，沉默而凶狠地往那脆弱的小穴裡撞擊。

她那細細的呻吟聲是這樣的可憐，聽在周均言耳中只覺得淫蕩，他不管不顧地加重了操弄的力度。

顧顏的身體跟隨著他的挺入上下晃動著，飽滿的乳房不時擦過他的掌心，乳頭就這樣孤零零地暴露在空氣中，觸碰著他冰冷的手指。不知過了多久，周均言的手指微合，握住她胸部的力度像是要把它揉碎。

這不是愛撫，沒有人會去愛撫一個下藥強迫自己的女人。

在最後高潮的時候，周均言沒有拔出性器，而是以更深的姿態將性器頂到了一個令顧顏難以承受的深度。

顧顏像是脫了水一般顫抖著往地上倒，周均言就這樣壓著她一齊側躺在鋪著羊絨地

毯的地上，精液隔著薄薄的一層膜沖進了她的身體，強烈的快感讓她的靈魂早已從肉體中抽離，她只知道自己的身體裡有著周均言的一部分。

他們的身體已經貼近得不能再更近了。

周均言的胸膛溫暖而寬闊，顧顏回神以後想到的第一件事是：他會把她丟在地上嗎？

就在這時，背後的暖意突然消失，她感覺有些冷，臥房的窗戶沒關緊。

周均言離開了她的身體，她聽到他站起了身，耳邊是他沉穩的腳步聲。

顧顏一瞬間愣住，心頭泛起了無數的酸澀。她閉上眼睛在心中安慰著自己，沒事的，早就知道會這樣了不是嗎？

她這樣想著，下一秒整個人卻被攔腰抱住，落下的心再一次懸起。

她睜開眼，看見周均言面無表情的臉，心頭一跳。

周均言動作並不溫柔地將她丟在床上，一言不發地轉身就要離開，顧顏卻抓住了他的袖子。

她有些遲疑，通常她不會遲疑的，眼看周均言的就要失去耐心，她終於開口。

她的聲音很輕，在黑夜中像是在撒嬌：「你可不可以留下來陪我？」

顧顏想到什麼就說什麼了。

窗外吹來一陣風，夾雜著樹木的清香，周均言深吸了一口氣，抽回自己的衣袖。

他回頭看向她，表情裡帶著嘲弄。

「條件裡沒有這個。」

顧顏想了想，好像確實是這樣。

她收回手，看著周均言頭也不回地離開，情緒有一瞬間的低迷。

這張床一個人睡，好像有點太大了。

窗戶她還是忘了關，一陣夜風吹來，顧顏突然想起那天早上睜開眼看到周均言安靜地躺在她身邊的樣子。

她睡夢裡無意識地摟著他的腰，醒來頭就靠在他的胸膛上，她一時間都忘記了這是她綁架他、給他下藥才換來的結果。

其實這也不是顧顏第一次和別人同床，在她年紀還小的時候，奶奶和外婆都哄著她睡覺過，但是那種感覺不太一樣……

記得她剛上一年級的時候，正是爸爸顧中林的事業上升期，每天應酬多到推不掉，最後他只能花錢雇保姆，全天照顧女兒。

直到有一次他在外面談生意，接到保姆的電話說顧顏得了急性腸胃炎要送急診，顧中林才知道保姆竟然縱容她吃了整整一個禮拜的泡麵。

顧顏的奶奶知道這件事後對兒子氣得不行，心疼地要把唯一的孫女接到身邊照顧，顧中林磨不過他的老母親，自然同意了，結果住了不到半個月就被顧顏的外婆知道了。

因為顧顏父母離婚的事，兩邊的關係一直很差，這下老人心裡更不平衡了，鬧著也要把顧顏接到她那邊去。

最後談判的結果就是，每週一三五，顧顏上完學由爺爺奶奶接回去，每週二四六，則住在外公外婆家，週日那天按照單雙週來分配。

顧顏每一天的回家路徑和前一天都不相同，所以沒有和她順路回家的小朋友。其他的小朋友都是爸爸媽媽來接放學，只有她不一樣。

不過顧顏是天生的樂天派，她很快就把自己安慰好，這都不算什麼，她的生活很幸福，她有很多錢，而且有更多的人愛她是好事呢。

雖然某種程度來說，過於泛濫而充滿比較的愛也是一種負擔。

「妳昨晚在那邊吃了什麼？」

「那邊就給妳吃那種沒營養的早餐嗎？」

「那邊會不會給妳零用錢呢，顏顏？」

「顏顏，是奶奶對妳好，還是外婆對妳好？」

「妳更喜歡奶奶，還是外婆？」

不只是這樣，顧顏昨天聽著外婆說她爸爸的壞話入睡，今天就要聽她的奶奶斥責她媽媽不負責任。總之，她們要她選邊站就是了。

大部分的時間裡，顧顏都會見風使舵地說她還是更喜歡哪邊，但面對她父母的問題時，她只是愣愣地發一會兒呆，最後眨著眼睛打了個哈欠。

「奶奶，我好像睏了。」

自從這個時期開始，她就認清到一個現實——世上的愛都是有目的要追求結果的，如果你不能給別人想要的東西，對方就會收回對你的愛。

意識到這點後，她覺得比起被愛這麼辛苦，還是愛別人輕鬆一點。

不過現在看來，愛別人也不是一件容易的事呢。

她想起一個老師曾經說過的話，人就是一直在追求不屬於自己的東西。

像小時候一樣，有任何煩惱的話睡一覺就好了。

顧顏吸了吸鼻子，有什麼關係呢，反正明天太陽還是會照常升起的。

第二天，她依舊醒得很早。

照著鏡子的時候，她甚至分不清自己的臉究竟是因為做了愛，雌性激素旺盛所以變得光滑，還是因為睡前偷吃宵夜所以腫了。

她拿著美容儀器按摩了半天臉以後，換好衣服還是叫司機載她出門了。

目的地當然是公司。

顧顏進公司的時候內心還有一點羞愧，昨天她以公謀私，口口聲聲說要幫小李問清楚市政府那邊的修改建議，結果見到周均言就什麼都忘了。

睡前她想要給小李發微信，才發現根本沒有人家的聯繫方式。

沒想到進了公司後，工作室裡連她只有三個人，主編也不在，大概又是幫著湊人頭參加線上會議去了。

小李一臉生氣勃勃地坐在電腦前，全無昨天的萎靡。

「妳怎麼這麼高興？」顧顏在小李旁邊坐下。

設計師的電腦螢幕比她們的大了一圈，顧顏看了看電腦上的圖。

「昨晚到家收到對方發的修改意見，剛剛終於過了！」小李開心地拍了一下顧顏的肩膀。

「兩天沒搭理我們，多虧妳，中午和我們一起去吃飯吧，我請客。」

對面的編輯小張笑著問她這一單到底是能抽多少成，而顧顏的思緒還停留在她的那句話裡。

「昨天晚上傳的？」

「對啊，十一點多還在工作，真是工作狂啊！他們公務員到底領多少錢，竟然那麼拚？」

昨晚十一點，周均言剛從她家離開不久。

明知和自己沒什麼關係，顧顏突然又滿血復活了。

中午她們決議去附近新開的美食廣場吃飯，顧顏想了想答應了，反正她今天不打算打擾周均言的工作。

不過顧顏的小跑車只有兩個座位，最後大家只能徵用她的司機還有主編的那輛奧迪。

小李自從設計圖過了以後整個人都不一樣了，下車的時候，硬是要讓王延一一起去吃飯，說是不能白白用他。

「我有領薪水。」王延一搖了搖頭。

「一起去吧，中午還是要吃飯的吧？」

顧顏開了口，王延一才跟著下了車。

四個人進了廣場以後，小李用眼睛掃視了周圍一圈。

「咦，今天怎麼沒看見那些人？」

顧顏沒聽明白，「哪些？」

「我們的甲方啊，之前出來哪次沒碰見他們。」小李指了指前面的空桌。

「這附近就這麼一個像樣的吃飯處，來也不稀奇。」小張隨口接了一句。

顧顏的眼睛瞬間瞪大了，她到底錯過了多少？

「那、那你有碰到過他嗎？就是姓周的那——」

「妳直接說最帥的那個就好。十回碰見九回吧，因為他也開車嘛。」

「啊。」怪不得昨天那幾個姐姐帶她吃員工餐廳，因為他不在。

就在這時，空氣裡突然傳來淡淡的檀香味，她放包的動作突然頓住。

過道邊有人試探性地叫她：「顏顏？」

是昨天在市政府認識的余姐的聲音。

七、八個人的圓桌上，顧顏一眼就看到坐在最裡面的周均言了。他這時也看向她，目光淡淡的，只是很快又收回眼神，像是不經意看到了一個陌生人。

余姐側過身看了一眼周均言，回過頭來笑得有些不懷好意。

「我們菜剛上齊，妳過來跟我們一起吃吧，也算謝謝妳送的咖啡。」

「那不會打擾你們嗎？」顧顏顯得有些猶豫。

「不會啦，快點過來吧！」

她就等著這句話呢。顧顏拿起包，努力讓自己看起來不那麼迫切，走到一半她想起了什麼轉過身。

「延一，一會兒記得把她們送回去。」

她人還沒走過去，周均言左邊的人瞬間替她騰了個位置出來。

好人一生平安。

顧顏坐下的時候，注意到周均言微不可察地皺了下眉。

哼，她才不管他的臉色呢。

大概是了解周均言的個性，也擔心女孩子下不了臺，顧顏落座後大家除了偶爾投來幾個玩味的眼神，並沒有過多地打趣。

他們吃飯的時候依然談著工作上的事，一點也不懂得享受生活。

「那是你的司機？姓嚴？叫嚴一？」余姐用公筷給她夾了一塊魚。

「他姓王，叫王延一。」

余姐瞟了一眼周均言，「叫他延一？有點親密呢。」

顧顏沒想過這件事，但她覺得余姐說的有點道理，於是便放下手裡筷子，試著問：

「不然……我叫他小王吧？」

對此，周均言完全沒有任何反應，只是繼續吃著他自己的飯。

顧顏也不受挫，側頭看著一直沒怎麼開口的周均言，下意識湊過去輕聲道：「你很喜歡這家餐廳嗎？其實我也很會做菜。」

周均言當作沒聽見，並不給她回應。

不理她，顧顏眼睛一轉，輕輕「啊」了一聲。

見周均言臉色不豫地看向她，她朝他眨了眨眼睛，小幅度地指了指自己的胸，用只有他一個人能聽到的聲音說：「昨晚被你捏了之後，一直有點疼，脹脹的……」

在周均言臉色徹底變黑之前，她終於打住。

她將手搭在他手腕上的釦子上，一臉真摯，「好吧，我沒有怪你的意思，你下次還是可以這樣的。」

對面的大哥突然開了口，周均言沉著臉收回了她掌心下的手。

「今天可以湊兩桌麻將了。」

顧顏小聲問：「公務員不是不能賭博嗎？」

「別檢舉我們就行，到時候第一個倒楣的就是他。」大哥揶揄地看著她。

「他會打麻將？」顧顏話是在問對面的人，眼神卻溫柔如水地停留在周均言身上。

「妳不知道？他過目不忘啊，記牌之強的！」

聞言，顧顏一臉崇拜地看著周均言。

「你真厲害！」

周均言被她直勾勾的目光看得不自在，抿了抿唇道：「吃妳的飯，別看我。」

「別在女孩子面前裝酷耍帥。」余姐有些嫌棄地開口。

顧顏笑了笑，等余姐不再看他們以後，她才悄悄地靠近他說：「你怎麼樣都很帥。」

還沒等到周均言的反應，她就被左邊說話的人打斷了思緒。

「人多我們可以玩狼人殺，過年在家和小孩們玩了一次，還滿有意思。」

顧顏眼睛亮了亮，「我玩這個很厲害的。」

「他不愛玩這個。」余姐下巴微揚，點了點周均言。

顧顏有些遺憾，難得遇到她擅長的事。

「小周不會騙人，拿了狼人連話都不會說。」

顧顏想像了一下周均言玩遊戲沉默的樣子，突然笑了。

她傾身向前，手擋著嘴在他耳邊私語：「沒關係，以後我們一起玩，我會一直救你。」

耳邊傳來一股溫熱氣息，周均言一瞬間愣住。他盯著桌面許久，最後舉起桌上杯子，將杯裡的水一飲而盡後，聲音低沉。

「我不玩。」

顧顏失落地癱在椅背上，不說話了。

第三章 啊，我的親親男友

桌上的人提起這週末他們綜合一科要揪團去臨市的群島兩天一夜遊，有家屬的記得帶上家屬。

顧顏捧著一杯桂花優酪乳在座位上安安靜靜地坐著，想到自己雖然在美國幾乎每一季都會出去旅遊，但是她沒怎麼在國內玩過。

聽他們說可以在海邊抓螃蟹，晚上躺在帳篷裡看流星，顧顏眼巴巴地看著周均言，她也想和他一起去。

但想到他連狼人殺都不願意陪她玩，她把嘴巴閉緊，硬生生地把到嘴的話憋下去。她也是有氣節的。

「我婆婆早就說好週末要帶我女兒去桃花島，我老公不放心要跟著去。」余姐舉著錚亮的銀勺在顧顏眼前晃了晃，「我沒有家屬陪，要跟著我去嗎？」

顧顏坐直了身子，雙眼放光，她又試探地看了一眼周均言，就見他不贊同地看著余姐。

「我可以嗎？」

「她不可以。」

顧顏聽到他冷淡的拒絕後，氣鼓鼓地小聲抱怨：「你霸道死了，我又不是跟著你去的。」

周均言目光嚴厲地看著顧顏，余姐滿不在意地要開口，他放在桌上的手機突然響起。

他平靜地聽著對面的聲音，最後說了一句「好，我們馬上回去」。

顧顏知道他們可能有事情要忙了，對面的人把周均言吃飯前脫下的黑色大衣遞過來，顧顏回頭見小李她們還沒吃完，知道自己最好不要再打擾周均言他們了。

這是她第一次和周均言吃飯呢，雖然是在很多人的陪同下。

她記性不好，一時間忘記了剛剛的不愉快，有些不捨地起身站在他身邊。

「你們忙吧，我先走了。」

周均言低著頭正在扣釦子，沒有要搭理她的意思。

身旁的人陸陸續續起身跟顧顏打招呼道別，顧顏揮完手後依然執著地黏在他身邊，「理我一下嘛，我都要走了。」

周均言終於不耐地垂眸看向她，被她小狗一樣痴纏又依賴的眼神攪得內心一股無名火冒上來，「行了，我聽到了，滿意了沒？」

顧顏無語地看著他，怎麼又不開心了？

周均言轉身離開的背影一如既往地瀟灑。

顧顏只留給自己三秒鐘的憂鬱時間，提起包時又是一張笑臉，投奔剛剛被她拋下的同事去了。

顧顏沒想讓小李結帳，於是在他們吃完前先拿著帳單去了收銀臺。

她拿著帳單走到門口，店員手裡正拿著一臺手機一臉苦惱，看到她後面露驚喜。

「太好了，您還沒走。這個手機是剛剛坐您身邊的那個穿黑色大衣的帥哥遺落的。」

顧顏看了一眼店員手裡沒帶殼的手機，搖了搖頭。

「應該不是，他的手機是黑色的。」

「可是就是在他掛衣服的凳子下找到的，可能是不小心滑下來的，不然您打他電話試試呢？」

「好吧。」顧顏猶豫著從通訊錄裡找到「啊我的親親男友」，深吸兩口氣後撥了過去。

她咬了一下大拇指，已經做好了電話立刻被掛斷的心理準備，結果店員手裡的手機螢幕真的亮了……

「那可能他手裡的那臺是工作機。」小李他們不知道什麼時候站在她身後，「很正常的，我們主編光是工作機就有三支。」

顧顏拿起周均言的手機，買了單以後走在他們身後。

她打開自己手機裡的微信，找到余姐的頭像，很快發過去一行字。

「姐，周均言在嗎？」

「被拉去討論了，大概會忙到很晚。幹嘛，才剛分開又想他了？」

顧顏正想把手機的事告訴她，手上的那臺手機再次振動起來。

螢幕上只有一串號碼，並沒有備註。

顧顏知道不該隨便接別人的電話，但又怕耽誤周均言重要的事，遲疑了一下還是接了。

她打算告訴對方著急的話先用其他方式聯繫周均言，結果對面的人比她更早地開了口。

要不是知道這是周均言的手機，她真以為對方在叫她。

「言言，小吳中午有事我就讓她回去了，媽午覺起來頭暈得不行，胸口也悶悶的，想去醫院查查什麼毛病，你下午有時間嗎？」

顧顏一聽周均言的媽媽身體不舒服要去醫院，而周均言根本分身乏術，一時間有些擔憂地開口：「阿姨，他在開會。」

對面頓了幾秒後，「哦」了一聲，顧顏又說：「不過您不要擔心，我是他同事，我叫顧顏。我正好忙完手邊的事情，您把地址告訴我，我現在就去您家接您去醫院好嗎？」

周均言的媽媽周寧一聽到陌生女孩的聲音，摸不清狀況，但顧顏軟磨硬泡，真誠熱情得讓人難以拒絕，最後還真讓她要到地址了。

顧顏讓王延一開著主編的車把小李還有小張載到公司門口後，又載她去了周寧給的地址。

只見一個穿著樸素的中年婦人，圍著圍巾戴著帽子有些不安地站在社區門口。

顧顏沒等車停穩就下了車，小跑到周均言的媽媽面前，笑得十分乖巧。

「阿姨，沒等太久吧，我帶您去醫院。」

「會不會太麻煩妳了？我明天去醫院也可以的。」周寧說著已經被她拉進了後座。

顧顏撥浪鼓似地搖頭，「不麻煩不麻煩，身體不舒服可是很危險的。」

到了省立醫院後，顧顏對王延一使了使眼色，讓他把奧迪開回去不用管她，自己則帶著周寧把常規血液檢測、心電圖之類的都做了一遍。

三個小時後，她拿到所有的檢查結果，利用顧中林的關係打了通電話，把周母安排到一間單人病房住下。

「周阿姨您累的話，可以先休息一會兒。」

「其實沒必要住得這麼好的……」周母不好意思地看著她。

她想起顧顏剛剛看到自己身分證上的姓是周，神情自然，也沒有問周均言為什麼和她姓，看來真的是兒子熟識的同事。

「沒什麼的。您喜歡的話，想住多久就住——」顧顏說到這裡又連忙搖頭，「呸呸，醫院還是少住比較好，健康最重要。」

周母一臉慈愛地望著眼前張羅大小事的漂亮小姑娘，腦中忽然冒出了其他念頭——對方這麼有耐心地為自己跑前跑後忙了一下午，真的只是言言的同事嗎？

本來想問點什麼，但最後話到嘴邊，也只剩一抹微笑。

不知過了多久，顧顏起身走到門口，再進來手裡已經捧著一大束紅白相間的花，是康乃馨。

「他們速度真快。」她一臉笑意地走過來，打算將花插到玻璃瓶裡，「外面好像下雨了。」

「妳已經陪了我一下午，怎麼還買花呢，太破費了。」周母搖了搖頭。

「沒多少錢的，而且有花的話，房間會香，您就不會覺得消毒水味太重了。」

「有妳陪我，我就不——」

門突然間從外面被推開，顧顏聽到她熟悉的腳步聲，驚喜地轉過頭，就見周均言面色焦急地大步走進來，頭髮大概是被雨水淋濕了，黑色大衣也沾滿了水珠。

顧顏的心跳了跳，她放下花，抽了幾張紙巾走到他面前，像是想要討表揚的小孩子，一臉希冀地注視著他。

看，你不在的時候，我把你媽媽照顧得很好呢。

沒想到周均言目光冷冷地看著她。

「妳為什麼會在這裡？」

顧顏對上他冷漠的眼睛，笑容突然僵在臉上。

周均言極力壓抑著憤怒，「妳糾纏我還不夠，連我媽都不放過？」

顧顏的手不自覺地絞起來，臉也開始發燙。

「言言！」

周母急著要解釋，卻被周均言打斷，他最後疲憊地搖了搖頭，聲音淡淡的：「妳就像橡皮糖一樣呢，怎麼甩都甩不掉。」

顧顏感覺自己的手在抖，她握緊拳頭後，廢了很大的力氣才擠出一個體面的笑容。

「我……阿姨的點滴剛好要沒了，我去通知護理師再離開，就不打擾了。」

她將紙巾還有周均言的手機放在康乃馨旁邊，走到一旁拿起自己的包包，訥訥地說了一句「阿姨再見」便低著頭離開了。

她跑出醫院後才發現，雨真的下得好大，明明中午吃飯時天氣那麼好。

她拿出手機想要叫計程車，用力地按了幾下，才發現手機因為沒電自動關機了。

她垂著頭往前走，找不到一個躲雨的地方。

天已經黑透了，路人打著顏色各異的傘，只有幾盞街燈亮著。

她孤零零地走在馬路上，一輛電動車突然從她旁邊騎過去，濺了她一身的汙水。

雨柱就像一個又一個巴掌甩在她臉上，顧顏繃著臉低頭看著自己已經濕透髒透的靴子還有裙子，突然委屈地蹲了下來，將頭埋進膝蓋裡小聲哭了起來。

她隱進了黑色的雨夜裡，行人從她身邊經過，沒有人注意到她。

不知道過了多久，久到顧顏已經感覺不到雨打在她身上的感覺了。

雨停了嗎？還是她被淋到麻木了？

她吸了吸鼻子，終於想要抬起頭，聽到有人在她身邊嘆了一口氣。

「妳到底還要在這裡蹲多久？」

顧顏走後，周均言沉默地在原地站了一會兒。

「你怎麼能對她那麼壞？她對你做了什麼壞事嗎？」周寧知道她的兒子不是對女人主動熱情的類型，但這態度惡劣得讓她難以置信。

周均言沒有回答，只是定定地看著窗外，閉上眼睛按了按眉心。

他今晚開完會的時候差不多是晚上八點半。

一發動車子，他才發現自己的私人手機不見了。本來以為是中午吃飯前掉在辦公室了，打算明天再找的。

他唯一擔憂的是不知道母親有沒有打給他，自從上大學以後，他便沒有再和母親住一起，回來工作以後，依然如此。

周均言尊重她，其實他們本質都是一樣的人，一個人生活更自在。

不過，他終究對她的健康問題不夠放心，於是讓她把空下來的二樓租出去，平常也好有個伴。

周寧五十多歲，除了打電話外，不願意接受通訊軟體之類的聯絡方法。

周均言記得她的號碼，直接用工作機撥過去。

漫長的等待接通聲後，並沒有人接起電話。

這種情況並不是第一次發生，周寧信奉基督教，平常在家會用手機聽讚美詩，便會將手機調成靜音。

周均言從備忘錄裡找到租客吳雪的電話，撥去問了才知道她今天中午已經回了老家，沒有待在租屋處，他便只能直接開車回家看看情況。

到了家後，他才注意到她最常用的那個包不在，又發現客廳小鐵盒裡她的身分證和健保卡都不在，才意識到母親可能去了醫院。

離他們兩人住處最近的是省立醫院，周寧一直都是去那裡看病的。

他知道他媽不會真的有什麼事，但擔心是不可避免的。

開車前往醫院的時候，他打了通電話給在省立醫院工作的大學同學，最後真讓他猜對了。

但周均言沒想到會在病房裡看到顧顏。

一時之間，他想起她為了能和自己在一起耍的那些花招，先入為主地判定她把主意打到自己媽媽這裡了。

周寧大概也是真的被兒子的無禮氣到，側過身子不願意再看他。

病房裡自帶一個洗手間，他擰開水龍頭，冰冷的水從圓孔裡傾瀉而出，直接打在他的皮膚上，周均言抬起頭看向有些霧氣的鏡子，眸光黯淡、溢滿受傷的一雙眼睛突然出現在他的眼前，他煩躁地關掉水龍頭。

出來後，周均言看了一眼周寧的點滴，又轉身望向窗口。

雨下得很大。

「我今晚會在這裡睡一晚，你不用在這裡陪我。」周寧不鹹不淡地開口。

護士正好這時候進來，換上最後一瓶點滴。

在她轉身要走出病房的時候，周均言叫住了她。

「請問可以借我一把雨傘嗎？」

周均言沉著一張臉，心裡湧起無限的矛盾，他接過護士遞給他的黑傘，甚至忘了再和周寧說一句什麼。

「把你桌上的手機拿走。」

周寧聲音緩和了一些，喚住了周均言。

周均言看到靜靜地躺在康乃馨旁邊的手機，一時間頭更痛了。

「快被她煩死了——」

他咒罵了一聲，抓起桌上的手機衝了出去。

周均言找到顧顏的時候，她就那樣蹲在地上任雨淋，全身濕透。蠢死了。

他心上一鬆，卻依然板著一張臉大步走近她，將傘舉在顧顏頭頂。

十分鐘過去了，雨和顧顏的眼淚都沒有要停的意思。

周均言看著她隔幾秒就因為抽泣而起伏的背脊，終於嘆了一口氣，彎腰蹲在她身邊，低聲道：「妳還要在這裡蹲多久？」

他說話的時候，顧顏的頭正要抬起，在聽到他的聲音後，立刻不動了。

周均言看著她一半都埋在膝蓋裡的腦袋，無奈地說：「起來，我送妳回家。」

顧顏像是沒聽見，頭也不抬。

雨勢並沒有減小，他知道不能任由她在這裡待下去了。

周均言將傘換到左手，右手握住她的肩要把她拉起來，結果顧顏的腳像是在地上生了根，整個人繃得很緊，一動也不肯動。

周均言不能丟掉傘，最後只能放開她的肩膀，他毫不猶豫地將手探進她的膝蓋，捏住她的下巴抬起後，扳正她的臉。

周均言的手用了力，顧顏不得不面對著他，只是她不願意看他，於是死死地閉上眼睛。

她的一張臉上不知是淚痕還是雨水，睫毛被打濕，髮絲也黏在臉上，整個人呈現出狼狽又脆弱的氣息，像是一碰就會碎掉。

周均言神情複雜地看著她，手卻已經不由自主地撫在她臉上，輕輕地擦拭她眼下的淚水。

「還沒哭夠嗎？」周均言沒意識到自己的語氣變得多柔和。

顧顏聽到他的話，鼻子一酸，眼淚再次大顆大顆地順著眼尾往下掉。

注意到自己手上的動作後，周均言心裡閃過一絲難以言喻的慌亂。

回神後，他動作粗魯地抹掉她的眼淚，沉默著把她臉上的頭髮搭在耳邊後，不再浪費時間，直接攔腰把人抱了起來。

顧顏的腿不放棄地往下蹬，被周均言的手掌用力地扣住。

頭頂只有昏暗老舊的路燈，他艱難地分辨著方向，兩人身上的衣物吸滿了雨水，顧顏整個人往下滑，他有些疲憊地摟住她往懷裡帶。

「別鬧了。」

下一刻，脖頸被細小而尖銳的東西咬住。

顧顏攀住了他的肩，用力地咬上他頸側的皮膚。

周均言沒有停下腳步，無所謂地任她咬，抱著她往停車場走，因為托著她膝蓋的左手握著傘，周均言走得很慢。

他左肩已經濕透了。

最後她咬不動了，終於鬆開，頭無力地靠在他胸口，嗚咽著小聲說：「你罵我是橡皮糖……」

周均言沒回話，沉默著走進停車場。

找到車子後，他鬆開左手握住的傘，因為有金屬傘骨支撐著，它很平穩地落在地上。

他微微彎下腰，食指把後駕的門拉開，將顧顏丟進後座。而後面無表情地解開身上大衣，隨手扔到她身上。

車門被他關上前，他只是淡淡地丟了一句：「妳比橡皮糖黏人多了。」

坐進車裡後，他第一時間開了暖氣。

車裡的油因為今晚的折騰早已不剩多少，開到顧顏家幾乎是不可能，他斂眉將車駛出停車場，繞了一圈沒找到還在營業的加油站。

等紅綠燈的時候，他平靜地開口：「車快沒油了，沒辦法撐到送妳回家，妳打電話找人來接吧。」

車裡除了暖氣發出來的微弱聲響，什麼也沒有，顧顏沒回答，連她的呼吸聲都聽不見。

他抬眼看向後照鏡，只見她臉色發白，睫毛輕輕顫動著，閉著眼睛縮在他的大衣裡瑟瑟發抖。

他抿緊嘴唇，將暖氣開到最大。

周均言知道他應該把她隨便丟進一間附近的旅館的，他知道。

但是，為什麼他沒有呢？

周均言把車停在自己的車位上後，在車裡坐了很久才下車。

他拉開後座的門，只見顧顏歪著頭，枕著抱枕睡著了。

深夜的停車場過於寂靜。

周均言移開視線，盯著副駕的椅子，用手背拍了拍她的臉，「別睡了。」

睡夢中被拍醒，顧顏下意識地瑟縮了一下，纖長的睫毛輕緩地搧了搧，睜開了惺忪的一雙眼。

意識到眼前的人是周均言後，她慢慢地「嗯」一聲後坐起了身。

身上的大衣滑到腿上，顧顏因為困倦再一次閉上了眼，她抬起手臂對他伸出了雙手。

周均言看著角落的紅色滅火器，漠然地說：「自己走。」

她依然維持著張開雙臂的姿勢，小幅度地晃了晃。

「腿麻了。」

兩人就這樣僵持著。

濕衣服貼在身上的感覺黏膩又噁心，腳已經被雨水浸得沒有知覺了，周均言只想趕緊回家。

最後他蹙著眉頭俯下身，將顧顏抱出來以後，直接用腳把車門踹上。

懷裡的人立刻摟住他的脖子，軟軟地靠在他身上。

周均言的語氣有些嚴肅：「這是最後一次。」

顧顏在他的懷裡睜開眼睛，點了點頭後睡意漸濃起來。

她看到他脖頸處被她咬出的齒痕，靜靜地出聲問：「你是因為愧疚……才來找我的嗎？」

顧顏沒等到周均言的回答，自顧自地說下去。

「總不會是因為擔心我吧。其實你說的沒錯，我確實一直在糾纏你。我爺爺說過，人和動物的不同之處是人可以控制住自己，為什麼我不行呢？你不該來找我的……」

顧顏的敘述一團混亂，根本不知道自己在說什麼。

她想起自己跑進雨裡的時候，一直期待周均言可以追出來。可是除了一身的汗水，她什麼也沒等到。

她委屈地想，周均言不來找她的話，她就要懲罰他，她要把他們約定的戀愛時間再加一個月，因為他對他的女朋友一點都不好。

可是她這樣想著想著，突然覺得還是縮短一個月好了，因為不管她努力多久，他都不會喜歡上她的。

周均言知道的話，會後悔來找她嗎？

「知道了，下次不會找了。」周均言語氣平淡地打斷了她的思緒。

他抱著她走進電梯裡，顧顏看著反光鏡面上映出的一對人影，心裡有些酸澀。

「你以後不可以這樣了知道嗎？我先對你做了不好的事，所以這一次我不怪你，但是不可以有下一次了，如果——」

周均言按的樓層到了。

顧顏也沒再說下去。

為了方便拿取鑰匙，周均言暫時放下了顧顏，她站在一旁捶了捶自己的腿。

開門後，她亦步亦趨地跟在周均言身後進了他的家，沒有四處張望。

濕襪子脫掉以後，她換上了周均言拿來給她的灰色棉質拖鞋。

這裡沒有女人生活的痕跡，幾乎所有東西都是黑、白、灰色組成的。

顧顏呆呆地站在客廳，有些不知所措，就見周均言從一個房間出來，將一條乾淨的浴巾塞到她懷裡，神色平常地指了指浴室的方向，「去洗澡。」

「哦。」

顧顏聽話地轉身走進那間浴室。

盥洗池面上的漱口杯裡只有一枝牙刷，門還沒有關上，周均言又從門外遞來乾淨的牙刷還有杯子。

出去前，他把浴室裡的電暖燈按開了。

這裡沒有浴缸，淋浴的蓮蓬頭也被擺得很高，顧顏得踮著腳才能搆到。熱水包裹住身體，血液加速回流，顧顏看著浴室裡擺著的各種生活用品，這才意識到自己被周均言帶回家了。

沖完澡，裹著浴巾出來的時候，顧顏突然聽到大門被關上的聲音。

「是我。」

大概是怕她尖叫，周均言提前出了聲。

他換好鞋子走到她跟前，看也不看她，直接將剛剛從外面買來的一大袋東西遞到她手上。

「拿著。」

顧顏低下頭一下子看見了一套白色睡衣。

她有些受寵若驚地看著他，「你去幫我買睡衣了？為什麼？」

周均言瞥了她一眼，「因為不想讓妳穿我的衣服。」說完便移開了目光。

顧顏只顧著低頭看他買回來的東西，並未對他的話做出反應。

過了一會兒，周均言握住她的手腕，帶著她往主臥走。

走到臥室門口，周均言停下。

「妳今晚就睡這裡。」他說完轉身就要走，顧顏立刻拉住他的袖子。

「那你呢？」

「我睡沙發。」

「可是——」

「沒有可是，別讓我把妳趕出去。」他突然又變得不耐煩起來。

顧顏鬆開手，彆扭地站在臥室門口，「好吧……那我睡了，晚安。」

周均言皺著眉對她招了招手。

顧顏坐在沙發邊的地上，雙手抱著周均言的右手臂，下巴虛靠在臂彎處，安靜地看著周均言的睡顏。

她從睡夢中驚醒後，就再也沒能睡著，於是輕手輕腳地下了床，直到摟住周均言的手臂後，心裡才覺得踏實起來。

周均言睡著時的表情很平和，眉頭舒展，與他清醒時嚴肅冷淡的模樣大相徑庭。

顧顏洗澡的時候偷偷地用了他的沐浴乳，她突發奇想地湊到他脖頸處聞了聞，現在他們是一樣的味道了。

不過很快，她看到他喉結下那個橢圓的牙印，一圈齒痕已經呈現出暗紅色，有些嚇人。

她以為自己沒有很用力。

顧顏悄悄地低下頭，將唇貼在已經結痂的齒痕上，血液在汩汩流動，她像舔舐傷口的小動物一樣一下又一下地吻那裡。

周均言在一片黑暗中睜開了眼。

顧顏湊上來嗅他身上味道的時候，他已經被覆在臉上的髮絲蹭醒，感受到脖子上柔軟的觸感，他聲音沙啞地開口：「妳又在做什麼？」

聞言，顧顏嚇了一大跳，她在黑夜中惴惴不安地看向他，很快收回攬著他手臂的手。

「我沒有親那裡……」顧顏解釋著，伸手指了指周均言的嘴唇，被對方皺著眉一把握住。

他的掌心好熱。

「半夜不睡覺，妳想幹什麼？」他箍住她作亂的手，語氣不算好。

「我睡不著……」顧顏委屈地說，「我睡覺習慣要抱著東西，可是你的床上只有一顆枕頭，我翻來覆去怎麼也睡不著……」她哼哼唧唧的不知道是在抱怨還是在撒嬌。

周均言無奈地把手臂下的枕頭抽出來給她，「這樣可以了嗎？」

接過枕頭時，顧顏觸到了周均言的手臂，燙得像是一個火爐。她用沒被握住的那隻手在周均言額頭上飛快地摸了一下，有點擔心地說：「你的身體好熱。」

周均言沉默了半晌，陽臺外燈火闌珊，灰色的布簾挾帶零星半點的燈光，滴落進她的眼睛裡幻化成最渺小的星。

他盯著顧顏的瞳孔，平日裡她身上的香氛味消失了，取而代之覆在她身上的是淡淡的男士沐浴乳的味道，是他的味道。

「妳離我遠一點，就什麼事都沒有。」他收緊自己的手臂。

「我怕你發燒了。」

周均言看著顧顏的嘴巴一張一合，卻一個字也沒聽進去，眼神深沉難懂，「妳知不知道，妳真的很煩人……」

顧顏茫然地看著盯著自己嘴巴的周均言，思來想去以為他是因為她咬他的事在生氣，她雙眼放光，討好地看著他道：「下次我要是再咬你的話，你就咬回來，我不會生氣的。」

她說完後，周均言的眼神變得晦澀，他猛地握住顧顏的脖頸，惡狠狠地咬住了她的唇。

顧顏完全僵住了，周均言在吻她……不，這壓根不能稱作一個吻，他是在咬她。

她被咬得「嗚嗚」叫著，卻在疼痛中感受到愉悅，閉上眼睛回摟住周均言的脖子。

兩人的唾液與氣息交纏，直到被周均言按回在沙發上，顧顏失魂落魄地摸了摸自己的下嘴唇，她嘗到了血液的鹹腥味。

陽臺的窗戶被雨水拍打，聽在顧顏的耳朵裡像是木樁敲擊鼓面的聲音。

腦中各種混亂的雜音震得她難以思考，她深深地吸氣、呼氣，依然覺得自己像是溺了水。

大約過了一個世紀那麼長的時間，顧顏終於有勇氣掀起眼簾，才發現周均言一直在看著她。

視線交織，周均言神情怪異地鬆開握住顧顏雙臂的手，卻被她拽住了衣領。

她看著他嘴上的血跡，「有血，我幫你擦掉。」

說完，她沒有給周均言反應的時間，抬頭吻掉了他唇上的血。

吻完後，她什麼也沒說，只是害羞地看著他。

莫名的情緒在周均言眼底一閃而過，下一秒，天旋地轉般，顧顏被他拉到並不算寬的沙發上。

他的臉離自己好近，顧顏手捧著胸口，躺在沙發上不自覺地吞了口口水。

周均言雙手撐在她的頭兩邊，居高臨下地俯視著身下的顧顏。

只要等到明天早上，被雨水沖刷過的世界將恢復純潔，欲望留下的痕跡也將不復存在。

他沉默著注視著她的眼睛，一點一點俯下身，將膝蓋卡進她大腿間，讓兩具身體間沒有一絲縫隙。

四目相對後，顧顏面色緋紅地抬起雙腿圈住他的腰——

下身傳來令人難耐的滋滋水聲。

周均言在顧顏的腰下塞了一個枕頭，一言不發地扒掉他為她買來的睡褲後，拇指的指腹伸進她的腿間，找到那顆細小的圓核後不斷地打著圈撚揉，很快地，指下變得滑膩，一大灘淫液被揉出。

周均言聽見自己冷靜到做作的聲音：「自己揉過嗎？」

顧顏的手抓住沙發邊緣，舒服地扭動著腰肢。

「揉過……嗚嗚想著你揉的……」

顧顏羞恥地感覺到有液體從腿縫間溢出，沿著大腿緩緩滑落。

周均言攔住那些淫液，盡數塗抹在她的腿縫間，隨後食指與中指併攏，在穴口揉了揉後緩緩地插了進去。

「哈啊……」

花穴剛剛吞進去一段指節，穴口就顫抖著收縮起來，顧顏的手死死地抓住了沙發一角。

手指代替周均言的陰莖，一寸又一寸地進入了顧顏的甬道。

漫長的插入對顧顏來說如同凌遲，直到兩根手指完全被小穴包裹住，顧顏終於痠軟無力地癱在沙發上呻吟出聲。

她明明沒喝酒，卻眼神迷醉地看著用手指在她身體裡開拓疆土的人。

周均言先是淺淺地抽插著，指尖在穴口探索著，很快又離開，不知這樣玩弄了她多久，他終於找到那敏感的凸起，只是輕輕地一刮，顧顏再一次失聲尖叫起來。

「啊！那裡不行……」

周均言不管不顧地在她身體裡進出著，穴肉緊緊地吸附著他的手指，容納著它們在裡面衝刺。

又緊又熱，夾得他呼吸變得粗重。

不夠，遠遠不夠。

顧顏的頭蹭著周均言的肩，滿面潮紅地胡亂抓著沙發上的墊子呻吟著。

沙發上早已濕得不能看。

她一邊隨著周均言手下抽插的節奏搖晃著臀瓣，一邊用著渴求的眼神痴纏著他。

「想要你進來……」

他另一隻手揉捏著顧顏挺翹的臀瓣，只當沒聽懂她的言外之意。

「我已經進去了。」

周均言猛然抽出手指，再進入時又一次精準地戳到那個點。

「要別的……啊……」

在周均言不疾不徐的指奸下，顧顏被操弄得呻吟不止，津液就順著顧顏的唇角淌下。

顧顏不懂周均言為什麼不肯把性器插進來，明明已經硬得不行了。

她不滿地哼叫了一聲，閉著眼睛呻吟的模樣落在周均言的眼裡放蕩極了，於是他沉默著加快了手上抽插的節奏。

致命的快感逼得顧顏快發瘋，她滿目含春地凝視著他，一聲嬌過一聲。

周均言俯下身子，側躺在沙發上進出顧顏的體內，就這樣好整以暇地看著身下的顧顏因他的兩根手指意亂情迷、淫叫不止。

「周均言，我不行了嗚嗚……」

沙發在猛烈的晃動中發出吱吱的聲音，顧顏已經完全聽不見窗外的雨聲了。

周均言一隻手控制住她不斷挺動的腰，手指以最快的速度抽插著，終於，顧顏雙腿打著顫，弓起身子，噴在他手裡了。

高潮之後，癱在沙發上的顧顏軟軟地摟住周均言的腰，往他懷裡蹭了蹭。
好幾分鐘裡，兩個人都沒有說話。
周均言看了看身下泥濘不堪的沙發墊，準備起身，顧顏卻死死地抱著他不讓他動。
「不要。」
最後他不得不冷著臉直接把她從沙發上提起來，丟到臥室的床上。
等他拿著毛巾回來的時候，她已經抱著被子睡著了。
「腿張開。」他沉沉地開口。
在夢裡，顧顏也乖乖地為他張開了雙腿。

鬧鐘還沒有響，周均言卻醒了。
他是被顧顏的叫喚聲給鬧醒的。
周均言坐起身，發現顧顏撇著嘴，手不斷在背上胡亂撓著。
「周均言，我過敏了……」
周均言愣住，連忙打開了壁燈，只見顧顏的脖子上冒出許多紅疹子。
他有些頭疼，聲音沙啞地詢問：「怎麼回事？」
顧顏直接掀起衣服給他看，周均言沒來得及阻攔她大膽的動作，只看到她白皙的胸前也紅了一大片。
「你幫我買的睡衣材質有問題，好癢好癢……」
顧顏一邊說著一邊又要去抓，被周均言一把握住，他思索了片刻才回：「我買的是百分之百純棉的。」
「可是穿起來硬硬的，一點也不像純棉……」顧顏委屈地控訴著，被他制住的手依然想要去撓。

「好了，不要抓了。」

周均言拍掉她的手，面無表情地下床穿衣服準備去洗漱。

「你要去哪裡？你不管我了嗎？」顧顏受傷地望著他。

——如果可以不管她就好了。

周均言煩躁地抓了抓頭髮，頭也不回地道：「去幫妳買藥。」

「那你要快點回來喔。」她在他身後可憐兮兮地說。

清晨六點，周均言開著車在空蕩蕩的街上尋找二十四小時營業的藥局，一路無果，最後只好開去省立醫院的急診掛號取藥，順便看了一下還沒醒來的周寧。

回到家後，他按了按太陽穴，提著一袋藥推開了臥室的門。

顧顏握著手機，抱著被子眼巴巴地看向他。

「你終於回來了……」

周均言努力忽視她熾熱的眼神，將袋子裡外用的藥膏、口服的消炎藥還有各種維他命倒在她面前，外包裝上有寫使用方法，她應該可以自行處理。

他看了一眼顧顏，冷冷地說：「按照醫囑，我去上班了。」

顧顏雙手拉住他的手腕，不讓他走。

「可是我擦不到背後。」她眨了眨眼，拉著他的手腕晃了晃，語氣嬌嗲地說，「而且，如果你捨得把你的衣服給我穿，我就不會這麼倒楣了。你幫我擦嘛……」

周均言深吸一口氣，忍住即將發作的脾氣，抽回手。

「轉過去。」

顧顏見他已經拆開一罐凝膠的盒子，「啊」了一聲。

「不是要我幫妳擦嗎？」他語氣沒什麼起伏，像是在陳述一個事實。

顧顏沒想到周均言會答應得那麼痛快，遲疑著放下懷裡的被子，躺在床單上，閉上了眼睛。

她一絲不掛地躺在周均言的床上，而周均言就在她身後，意識到這一點，她的臉開始有些發燙。

冰涼的凝膠被粗糙的手指抹在她癢到灼熱的背上，好舒服。

「好涼……」她輕輕地哼了一聲。

周均言沉默地將凝膠快速滑過她背部滿是抓痕的地方。

明明對方的動作不帶一絲情色意味，但每當他的手指經過一處，顧顏的身體就忍不住隨之輕顫。

太丟人了！

顧顏將臉埋進枕頭裡，陡然想起昨晚周均言猛地吻上她嘴唇的樣子。

她伸手摸了摸自己的嘴，能清晰地摸到一個細小的傷口。

「你昨晚為什麼吻我？」顧顏滿心粉紅泡泡地問。

背上的手指頓時停下了動作。

「那不是吻。」半晌，周均言皺眉道。

顧顏不滿地扭頭回看他，只看見周均言垂著眸在幫她塗藥。

「好吧，那不是吻，」顧顏不開心地回過頭，「你只是咬了我，而且還把舌頭——」

聞言，周均言按在她背上的手指微微用了力，他的喉結動了動，「背上塗好了。」

說完，他收回手，面不改色地道：「因為妳那張嘴永遠不知道什麼時候該閉上。」

顧顏翻了個身，直勾勾地盯著他。

「你一定又要說我煩人了對不對？那我現在學會了，以後我覺得誰煩的話，我是不是去啃他的嘴巴就好？」

周均言一言不發地瞪著她。

她在挑釁他，他不會上當的。

這時，顧顏靠了過來，兩個人近到周均言的視線裡除了那張惹人厭的嘴唇什麼也看不到。

「妳以為我還會親妳嗎？」周均言的嗓音粗啞，厭煩地盯著她。

顧顏被他的眼神看得頭暈，最後她雙手輕輕地搭在周均言的肩膀上，一點一點向他靠近。

「你會的……」顧顏在他唇邊輕喃。

下一秒，兩個人就吻在了一起。

顧顏被周均言狠狠地按在床上吻著，她完完全全被他的影子籠罩，濃重的血腥味在兩人的口腔中散開。唇舌交纏，顧顏不知道這一次又是誰咬破了誰的嘴唇抑或是舌頭，她的腦子早已一片空白，除了笨拙地回應，她什麼也不知道了。

她雙手緊緊地抓著周均言的外衣，就快被洶湧的情潮淹沒了。

帶著寒意的襯衫不時觸碰到顧顏的乳尖，癢意伴隨著快感通過那細小的尖傳遍了全身，顧顏含著周均言的舌頭，在他身下呻吟著，手不由自主地摸向自己飽漲的乳房。

自從乳頭被周均言摸過以後，她自己的手就失了靈，無論她怎麼撫弄，只覺得下體又癢又空虛，完全得不到滿足。

顧顏在周均言的口中喘息個不停，求救地牽引著周均言的手覆在自己瑩白的乳房上。

「這裡也癢，要你抹藥。」她貼著他的嘴唇，小聲嗚咽。

乳頭剛被他觸碰到，顧顏下身便舒服得泛出蜜液。

周均言拇指的指腹描摹著在他手心裡挺立的小巧乳珠，修長的兩根手指夾著乳頭不斷揉捏，顧顏情難自抑地緊貼在周均言身上，期盼著手指的主人可以更加肆意地玩弄那裡。

就在這時，顧顏聽到一陣振動聲響。

周均言像是捏小貓一樣捏住顧顏的後頸，勉強地從她口中退開，顧顏收回舌頭嚶嚀了一聲，不知所措地看著對方。

他的呼吸粗重，眼神也帶著令她不解的神色。

他沒說話，也沒有接電話，眼睛就像是定在了顧顏身上。

顧顏在他的目光下舔了舔已經被吻腫了的嘴唇，雙唇微張著，整個人透著一股淫靡的氣息。

最後，周均言接通了電話，另一隻手的拇指撫上她那被吻得嬌豔欲滴的唇瓣，試圖拭掉她嘴上的晶瑩。

「喂？我已經在路上了。」他面不改色地撒著謊。

顧顏身體沒動，只是睜著一雙水汪汪的眼睛望著周均言，並下意識含住他的手指。

手指瞬間被柔軟而溫暖口腔包裹，周均言神色晦暗地看著她。

掛掉電話後，兩人就這樣沉默著。

直到手機又一次響起，周均言按掉電話，終於抽出被她含濕的手指，在她的唇上抹了抹。

「我要上班了。」周均言的目光深沉，聲音也和往常完全不一樣。

顧顏覺得自己輕飄飄的，就像是天邊的一朵火燒雲，「嗯。」

周均言依舊沒有離開，只是看著她。

「我走了。」

顧顏低著頭，將他那被她扯皺的襯衫撫平，偷偷地看了他一眼：

「那你路上小心。」

「別忘了吃藥。」說完後，周均言轉身往門口走。離開臥室前，他停下腳步，聲音晦澀，「希望我晚上回來的時候……妳已經離開了。」

顧顏在客廳的桌子上看到已經被烘乾的裙子和外套。

她吃了藥，將手機連上了電源，又回到周均言的床上睡了一會兒後，起身換上衣服就離開了。

周均言人生第一次遲到了，而這件事被整個綜合一科傳了個遍。

他這一天過得渾渾噩噩。

下班回到家時，他發現門口腳踏墊處的女鞋不見時，有一瞬間的愣神。

雖然那本就是突兀地闖進這片空間的一雙鞋。

很快，他神色如常地將鎖匙插進了匙孔。

就在這時，周均言聽到身後輕緩的呼吸聲。

他站在原地沒有回頭，手上的動作卻不受控制地停了下來。

「你說希望晚上不要在裡面看到我，我只好在外面等，等了你好久呢。」

周均言深深地吸了一口氣，轉身看向那個聲音中帶著笑意的人。

他皺眉盯著站在客廳中央的那個身影，自己到底是哪裡出了問題，為什麼會把顧顏放進來？

心底有個微弱的聲音不斷地在提醒他——把她趕出去。

顧顏離開了半天，再回來已經換了一身衣服，她右手提著一個不算小的托特包，懷裡還抱著一小盆多肉，站在沙發前很是溫順地看著他。

「剛剛在社區門口，有個老奶奶讓我幫她一個小忙，做完就送給了我一盆多肉，她說養一養就會開花呢。你家的陽光好像比我家好很多，我可以放在這裡養嗎？」

顧顏的眼裡溢滿了期待。

周均言盯著她手裡那個粉色小盆裝著的多肉，它真是和它的主人一樣與這裡格格不入。

再開口時，態度已是冷冷清清，「不可以。」

「好吧，我還是放在陽臺養好了。」顧顏放下了包，抱著多肉輕車熟路地往陽臺走。

周均言深吸一口氣，認識顧顏之前，他並不知道原來深呼吸真的可以讓人平復情緒。

他沒有再去看陽臺那個給多肉認真挑選風水寶地的身影，扯了扯領帶轉身往臥室走。

掛好西裝外套後，周均言在床上坐了一陣子，他之前從沒有穿著外出服就坐上床過。

很快他又聽到客廳傳來窸窸窣窣的聲音，終於還是不放心地走出去看看情況。

走到客廳後，他一臉嚴肅地看向顧顏，只見她坐在沙發上，從托特包裡拿出一套睡衣，包包旁邊還放著一個很大的盒子。

周均言看到她手裡的盒子，一時忘了質問她幹嘛帶睡衣來他家的事。

顧顏見他出來，一臉無辜地看向他。

「那是什麼？」周均言臉色有些難看。

顧顏掩飾地輕咳一聲，臉也有些紅了，嗔怪地捏了捏盒子的一角。

「你上次也買過的，幹嘛裝作不知道。」

顧顏剛剛在藥局買的時候一點也沒害羞，甚至想到自己和周均言第一次主動去對方家都是帶著這個，好像把它當作了見面禮，一時間還覺得有點好笑。

周均言太陽穴跳了跳，他的視線移到沙發一角的少女款睡衣，試圖讓自己冷靜下來。他雙手抱胸，眼神很有壓迫感地問：「我有同意妳住進來嗎？」

顧顏聽到他的話，不開心地回望他。

「我們不是說好了要做半年的男女朋友嗎？你都不來找我，我只能主動來找你啦。」原來是他做得不夠好。

周均言盯著她胡言亂語的小嘴，想到了最適合顧顏的工作場所——殯儀館，把死人說成活的對她而言應該不難。

他收回目光，對於拿她沒辦法的自己倒足了胃口。

浴室裡，熱水傾瀉而下的瞬間，周均言身上的煩躁感似乎被沖走了一些。

他深深地吸進一口氣，這才意識到自己在浴室裡待了快半個小時。

蒸騰的熱氣令他感到呼吸不順，他推開淋浴間的玻璃門，餘光看到不遠處站著的顧顏。

「你在裡面待好久，我好無聊……」

水流聲掩蓋了她的腳步聲，她甚至沒穿鞋。

周均言看著她慢慢脫掉身上的裙子，直至光裸，立刻轉移了視線，冷冷地說：「出去。」

遇見她，他的冷靜自持通通消失殆盡。

顧顏的耳垂紅得像是要滴血，她佯裝鎮定地拉開淋浴間的門，裡面的空間並不大，她一進來，兩人的身體便緊緊貼在了一起。

氣息交纏，兩人都能感受到對方無序的心跳聲。

熱水淋在身上的瞬間，顧顏似乎被燙到了，身體瑟縮了一下。

她抬眼小心翼翼地看了一下周均言，將手裡拿著的保險套的包裝袋撕開。

上次周均言用的時候她還沒注意，上面好多潤滑液，是很甜膩的草莓味。

「因為你家裡沒有保險套，所以我買來了……」

顧顏眼神流露出一點羞澀，意有所指地看著他，「你昨晚是因為這個才不進來的對不對，我補給你好不好？」

周均言盯著她，一種原始的欲望在炙烤著他，他真想把面前這個天不怕地不怕的人幹到讓她說不出煩心的話來。

顧顏正低頭研究著怎麼把保險套戴在周均言已經脹大的陰莖上，下一秒下巴便被用力捏住。

他惡狠狠地看著她，「妳就這麼欠幹？」

好直白，竟然直接說幹她，顧顏看著他一臉不耐的樣子，腿又軟了。

她唇微張，紅色的舌尖若隱若現，在渴望著他的含吮。

「只給你幹……」

第四章 浴室PLAY

周均言頭埋在顧顏胸前，帶著恨意舔咬著她的乳尖，舌尖不時吮吸著乳暈。

薄唇的熱度從乳尖傳遞至顧顏的小穴，顧顏呻吟著將手指插進了周均言的頭髮，她就快被他攪亂了。

如果可以，她真希望周均言可以吻遍她全身，不只是她的胸部……

顧顏喘息著，眼睛不知是因為快感還是傾瀉而下的水流緣故，早已睜不開。

指甲又開始不受控制地掐進了周均言脖頸的肌膚上，她真的很喜歡在他身上留下痕跡，那是唯一可以證明他屬於她的東西了。

周均言的身體僵住，嘴唇離開了帶著水光的乳尖。

「別抓。」

他想起今天開會時，同事不斷露出耐人尋味表情盯著他脖子，無論他將領帶繫得多高，都遮不住她的牙印。

他漆黑的眸子就這樣盯著顧顏，一邊重重地喘著氣。

顧顏不明白他為什麼突然停下來，情欲已經將她的身體點燃，她放鬆手指，只是搭在他肩膀上喃喃道：「那我忍住不抓了……」

周均言的喉嚨變得乾澀，水流著顧顏纖細的脖頸緩緩流至起伏的乳房，最後奔向平坦而脆弱的下體。

他的瞳色變得幽深。

那裡含苞欲放，抽噎著吐出點點春露。

他粗魯而直接地將顧顏翻了個身，讓她踩在他腳上，面向浴室的玻璃門，握著已經戴好套的陰莖慢慢插了進去。

一瞬間，緊緻包裹住了他，兩人同時發出了喘息聲。

顧顏急著想要轉過身，卻被周均言緊緊地箍著難以動彈，於是她只能扭過頭看向周均言。

她的臉上全是細密的水珠，透著淡淡的粉暈，唇瓣微微翹起，一雙眼睛濕漉漉地看著他，無辜又勾人。

她在迷濛的水霧中感受到周均言眼裡的怒意，還有最為原始的欲望。

周均言沉默著將胸膛覆在她背上，掐著顧顏的腰加快了抽送速度，腿間的汁液頓時被插得四濺，顧顏被他搗弄得一句話也說不出。

她只是反手摟住周均言的脖子，小聲地討饒。

「慢一點，我站不穩了……」

周均言聞言頓了頓，竟然真的放慢了幹穴的速度。

顧顏的雙腳踩在他腳上微微墊起，胸抵在浴室的玻璃面上撅著臀，好讓周均言的性器進出得暢通無阻。

他的眼睛死盯著顧顏吞吐他性器的穴口，周身流淌著酣暢與壓抑的血液。

很快，他閉上了眼，性器一下下探入，像是要把她的穴捅穿。

快感洶湧地襲過顧顏的全身，她無力地哼叫著，已經化成了一灘水。

周均言死死地壓著她，他急促地喘息著，試圖克制住洶湧而可恥的欲望。

察覺了他的沉默，顧顏很想逗他說話，她眼睛一眨，呻吟著開口：「你之前……嗯……都沒做過，對吧？」

周均言神色一變，他黑著臉，握住顧顏的臀用力地頂入。

「誰告訴妳我沒有過？」周均言低聲反問。

顧顏翹著屁股，聳了聳肩小聲說：「你要是有過的話，那我第一次幫你含的時候——」她被水嗆到了，咳了幾聲，周均言終於想起來關水了。

顧顏輕輕地補了一句：「那你就是早洩……」

沒等周均言發作，她一臉崇拜地回頭看向他。

「可是你不是啊。」她在他耳邊喃喃，「你超厲害的。」

周均言一把將顧顏按在玻璃上，再次狠狠地插入。他喘息著，失控地在那甬道裡恣意地抽插著，一次比一次深，一次比一次用力。

顧顏輕聲地呻吟著，腰不斷向後迎接周均言的攻勢。

他不願去搭理她的瘋言瘋語，只是沉默地玩弄著她的乳尖，他頂弄的動作很快，快到顧顏連呻吟都被撞碎，她根本不知道自己在喊什麼，只知道自己就快要死在這個令她難以呼吸的空間裡了。

顧顏哭著在他的身下攀入高潮，高潮來臨的瞬間，花穴不斷地收縮，顧顏的雙腿終於支撐不住了，軟著身子跪在了浴室的防滑墊上。周均言攬著她的腰和她一起跪下，繼續一言不發地操弄著，顧顏的小穴因為高潮越絞越緊，緊得周均言終於皺著眉射了出來。

浴室裡流淌著靜謐，很長一段時間裡，兩人除了呼吸沒有發出其他聲音。

顧顏掙扎著轉過身，頭靠在周均言肩膀上摟著他的腰，耍賴地說：「我被你那個得站不起來了……」

周均言任她摟著，呼吸依然粗重。

半晌，他低聲開口：「明天開始，我要出差兩天。」

他本意是讓顧顏明天乖乖離開。

「要出差那麼久啊？那我想你怎麼辦？」她委屈地將頭埋進他胸膛裡摟得更緊，半抬著眼迷戀地看向他。

周均言沉默地看著浴室的玻璃門，沒回答。

「你要去哪裡出差？那裡有什麼特產嗎？」顧顏小聲嘀咕了一句。

周均言冷著臉起身，顧顏就這樣掛在他身上和他一起起來，周均言聽到她有些悶悶地說：「我沒吃過其他地方的土產呢……」

周均言清了清嗓子，「妳什麼時候要離——」

顧顏適時地打了個哈欠，「我真的睏了，晚安喔。」

她像狗狗識別主人氣味那樣在他脖頸處嗅了嗅，閉著眼睛黏黏糊糊地靠在他胸膛上，輕吐一句：「你真好聞。」

然後，就這樣睡著了。

有那麼一瞬間，周均言真的考慮過把她丟在浴室裡，逕自離去。

最後，他還是認命地將她抱回了臥室床上。

隔天早上七點，周均言準時醒來，強行睡在他臂彎處的人也動了動。

他垂眸看向手腳全纏在自己身上的顧顏，清楚地記得昨晚入睡前他和她之間的距離應該足以再塞一個人。

「你要走了嗎？」她半睡半醒地睜開眼。

周均言下意識地應了一聲，卻很快反應過來，抽回被她死死抱住的手臂，從嗓子裡擠出一句：「妳什麼時候要離開？」

「我幫你看家不好嗎？」顧顏翻了個身，將他的枕頭抱在懷裡，含含糊糊地說，「記得吃早餐喔。我還好睏，就不送你了……」

周均言冷笑一聲，懶得理她地下了床。

出差要用的東西他幾天前就已經簡單整理過，現在只要全部裝袋後就可以出門。

等他洗漱完去客廳找車鑰匙時，才發現茶几中央擺著三個透明的保鮮盒。

他身體繃得很緊，腳步頓了頓，最後還是往前邁了幾步。

周均言俯下身，指尖輕觸了一下保鮮盒。

裝三明治的那個保鮮盒是熱的，另外兩個保鮮盒裡有切好的奇異果和柳丁。

時間一分一秒過去，他看向沙發上已經有些空蕩的托特包，又神色複雜地回頭望向臥室。

週六凌晨兩點，周均言終於回到家了。

與他一同開會的人幾乎都選擇留在當地飯店再睡一晚，因為晚上有應酬喝了一點酒，他找了代駕開著夜車回來了。

五月底的夜風有些涼，驅散了不少酒意。

他站穩身子開了門，家裡一片寂靜，什麼聲音也沒有。

周均言放下鑰匙，徑直走進臥室，房間裡空蕩蕩的，在確定房間空無一人後，他疲憊地拍開牆壁的燈。

臥室的燈光亮得不近人情，周均言按了按眉心，感到眼睛略有些乾澀。

他換下衣服後，直接躺上被疊得很整齊的被子。

沒過多久，被他放在枕頭上的手機突然振動起來，周均言立刻抬起手按亮了手機。

辦公室的同事在群裡聊幾個小時後去B市露營的事宜，周均言看了一眼，便將群組靜音了。

良好的生理時鐘讓他即使只睡了四個小時，依然準時醒來。

枕頭上飄來若有若無的香味讓他皺起了眉。

周均言坐上車後，準備導航去大家約定好的出發地點，期間他接了一通電話，順路去接了兩個人，到達目的地的時候有點遲到。

人已經差不多到齊，他幫著另外兩人把行李箱放好後，最後上了車。

車裡一共不到二十個人，可是他一上車第一眼就看見倒數第二排最裡面坐著的那個人，那人見他來了，立刻把頭縮了進去。

他腳步一頓，隨即恢復了神色往裡走。

顧顏總覺得自己大約有一個世紀久沒看見周均言了，一看到他的車，心早就飛到他身上了。

她正喜孜孜地等待周均言下車，突然看到後駕上走下一個女人。

她定睛一看，那不就是當初和周均言有說有笑地下班的那個大波浪？

顧顏心裡冒起了酸水，周均言是接她一起來的，他還幫她放行李！

顧顏按了按坐在她前面的余姐的肩膀。

「余姐，她也是你們部門的嗎？」

「小盧？她祕書室的。」余虹看了一眼窗外，了然地道。

顧顏不懂，她只知道周均言不是祕書室的，那她是作為誰的家屬來的？

大波浪在周均言前面上了車，大概是顧顏盯著她的目光過於直接，她也一眼就看到了顧顏。

不愧是為市長服務的人，她神情自若地對著顧顏微笑，很快在與顧顏隔著一條走道的內側座位坐下。

顧顏沒想到周均言看到自己的反應如此平淡，想他幾天前拒絕自己跟著余姐來露營那副義正言辭的模樣堪比包拯和宋慈。

說不定是心虛呢。

她這樣想著，在看到周均言離自己越來越近的瞬間還是下意識地去拉他的手。

她抬頭，睜著圓圓的眼睛看他，「你要坐這裡。」

周均言無言地看了她一眼，周圍傳來輕笑聲，他抽回自己的手臂抱胸在顧顏身邊坐下。

兩人都沒開口，顧顏憋著一股勁。

「唉，小盧妳今天怎麼和小周一起來的？」

余姐真好！

顧顏聞言，立刻豎起了耳朵。

結果半天也沒等到大波浪的回答，她身子前傾側頭看去，只看到對方笑容淡淡的，就是不說話。

現代人的基本禮貌呢？問妳問題，只會笑是怎麼回事？顧顏低頭揪著裙子上的流蘇。

「李旭打給我的。」周均言的聲音很平靜，打斷了顧顏的思緒。

「哦，我差點忘了，李旭和小盧住同一個社區。」余姐笑著回了頭。

知道車裡有第三個人以後，顧顏心裡好受一點了，隨後車開起來，她又有些悶起來了。

車裡有幾個同事帶了小孩，吵得不行，周均言一開始一直閉目養神，半天沒聽到顧顏說一句話，最後他睜開了眼睛。

餘光看到顧顏擰著眉頭靠在車窗上，周均言側頭一看，她整張臉慘白得不行。

周均言推了推她，「妳怎麼了？」

顧顏見他終於理自己了，額頭瞬間貼上他的肩膀撇了撇嘴，「我沒吃早餐，好像有點暈車……」

周均言重重嘆了一口氣，毛病還真多，每天坐在跑車裡來市政府門口招搖時，倒沒見她暈過車。

他無奈地托住她的頭，起身詢問周圍的人有沒有暈車藥。

坐在一旁的盧茵聽到他要暈車藥，立刻從包裡找出來遞給他。

「我有。你暈車嗎？」

周均言道了一聲謝後，又向余姐借了瓶熱水。

他把水吹溫後，將紙杯遞到顧顏手上，只見她臉皺成一團，可憐巴巴地望著他，張開了嘴。

「啊。」

周均言瞥了她一眼，最後沉著臉將藥塞進她嘴裡，將水杯遞到她嘴邊。

「煩人精。」

十點左右，車到達了群島。

車還沒停穩，顧顏已經將頭從周均言的頸窩處抬起。

她靠在周均言肩上睡了兩個小時，已經沒有暈車的感覺，臉也有了血色。

「到了？」她揉了揉眼睛，望向周均言。

周均言看她一眼，沒有說話，顧顏跟在他身後下了車。

余姐是這次活動的負責人，她直接安排所有男士把帳篷還有烤架等重物搬到沙灘邊。

周均言一手提著一個帳篷袋往前走了一陣，發現身邊有些安靜，停下腳步回頭一看，顧顏拎著兩大袋零食走在余虹身邊。

看到他回了頭，她立刻小跑上前，「你走太快了，都不等等我。」

沙灘上已經有不少人，幾個小孩子一窩蜂地躥到海邊要去抓螃蟹還有小魚。

顧顏待在周均言身邊，聽余姐商量說先把帳篷搭好，小孩子累了正好可以休息，不然等風大或天黑就麻煩了。

等余姐一走，顧顏伸手捏住周均言的衣角。

周均言回過頭，她的眼神就像撒嬌的小朋友。

「我晚上可以和你睡同一個帳篷嗎？」顧顏踮起腳，在他耳邊小聲問。

她溫暖的氣息擦過周均言的耳朵，周均言喉頭微動，抽回手後語氣平淡地反問她：「妳覺得呢？」

「我覺得可以就可以？」

見她還不放棄，一臉躍躍欲試的樣子，周均言收回目光，聲音漸漸低沉：「別胡鬧了。」

說完，他彎下腰，將帳篷從袋子裡拿出放到地上。

顧顏也在他身邊蹲下，看周均言輕輕鬆鬆地支起架子，連說明書都不用看。

「那你不讓我和你住一起的話，總得幫我搭帳篷吧。」她吸了一口海風，掌心托著臉輕聲說。

周均言瞥她一眼，語氣淡淡的：「誰帶妳來的，就找誰幫忙。」

「你不讓我跟，我才跟著余姐來的嘛……」她抬眼看了看周均言的臉色，猶豫著拖余姐下水，小聲嘀咕，「可是余姐一看就是也不會搭的樣子。」

周均言繼續手上的事，也不理她，顧顏就安靜地在他旁邊蹲著。

等到周均言搭好一個帳篷並起身看向她後，她才一臉迷惑地抬頭。

「怎麼了？」

周均言頓了頓，面無表情地指了指不遠處，「去拿睡袋，妳晚上睡這裡。」

顧顏立刻喜笑顏開地摟住他的大腿，站起來就要往他身上貼。

「我就知道你最好了，一定不會不管我。要記得把你的帳篷搭在我旁邊哦，我想離你近一點。」

周均言對她的話充耳不聞，走到一旁準備去搭另一個帳篷。

「我們的帳篷搭好了嗎？」

身後傳來陌生人的聲音，顧顏收回摟著周均言腰的手，回頭看到大波浪一臉笑意地站在他們身後。

盧茵見她一臉狀況外地看著自己，笑著說：「這個帳篷正好可以睡三個人，今晚我們還有余姐一起住。」

顧顏看了她一眼，又回頭看著低頭正在搭帳篷的周均言，悶聲說：「哦，那我去拿睡袋。」

拿完睡袋回來後，她站在周均言身後，遞給他一個。

「那個帳篷是幫我搭的，對吧？」她彆扭地問他。

周均言斂眉看向她，半晌回了一句。

「不是。」

見她表情頹喪起來，他終於輕扯嘴角，接過她手裡的睡袋。

「幫小狗搭的。」

說完他自己都覺得莫名，臉色僵硬地收回笑容，轉身進了帳篷。

顧顏先是愣了一會兒，很快手臂搭著他的背，腳步輕快地跟在他身後進了帳篷。

「我馬上就去告訴余姐，你說她是小狗。」

周均言把睡袋鋪平後，見顧顏懷裡還抱著三個。

「拿那麼多幹嘛？」

顧顏看了一眼帳篷外，聲音拖得很長：「我和余姐的，還有那個大波浪的。」

周均言不贊成地瞥了她一眼，「不要隨便幫別人取外號。」

「好吧，那就是從你車上下來的那個美麗女性，這下你滿意了吧？」

周均言懶得和她抬槓，只是淡淡地說：「拿妳自己的就好。」

顧顏聽了這話，頓時感到有些委屈。

「我只是怕……你覺得我對你同事不好。」

周均言靜了片刻，最後也只是說：「管好妳自己就好。」

他將她懷裡的三個睡袋拿過來，「會鋪嗎？」

顧顏搖了搖頭，「不會。」

這時候，就算會也要說不會啊。

等周均言幫她鋪好一個後，她立刻摟住他的手臂不讓他繼續做了。

她對他眨了眨眼。

「好了，我學會了，接下來的兩個我可以自己來。你一定累了對不對，去休息吧！」

周均言對她凡事就愛動手動腳的毛病已經有點習慣，一臉懷疑地看著她，不知道她又發什麼瘋了。

顧顏扭扭捏捏地看了他一眼。

「我只想你幫我鋪，不想要你幫別的女人鋪。」她說著說著，抬頭偷瞟了周均言一眼，有些不自然地說，「不可以覺得我小氣喔。」

周均言被她直白的話語搞得不知道說什麼好，最後什麼也沒說，放下睡袋出了帳篷。

周均言出來後，很快有人找他去沙灘上打網球，他用睡眠不足作藉口拒絕了。其實他只是不喜歡細沙進入鞋子裡的感覺。

沒過一會兒，顧顏從帳篷裡出來，也找了個椅子坐在他旁邊。

「你怎麼不去玩？」

她看到海邊竟然有人在釣魚，一時有些看呆了。

周均言沉默了一陣，開口道：「和他們一起去玩吧。」

顧顏搖了搖頭，「我想陪你。」

周均言遞過來一個小竹簍，「抓到螃蟹的話，晚上可以烤。」

顧顏眼睛瞬間亮了，「真的嗎？」

周均言看了她一眼，點了點頭。

「那我真的去囉，你不要走，在這裡等我哦。」

周均言垂眸，不再理她。

李旭打累了網球，跟人換手後，將顧顏剛剛坐的折疊椅拉過來坐下。

「怎麼不去玩？」

「累。」周均言遞給他一瓶啤酒。

李旭朝著周均言剛剛的視線望過去，原來是一群小孩子圍在海邊看人釣魚。

他笑著說：「喜歡小孩子的話，趕緊結婚生一個啊。」

他話剛說完，就看見海邊突然冒出了一顆頭，顧顏長裙已經捲到膝蓋上，一臉興奮地舉著竹簍直晃，似乎是抓到了螃蟹。

身後一群孩子跟著她歡呼。

李旭搖了搖頭，「現在的女人真是一個比一個猛。」

周均言這才收回目光，淡淡地一笑，沒說什麼。

李旭喝了一口啤酒，又往海邊看去，這下目光倒是有些變了味。

「不過，她身材真是不錯。」

見周均言向他看過來，他挑了挑眉繼續說：

「性格也挺可愛的，你不這麼認為嗎？」

周均言目光有些怪異地看向他，李旭以為他不贊成自己說的話，笑著聳了聳肩。

半晌，周均言抿了一口酒。

「可愛嗎？」他語調平平地說，「她太黏人了。」

顧顏這時候已經把簍子裝得差不多滿了，正光著腳提著簍子從海邊跑回來。

周均言看了一眼李旭，「那邊在叫你。」

李旭連忙「哎」了一聲，放下啤酒，起身往網球場那邊去。

顧顏跑到周均言身邊時，一隻大螃蟹正準備爬出竹簍，她連忙把螃蟹戳了回去，邀功地在對方身邊轉著圈。

「你看，這些都是我抓給你烤的。」她臉色通紅，說話間她還喘著氣。

了。

周均言皺著眉看了一眼她的腿，裙邊已經濕了一大半，鞋子也不知道被丟到哪裡去

顧顏察覺了他的目光，立刻把裙子拉下來。

「那裡有毯子，去擦一擦。」

顧顏「哦」了一聲，看著擺滿生肉的烤架，一邊走一邊回頭。

「我餓了，你要烤肉給我吃喔。」

余姐和盧茵兩人坐在周均言搭好的帳篷外曬太陽。

見顧顏來了，余姐遞給她一條毯子，三個人有一搭沒一搭地聊著天。

顧顏擦了擦脖子上的汗，抬眼見盧茵有意無意地盯著自己的胸部看，大大方方地把毯子拿下放在了腿上。

「妳都是怎麼保養的啊？」盧茵笑著看向她。

「妳說我的胸嗎？隆的啦。」顧顏一臉真摯地說。

「妳是用隆的？我目前是沒有這個想法……」盧茵被她大剌剌的話弄得有些尷尬。

顧顏像是看不出來，熱情地繼續說：「我這個是水滴型的，創傷小恢復快，觸感柔軟真實。」

盧茵聞言，臉漲得通紅，求救地看了一眼余虹，只不過余虹在和女兒看影片沒注意到她。

顧顏看著就要來拉她的手，「妳要不要摸摸看，喜歡的話我可以推薦診所——」

「顧顏。」

一聽到這個聲音，顧顏就像是被關了電源一樣閉上了嘴。她抬頭看到不遠處站在烤

架後的周均言扶了扶額，用目光制止了她，「過來。」

顧顏張了張嘴，最後只是聽話地放下毯子，和余姐還有盧茵打了個招呼起身往周均言那邊走去。

隔那麼遠還能聽見，耳朵也太好了。

周均言看到她走到身邊，壓低了聲音：「不准和別人胡說八道。」

顧顏沒什麼力度地瞥了他一眼，連忙辯解道：「我才沒有。當別人誇妳眼睛漂亮的時候，比起回答『我是天生的』，對方更願意聽到妳說『還是醫生割得好』啊。畢竟我也是會嫉妒其他漂亮的女生，這麼講才不容易被大家討厭。」

說到這裡，顧顏像是害怕說了讓周均言討厭的話，又小聲補充道：

「你不可以因為這樣覺得我陰暗，人性就是這樣經不起敲打的……」

滿嘴歪理。

周均言看著她低垂下去的腦袋，靜了片刻才柔聲說：「妳不用嫉妒任何人。」

「什麼？」

顧顏抬起頭，看他皺著眉，一臉嚴肅地看著自己。

「那些都是謬論。」

顧顏撇了撇嘴，沒放在心上，只是低下頭看了一眼自己的胸。

周均言一見她這樣，心裡敲起了警鐘。

果不其然，下一秒就聽她聲音甜蜜地對自己說：「反正只有你摸過，你知道我那裡是真的就可以啦。」

周均言無動於衷地收回視線，夾起一小塊烤好的牛腩，在空中放涼了片刻才塞進她嘴裡。

顧顏下意識地咀嚼，忘記了說話。

嚥下後，她的目光停留在烤架上，習慣性地又去勾周均言的手臂。

周均言垂眸看她，「想吃這個？」

顧顏點了點頭，「嗯，不過可以把孜然粉換成甘梅粉嗎？」

周均言抽回手，聲音低低的。

「妳覺得呢？」

顧顏抿起嘴，小聲抱怨道：「你又來了，每次都用反問的，就不能直接正面回答一下……」

周均言一言不發地串好肉，遞到她手上。

「嘴巴用來吃東西就好，少說話。」

打網球的人因為風變大都解散了，李旭拿了條毛巾走過來，見盧茵在帳篷後打電話，余虹一個人在帳篷外面津津有味地盯著對面看，也湊過來。

「妳老公帶小孩去玩了？」

余虹哈哈一笑，「人家難得行使一下做父親的義務，我跟著湊什麼熱鬧啊？」

李旭沒接這話茬，跟她一起看向對面。

「唉，我看她就差在均言周圍撒泡尿畫地盤了。」

「一個公務員，用詞別這麼粗俗啊。」

「話俗理不俗，她這麼個追法沒用啊，我看均言挺不耐煩的，他一看就不會被這種死纏爛打——」

李旭話說到這裡，突然側頭投給余虹一個「搞什麼鬼」的眼神，余虹也挺震驚的。

因為他們看到周均言面無表情地把顧顏嘴角的孜然粉擦掉了。

李旭知道自己一個大男人不該那麼八卦，但他還是想說——太自然了，自然到一看就是發生過什麼！

余虹聳了聳肩，「現在，你覺不覺得他滿樂在其中的？」

顧顏吃了一點東西後睡意湧上，靠在周均言身邊打著盹，最後被他趕進帳篷裡睡覺。等她一覺醒來，從帳篷裡鑽出來，太陽漸漸西沉，紅霞鋪滿了天空。除了幾個休息的人外，大家都在烤架附近。

顧顏眨了眨眼睛，一眼就看到周均言眉頭微微蹙著，正提著兩張折疊桌往烤架旁的空地走。

等他把四張折疊桌拼成一排後，額頭上突然觸到一片涼意。

周均言想都不用想，握住顧顏的手腕，拉下來一看，是一片濕紙巾。

「你流汗了……」她剛睡醒，聲音黏糊糊的。

周均言頓了頓，抽走她手裡的紙巾，在額頭上擦了擦，丟進一邊的垃圾桶裡。

顧顏剛想把頭靠在周均言手臂上，見幾個人端著盤子走來，立刻站直了身體。

烤盤被擺上桌，裝著章魚的盤子裡還發出「滋滋」聲，一群人圍過來。

大家找位置坐下的時候，周均言直接走到離烤架最遠的地方，顧顏忙不迭地跟著坐到他身邊。

「我坐你旁邊喔。」

周均言和對面的人說著話，把她面前的啤酒拿到自己跟前，並沒有搭理她。

因為中午吃了太多燒烤，現在顧顏沒什麼胃口，只是安安靜靜地喝著面前的優酪乳。

眾人吃飯吃得差不多時，坐在中間的顧顏還不怎麼熟悉的一對夫婦突然離開了位置。

很快，兩人捧著一個三層的蛋糕出來，所有人笑著站起來對著中間的一個小朋友唱起生日快樂歌，大家都是提前知道的。

顧顏愣了一瞬後，便跟著一起唱起歌來。

等小胖許完願吹掉蠟燭以後，那對夫婦一左一右地親他的臉頰，溫情滿滿。小胖大聲嚷著要自己來切蛋糕，不小心把面前的螃蟹撞到了地上。

顧顏安靜地看著前面，目光有些飄忽，就連余姐叫她接蛋糕，她都沒聽見，最後周均言起身幫她接了過去。

他垂眸看她，半晌低聲問：「妳連小孩子都羨慕？」

周均言不知道自己為什麼要這麼說，只是他感覺到她的低落，下意識地就開了口。

見她懨懨地搖了搖頭，他低下頭，「怎麼了？」

「螃蟹被弄到地上了，好可惜。」顧顏故作輕鬆地說。

周均言只是靜靜地看著她。

吃完東西後，顧顏跟著余姐把桌上的垃圾清理掉。

這一餐吃了很久，因為下午玩得太累，大家商量著今晚早點休息，明天早起看日出。

休息前，余姐發給了每個帳篷各一個手電筒。

顧顏空著手跟在周均言身後，等到周均言走到自己的帳篷處，見顧顏就要跟著自己進來，不得不停下步子。

他握住了她的肩，把她往旁邊的方向一轉。

「這裡。」

見周均言轉身就要離開，顧顏拽住他的袖子不讓他走。

天空就像潑了深藍色的墨汁，周均言低下頭。

眼看著不遠處去洗澡的人就要回來，顧顏那雙清澈的眼睛凝視著他，「在我們沒見面、沒聯繫的四十九個小時裡，你有沒有想我？」

周均言愣住，顧顏飛快地補了一句：「或是想這個煩人鬼怎麼沒打電話……總之不管好壞，想到我都算！你有沒有呢？」

她眼神裡的期冀過於明顯。

周均言喉頭微動，沉默了片刻，最後只是說：「晚上不准亂跑。」

顧顏聞言，彆扭地不肯回答。

周均言低聲問：「知道嗎？」

顧顏賭氣地抿住嘴巴，半天才拖長聲音：「知道了。」

「那妳先進去休息吧。」

晚上十一點的時候，島上的人都入睡了。

顧顏站在帳篷外瑟瑟發抖，海風有些大，她身體覺得冷，腦子也跟著胡思亂想，總覺得風聲中隱約傳來了野豬號叫的聲音。

好想去廁所……如果之前余姐叫她一起去的時候她沒有拒絕就好了。

顧顏一臉愁容地蹲在周均言的帳篷外，唉，如果她和他心有靈犀就好了。

等了一下之後，她決定還是回去憋到早上再去廁所之後，身旁的帳篷突然出現很微小的響動聲。

只見周均言沉著一張臉走了出來。

顧顏看不清他的神色，又怕吵到別人，一下子躲進他懷裡小聲說：「我們一定是心有靈犀，我真不敢相信你會出現在我面前。」

周均言冷聲道：「因為我以為外面站著一個女鬼。」

「不要說『鬼』這個字啦！」顧顏一邊說一邊鬼鬼祟祟地去摀對方的嘴。

周均言抓住她的掌心，把她往旁邊帶了帶，等到離帳篷區有了一些距離後，他打開手裡的手電筒對著她照了照，見她穿著薄薄的睡衣，手裡還攥著紙巾，他了然道：「想去廁所？」

顧顏點了點頭，「嗯。」

周均言見她手裡還握著一瓶礦泉水，「拿水幹嘛？」

「洗那裡。」

周均言沒有接話，皺眉將身上的大衣丟到她身上，沉默著往前走。

顧顏喜孜孜地穿好衣服，連忙去攬周均言的手臂，緊緊地貼著他。

兩人找了半天，才在島上找到廁所。

周均言把手電筒遞到她手上後，顧顏沒有接過，而是小聲地商量著說：「你能不能陪我進去？」

他還沒回答，她便立刻說：「不可以說『妳覺得呢』……」

周均言轉過身，淡淡回道：「那就沒什麼好說的了。」

見她一臉懼意，磨磨蹭蹭不肯進去，他終於嘆了一口氣，柔聲道：「我就在這裡，快點進去。」

顧顏接過手電筒，三步一回頭地進去。

「你千萬不要走喔。」

沒過一會兒，周均言聽到她有些緊張的呼喊聲。

「周均言，你在幹嘛？」

周均言不耐煩地回她：「等妳。」

聽到回覆，顧顏終於鬆了一口氣，「我馬上就好，你別著急，我已經在穿內——」

周均言打斷她：「我不急，妳可以不用告訴我細節。」

「好的。」

沒過一會兒，顧顏像一陣風從後面抱住他，「真的快嚇死我了，獨自上廁所好可怕！」

「好了。」周均言任她抱著，手探到後面輕拍了兩下她的背，「走吧。」

第五章　生日願望

周均言拿著手電筒，牽著顧顏往回去的方向走，地上又濕又滑，兩人的鞋面上沾滿了土。

他察覺到顧顏腳步突然停下，回頭一看，她的睡裙勾到了灌木叢的樹枝。

「站在這裡別動。」周均言用手電筒照了一下她身側，半公尺外黑漆漆的一個洞。

他鬆開握住她的手，把她的裙邊扯回來，樹枝上的露水撒到顧顏的脖子上，冰涼刺骨，顧顏一個哆嗦退後了一步，周均言下意識摟住她的腰，兩人腳一滑，身體跟著往後栽，一腳踩空摔進了洞裡。

「啊！」

碎石子還有枯葉盡數砸在臉上，顧顏睜開眼睛，艱難地呼吸著。

她伸出手去摸索，「周均言，你在哪裡？你有沒有事……」

她扶著濕滑的洞壁緩緩站起，好險因為周均言的大衣在身下墊著，她除了掌心被石頭擦破，並沒有摔出什麼大傷。

可是她想到周均言只穿著一件襯衫，顧顏的聲音開始帶著哭腔了：「周均言……」

就在她眼淚要掉下的瞬間，一隻手突然握住她的腳踝。

「我還沒死，別哭了。」

聽到對方的聲音，顧顏瞬間放鬆下來，連忙回摸那隻手。

「你有沒有事？」

周均言推開她的手，「我沒事。」

他拍掉腿上的灰塵，抬頭看了看洞口，勉強地爬了起來，剛剛墜下來的時候膝蓋撞到了一塊大石頭。

他環顧四周，洞壁幾乎是垂直向下的，手電筒也掉在了洞口，摸黑爬上去幾乎不可能。

顧顏也站起來把他身上的灰塵拍掉，從洞頂傳來的風將她的一縷頭髮吹拂到他的脖頸上。

「我忘記帶手機了，你帶了嗎？」

周均言看她一眼，「沒有。」

顧顏縮了縮脖子，「我們今晚是不是只能待在這裡啦？」

周均言收回目光，淡淡地「嗯」了一聲。

顧顏點點頭，走到一旁，突然蹲在地上不知道在幹什麼。

很快，她抱著一堆沒那麼潮濕的枯樹枝遞到周均言面前，一臉期待地看著他：「你會鑽木取火嗎？」

周均言無語地瞥她一眼，從褲子口袋裡找出打火機。

顧顏從來沒見他抽過菸，她又湊到他身邊聞了聞。

「你又不抽菸，怎麼會隨身帶著打火機？」

社交需求罷了——周均言只是在心底想著，沒有說出口解釋。

「坐下。」

顧顏跟著周均言在地上坐下，這時候也沒辦法計較什麼乾不乾淨了。

周均言拿起一根樹枝，打火機點了半天終於點著，顧顏第一次覺得木頭被灼燒的氣味這麼好聞。

洞裡出現光亮，人影隨著火光搖擺著，顧顏往周均言身邊靠了靠。
她垂眼看向對方手裡的那根樹枝，倏地想起今晚那顆蛋糕上的生日蠟燭。
她猶豫了一瞬，看了一眼周均言，慢吞吞地開口：「如果今天是我生日，你會不會也陪我過？」
周均言看向她，顧顏看著他眼中她的倒影，訥訥地說：「其實……明天是我生日，可是說不定現在已經過十二點了，那就是今天了。」
周均言沉默了片刻，最後將那根帶著火光的樹枝豎著插進一堆樹枝裡，接著看向她。
顧顏驚喜地回望他，「我可以許願嗎？」
周均言沒有說話，對著她點了點頭。
顧顏立刻喜笑顏開地在地上跪好，周均言低下頭將她膝蓋下的石子移開丟到一邊，抬頭注視著她。
他看到顧顏虔誠地閉上眼睛，雙手合十。
「我希望周均言可以在我害怕的時候陪著我。」
「我不在身邊的時候，要經常想我。」
「要信任我，對我要有耐心，不可以誤會我。」
「副駕駛的位置，五十歲以下的女性裡只有我可以坐。」
「會讓我待在他身邊，不可以推開我。」
「我希望這一輩子我都——」
耳邊一陣窸窸窣窣的聲響，顧顏突然睜開眼，看到那根樹枝倒下了。
周均言調轉了視線，平靜地將它和其他樹枝堆在一起，火焰變得更大了。
顧顏垂下手，看了看那根屬於她的生日樹枝，委屈地說：「可是我還沒有許完……」

不過很快地，她就從這件傷心事裡走了出來。

她興奮地晃了晃周均言的手，像發現什麼新大陸一般指了指洞頂。

「你快看天上那顆星星，好亮啊，我從沒見過這麼亮的星星。」

在這時，周均言抬起頭看了一眼洞頂上的夜空，又一言不發地看向顧顏，他的眼神在搖曳的燭火下顯得越發深邃。

顧顏仰起臉深情地凝視著他，小聲問道：「你相信有像那顆恆星一樣永恆的愛情嗎？」

周均言終於忍不住，一字一頓地說：「那是人造衛星。」

顧顏先是難以置信地張了張嘴，最後難堪地背過身不去看他。

「你真的一點都不浪漫。」

周均言瞥了一眼她的後腦勺。

「因為我長了眼睛，還有腦子。」

顧顏不再出聲了，過了一會兒，他聽到她在他耳邊小聲嘀咕：「可是怎麼可以沒有星星……」

周均言看著她的側顏，眼底浮現了他自己也不曾知曉的笑意。

他想，大概是因為今晚的月亮很亮吧。

眼看著面前的枯枝快就要被燃盡，顧顏手撐著地就要起來。

周均言一把將她拉住，他將他身側的樹枝推進火堆裡。

顧顏側頭看著他，「一會兒都燒完了我們要怎麼辦？」

周均言閉上眼睛，沒什麼表情。

「到時再說。」

現在因為還有火可以烤，洞裡的氣溫還好，等一會兒樹枝燒完了一定會很冷，顧顏脫下身上的大衣，勉強地披在兩人身上。

她再一次往周均言身邊靠了靠，「你睏了嗎？」

周均言好幾天沒有好好休息了，他的聲音有些啞。

「嗯。」

顧顏猶豫著小聲開口：「我……我想抱著你睡，他們說這樣比較暖和。」

周均言沒說話，顧顏以為他不會理會自己了，正準備直接動手，就見他對她伸出右臂，她立刻會意地靠到他胸前，雙手抱住他的腰，心滿意足地說：「我身上很熱對不對？和我一起睡過覺的人都說我冬天就像一個暖爐。」

周均言剛要攬住她腰的手瞬間頓在原地，他睜開眼睛，冷冷地看著面前依然晃動的火光。

他正準備收回手，便聽到她打了個哈欠繼續說：「不過我只和女生睡過覺，你好像就比她們熱多了……難道是男女差異嗎？」

周均言聞言，面色鬆動，一時間又對自己莫名的情緒起伏感到厭煩，他低頭看向在自己懷裡蹭來蹭去的人，最後抬手箍住她的肩，低聲說：「別動了。」

顧顏也找好了最舒服的姿勢，終於安穩下來。

周均言並沒有睡著，只是閉目養神，大約過了一個小時，他感覺到顧顏在他的懷裡抬起了頭。

半天沒有等到她出聲，他掀開眼皮，垂眸看向她。

「又怎麼了？」

一聽到他磁性的聲音，顧顏立刻仰起臉糾結地看著他，「我只是有點餓了啦……但你不用管我，你睡，我不會吵你的。」

周均言這才想起她晚上似乎只喝了優酪乳，沒吃什麼東西，可是周圍什麼也沒有。

他隨手撿起一根短樹枝去輕碰了碰顧顏的臉頰，聲音又低又沉：「要吃樹枝嗎？」

「不要。」

顧顏扭頭躲過了，她瞪大眼睛看著周均言，他的目光難得這樣柔和，引得她心上一動。

她眨了眨眼坐起身，蓋在兩人身上的大衣滑落到一邊，她在周均言的注視下，緩緩跨坐在他膝蓋上。

周均言面色沉靜地看著她，「妳想做什麼？」

顧顏望向他的目光有些閃爍，她小聲說：「想……吃雞。」

洞內是一片詭異的寂靜。

周均言聞言愣住了，片刻後他無奈地說：「別鬧了。」

顧顏看著他的眼睛，手慢慢拉下他褲子的拉鍊，她覺得周均言的眼神裡有一些漠然，又像有些別的情緒。

性器早已甦醒，兩人四目相對，她就這樣將它掏了出來。

周均言的身體瞬間像是通了電，腿部肌肉變得緊繃而僵硬。

「顧顏。」

周均言的嗓音暗啞，他眉頭蹙著看著她。

「這是你第二次叫我的名字呢。」

完全不同於第一次為了阻止自己和大波浪說話而叫她，這一次聲音沙沙的。

顧顏手扶著他的陰莖，眼睛依然看著他，緩緩垂下頭將它含進口中。

周均言深深地呼吸，咬緊牙關才沒發出聲音。

他看到顧顏瞇著眼睛望著自己，眼裡帶著濃濃的勾引意味，粉舌探出，從龜頭沿著柱身舔到囊袋。

很快，陰莖在顧顏的口中脹大，顧顏努力把嘴巴張到最大，一邊舔著馬眼，一下下吮吸著柱身。

顧顏試著一點一點吞下去更多，全神貫注地舔弄著，始終凝視著周均言的眼睛。

周均言目光灼灼地盯著她的雙眼，眉頭緊鎖地看著顧顏陶醉迷離的樣子，鬼迷心竅地將手撫在她頭髮上，隨著她口中吞吐的動作慢慢收緊手，最後抽送起胯部。

他混亂的樣子讓顧顏心跳得更快，她更加賣力地吮吸舔弄著，周均言粗大的陰莖在她口中抽插，幾乎要把她的嘴巴撐開。

周均言的喘息聲越來越急促，額角已經出了一層薄汗，目光也變得渙散。

他手捧著顧顏早已泛紅的臉，將性器往她的口中頂弄，口水順著她的唇角往下流，在朦朧的火光中，她看起來淫靡又純潔。

不知過了多久，顧顏看著他整個人呈現出推拒又渴望的神情，喉嚨不自覺地縮緊。溫涼的精液就這樣衝進顧顏的喉嚨深處，周均言皺著眉從她口中退出，一股精液不慎濺在她的唇邊。

顧顏眨著眼，將口中的精液嚥了下去，又伸出舌頭舔掉了唇上的殘液。

兩人都神情恍惚地對視著，胸膛劇烈起伏著。

很快，周均言視線下移，望向顧顏的泛著水光的嘴唇，他盯了一會兒，伸出拇指去撫弄她飽滿的上唇。

周均言神色複雜地看著她，喉頭微動，「現在飽了嗎？」

顧顏面色緋紅地看著他，討好地伸出舌頭舔了一下他的手指。

「好像飽了。」

見周均言就這樣沉默地看著自己，她拉住他的手，從上唇緩緩向下，輕撫過乳溝，最後停在她的小腹處。

「你呢？」

周均言喉頭微動，「什麼？」

顧顏眼睛濕潤地看著他，悄聲問：「你餓不餓？要嘗嘗嗎？」

大衣被鋪在顧顏身下，她拉著周均言的手褪下自己的內褲後，羞澀地躺在了大衣上。地上的寒濕透過大衣傳遞到身上，明明應該是冷的，但顧顏已經完全感覺不到了。

周均言的身體繃得很緊，顧顏不自在地動了動身體。

花心就這樣暴露在自己的視線裡，有一種陌生的感覺盤桓在周均言的心口，想占有，想破壞……

他靜靜地盯著顧顏的小穴看了許久，久到顧顏能感到他灼熱的呼吸灑在她的小穴處，穴肉在他灼熱的目光下不斷地收縮著，他還沒做什麼，她就已經出水了。

顧顏聽到周均言啞聲問：「要嗎？」

顧顏乖巧地張開腿，「要。」

下一秒，他俯身將頭埋在她的腿間。

先是用舌頭在陰蒂處舔了一下，見顧顏的小穴顫抖起來，他便用舌頭安撫小巧的陰蒂。

顧顏不由自主地挺起腰，背在地上扭動著，試圖緩解體內的衝動。

她感覺到腿間的淫液汩汩流出，順著臀縫一直流到身下的大衣上。

「周均言……」她小聲喚他的名字。

周均言抬起顧顏的兩條腿掛在肩上，張嘴吮吸穴口源源不斷的水液，一邊將舌頭送進花穴裡，舌頭不斷愛撫著穴肉。

顧顏想要張開腿好讓周均言的舌頭探進去更深，卻受不了地夾住了他的頭。他的鼻尖磨著充血的圓珠，顧顏覺得自己就像是化掉的奶油。

耳邊除了他攪弄的水聲，就是她高亢的尖叫聲。

「哈啊……好舒服。」

她從沒有感受過這樣的快樂，和性器插進來的體驗完全不同，她被舔得全身發熱。乳房隨著她的劇烈地起伏著，顧顏張嘴大口地呼吸，洞內空氣是如此稀薄，她覺得自己就快窒息而死了，死於缺氧，死在周均言的唇舌下。

穴內的敏感點被舌頭仔細地照顧到，周均言一次又一次地用舌尖去頂那個凸起，顧顏只能咬著嘴唇哭泣。

他的舔弄毫無甜蜜可言，只是用唇齒吮咬著顧顏的穴肉，舌頭破開一層層軟肉，在她細窄濕潤的穴裡引出一汪又一汪清泉。

周均言一言不發地加快了舔弄的動作，耳邊是顧顏無力地尖叫著他名字的聲音。她的聲音越來越尖細，一聲高過一聲。

「不行不行，我快要……嗚嗚……」

顧顏的背越繃越緊，一種即將失禁的恐懼襲捲她的腦海，她腿間的水淌得到處都是，最後終於在周均言無情的舌頭下噴了出來……

高潮後，顧顏癱在地上痙攣著，心臟跳動得像是下一秒就要炸掉，她的兩條腿終於無力地從周均言的肩上滑落，周均言在這時抬起頭，唇舌離開顧顏泥濘不堪的下體。

目光相交，周均言深邃的眼睛注視著她，顧顏看見他嘴間的濕潤，一下子全身酥軟起來。

周均言背靠在洞壁上，沉默地看著她。

顧顏的腿間淫靡不堪，她撐著周均言的膝蓋，兩腿夾著他的腿緩慢地站起了身。只是稍稍往前走了一步，她的小腹就快觸碰到周均言的鼻子。

顧顏低下頭，第一次俯視著周均言。

周均言看到她的裙邊皺巴巴的，還沾上了一點塵土，他仰頭看向她，低聲問：「幹什麼？」

顧顏將裙子慢慢拉起，直到陰戶整個呈現在周均言的眼前。

小穴被他舔得又紅又腫，汁液順著大腿往下流。

她看著他，嬌嗔地抱怨：「黏黏的，不舒服……」

周均言只是盯著他眼前的花穴，目光有些幽暗，「所以呢？」

他的唇瓣在那處留下的餘熱讓顧顏鼓起勇氣，她小聲說：「幫幫我嘛。」

直到穴口真的觸到他的下頜，他終於握住她的腰。

他沒有再說什麼，只是微微低頭，張開口不帶任何情緒地開始清理顧顏腿間的泥濘。

顧顏腿軟地抱住他的頭，立刻蜷縮了起來。

周均言沉默地重複著吮吸的動作，並沒有伸出舌頭，吞嚥的聲音在這個山洞裡被無限放大，顧顏的腿在不住地打顫，整個人往他身上靠。

直到他的嘴唇離開她那裡，顧顏都沒有回過神來，周均言十指用力箍住她的腰，將她與自己拉開一點距離。

他的下頜還沾著濕液，目光沉沉地看著她，用最公事公辦的語氣說：「清理乾淨了。」

顧顏即便把手搭在他的肩膀上也站不穩，直接倒進他的懷裡。

她能感覺到周均言的目光就停留在她的身上，過了好一陣子，直到她臉上的熱度褪去，她終於抬頭看向他。

周均言看似平靜地望著顧顏，其實他的眼神就像隱藏著火山的冰川面，內裡隨時會爆發，既冷又讓她覺得灼熱。

顧顏像是在作夢一般地探過身，兩人近得連視線都難以對焦，她鬼迷心竅地從他的下頜一點一點、緩緩向上舔掉她留下的汁液。當她舔到周均言下唇時，她感覺到他的身體再一次變得僵硬，扣在她腰間的手慢慢收緊。

正當她要繼續舔的時候，一隻大掌驟然捏住了她的後頸。

周均言很快轉移了目光，將她的頭按進他的胸膛，半晌才聲音低沉地說：「好了。」

顧顏將發燙的臉頰貼在他的胸膛上眨了眨眼睛，閉上眼之後，腦中盡是周均言將頭埋在她腿間的畫面，她清咳了一聲，喃喃道：「我好像缺氧了……」

漫長的沉默過後，周均言終於伸手撫了撫她的背。

「睡吧。」

枯枝燃盡的半個小時後，周均言察覺到顧顏在自己懷裡微微地顫慄，他睜開眼睛只見一片黑暗，光線極其昏暗。

顧顏將他摟得很緊，臉不斷地往他的脖頸處蹭，像是在尋找熱源。

周均言頓了頓，抿唇扶住她的肩膀，先讓她頭靠在自己的腿上，然而，顧顏一直沒有真正地醒來，只是發出很細小的哼叫聲。

周均言動作俐落地脫掉自己身上的襯衫，墊在自己背後，隨後他將顧顏往自己懷裡拉，一言不發地脫起她的裙子。

裙子卡住，周均言對著空氣輕聲說：「手抬起來。」

睡夢中的顧顏聽到周均言的聲音，乖乖地抬起手，周均言剝掉她的裙子才發現她並沒有穿內衣，乳頭在陰冷的空氣中瞬間挺立起來，他快速地移開視線，將衣服披在她身上。

顧顏是在這時睜開眼睛的，周均言已經疲憊到一句話也不想說，他只在顧顏看向他的時候對她張開了手臂。

顧顏在一片迷濛中發現自己被人脫光了衣服，但看到周均言對她敞開懷抱，她下意識地就鑽進他的懷裡。

兩具赤裸的肉體就這樣交纏著，顧顏的胸緊緊貼著周均言溫熱的胸膛，熱度從彼此的肌膚中傳遞，不斷升溫，讓顧顏停止了顫抖，靠在周均言懷裡進入了夢鄉。

不知過了多久，溫暖的懷抱突然離開了顧顏，她的臉被人輕撫了撫，她從沒聽過周均言這麼溫柔的聲音，就像是一根羽毛落在她心上。

「醒醒。」

顧顏聽話地睜開眼，覆在她臉頰上的手掌便離開了。

周均言轉過身，背對著她開始穿衣服。

顧顏抬頭看向洞頂，天已經亮了，她欣然地看向周均言，「我們是要看日出嗎？」

他瞥她一眼，將她的裙子丟在她面前，聲音淡淡的。

「穿好衣服，我們就出去。」

顧顏將那件已經有些髒了的裙子套上身後，在冷空氣中瑟縮了一下，起身站好後猶豫了片刻，還是把地上的大衣撿起來抱在懷裡。

她縮著脖子看向周均言，見他眼神有些怪異地盯著自己身後的地面，不解地問：「怎麼了？」

她轉頭看過去，一條揉成一團的白色蕾絲內褲躺在角落。

顧顏有些為難地看向周均言，「內褲髒了，我不要穿。」

周均言看她一眼，低聲說：「不穿也得把它拿著，還有，大衣穿好。」

說完他轉身看向洞岩，試圖找到比較好落腳的石塊。

顧顏把大衣裹好後，將那條內褲直接塞進了大衣的口袋裡，然後走到周均言身邊。

一縷光灑進山洞，打在周均言的臉上顯得他好柔和。

顧顏陶醉地看著他，直到他垂眸看向自己。

「妳能爬上去嗎？」

「如果能呢？」

「那就自己爬。」

「那不能呢？」

周均言沒有說話，只是轉身微微彎下腰。

顧顏一夜沒睡好，腦子也有點暈暈乎乎的。

「你要背我嗎？」

「不然妳也可以自己爬。」

顧顏立刻笑著伸手摟住他的脖子，兩腿勾住他的腰，將頭靠在他寬闊的頸窩上。

「你對我好好哦，好得我都不習慣了。」

周均言沒什麼反應，將顧顏又往上摟了摟後，兩隻手抓住高處的石塊，開始往上爬。

光線充足後再看，這個洞的高度連兩公尺都不到，但因為背上還有一個人，周均言爬得並不輕鬆。

顧顏將差點戳到周均言臉上的樹枝撥到一邊後，第一次看到他右手臂上有好幾道足兩、三公分長的傷口，不知道是摔下的時候被石頭還是樹枝弄傷的。

顧顏扭頭看向他，她看不見他的表情，只能看到周均言脖頸上的青筋，那裡還有幾天前她留下的齒痕，現在已經變成了淡淡的肉色，她突然閉上嘴，安靜了下來。

直到他終於背著她爬出來後，顧顏明顯感覺到周均言一時沒站穩，右腿踉蹌了一下。

顧顏閉上眼睛輕輕地吻了一下他的頸側，在周均言說話前，她故意抱怨道：「被你顛得好暈哦，我想下來自己走了。」

周均言停下腳步看了一下前面的路，除了濕滑一點，沒什麼難走的地方，便默默地把她放了下來。

顧顏穩穩落地後，拉住周均言的手，神色自然地向前走。

周均言沒有回握也沒有抽回手，只是沉默著繼續往前走。

顧顏抬頭看向染缸一樣的天空，太陽還不知道在哪裡。

「我們那麼早回來，是因為你不想讓他們知道我們整晚待在一起嗎？」

周均言愣了片刻，隨後聲音淡淡的：「妳知道就好。」

顧顏輕哼一聲，一直到帳篷出現在兩個人的視線裡，她拉著周均言的手漸漸放慢了腳步。

她用食指輕撓了一下周均言的掌心，忸怩地問：

「周均言，如果昨天晚上和你一起掉進山洞的是大波浪，她也對你說她想過生日，你也會對她那麼好嗎？」

周均言實在懶得搭理她跳躍的思維，淡淡地瞥了她一眼。顧顏一對上他的眼睛，以為他又要警告自己不准給別人取外號，就聽到他的聲音裡帶著一點嘲諷。

「不是誰都會像妳一樣拿生日開玩笑。」

顧顏一下子就聽明白周均言的意思，沒想到謊言被拆穿得這麼快。

「你怎麼知道……」

周均言這一次卻沒有吭聲。

周均言在五月二十五日答應和她談六個月的戀愛，她的生日卻偏偏在十二月一日。

如果周均言知道她真正的生日，就該知道那一天已經是六個月後了。

她抬頭注視著周均言的側臉，不知道他在想什麼，她輕輕地問：「等到我真的過生日的時候，你還會在我身邊嗎？」

周均言很久都沒有回答她，久到顧顏的手心出了一點汗。

很快，她聽到他的聲音沒什麼起伏，只是平靜地說：「不會。」

顧顏心中有一瞬間的受傷，不過她不想讓周均言看出來，連忙看向前方笑著說：「也對，說好了六個月就是六個月呢。所以我提前許了生日願望，很聰明吧。」

這一次周均言沒有回應她，顧顏一時也覺得無趣了，不再說話，繼續往前走。

帳篷外一個人也沒有，只有兩人在海邊等日出。

顧顏收回目光準備進自己的帳篷，她要進去，周均言卻沒有鬆開她的手。

顧顏盯著地面抽回手，想起自己身上還有他的衣服，脫下後遞到周均言的面前，她打了個哈欠，對他笑了一下。

「我好像有點睏，先去睡覺了，一會兒見。」

李旭喊周均言起來幫忙搬東西看日出的時候他沒有理，他一夜沒睡，實在太過疲憊。

等他醒來時，沙灘上的烤架已經被收好，幾個大人正在用明火煮魚湯。

周均言洗漱完後在帳篷外站定，小胖突然從老遠跑過來，白色的沙在空中飄起。

周均言看著他就要往顧顏的帳篷裡衝，一把拉住他。

他壓低聲音問小胖：「你要進去做什麼？」

小胖看他一臉嚴肅，有點怕他，支支吾吾地說要叫人去喝魚湯。

周均言鬆開手，又看了一眼帳篷，輕聲說：「她還在睡覺，不要去吵她。」

小胖忙不迭點頭，咻地跑開了。

沒過一會兒，顧顏的那個帳篷有人出來，他側頭一看，是余虹。

她的手裡拿著一大袋拌麵，見周均言站在帳外，她隨意地打了個招呼。

「你在這裡幹什麼？」她說完回頭看了一眼，會意地說，「哦，我知道了。」

周均言一言不發地接過對方手裡的東西往前面走。

這是他們當同事的第四年，余虹還是第一次從周均言身上得到這麼多樂趣。

周均言一直相當尊敬年長自己五歲的余虹，他看著前方有些無奈地說：「妳最近變得有些無聊了。」

余虹不置可否，她揶揄地瞟他一眼。

「哈哈哈，但你最近變得有趣了啊。」

周均言沒說話，將拌麵放到桌上。

魚湯熬好後，余虹盛了一碗，像是突然想起了什麼。

她走到獨自坐在一邊的周均言跟前，從外套口袋裡掏出一些東西擺在他面前。

「你的小棉襖一聽到我醒了，立刻翻起來從包裡找給我的，眼睛還沒睜開就叫我一定要趕快拿給你。」

余虹沒去問周均言什麼時候受的傷，她還以為是昨晚睡前的事。

周均言垂眸看著桌角那袋優碘棉花棒還有十來個ＯＫ繃，半晌才出聲。

「已經結痂，不需要了。」

余虹翻了個白眼，直接把東西丟在他懷裡。

「最受不了你們這些愛裝的人了。」

轉過身，她不禁感慨，帶著一張英俊的臉生活還真是幸福，她想到自己的老公，大概下輩子也不會有這個待遇。

顧顏在余姐起來時特意叮囑她們吃飯不用叫她，她想睡到自然醒。

等到她醒來換好乾淨的衣服出來時，大家已經差不多吃完午餐了，有幾個人坐在地上打牌，另外幾個在旁邊玩手遊，而周均言正站著那裡不知道在做些什麼。

顧顏刷完牙，簡單地洗了臉後慢慢走過去，她看到大波浪本來在看人打牌，身旁有小孩說要喝飲料，她從地上拿起一瓶擰了擰，發現擰不開後就走到周均言身邊。

「這家飲料瓶蓋封得好緊，你——」

盧茵話還沒有講完，手中的飲料瓶就被一隻手很溫柔地抽走。

顧顏拿到手上後，眉頭也沒皺一下就輕輕鬆鬆地擰開瓶蓋遞到她手上，相當真摯地說：「舉手之勞，不用謝我。」

講完這句話後，顧顏也不管她是什麼表情，只是站到周均言面前，抬頭定定地看著他。

「我餓了。」

周均言看了她一眼，沒有說什麼，他從面前的保溫盒裡端出一個盅。掀開蓋子後，奶白色的魚湯還冒著熱氣，香味瞬間治癒了顧顏，她吸了吸鼻子，把湯接了過來。

大家決定在天黑前出發回A市，因為幾個孩子明天還得早起參加活動。

顧顏依依不捨地往昨夜那個山洞的方向看了一眼，跟在周均言身後上了車。

上車後她看到周均言還是坐在了他們來時坐的位置上，終於笑了。

車子出發後，顧顏數度感受到來自身側的視線。

她忍不住轉頭，只見周均言目光有些不自然地看著她身後的窗戶，並沒有看她。

「要吃暈車藥嗎？」

他是關心我的，顧顏想。

她努力不讓自己表現得過於喜悅，只是簡單地搖了搖頭，然後靠在他身上。

「沒有空腹就不會暈的。」

周均言沒說什麼，只是任由她自然地枕著自己的肩膀。

顧顏睜眼看著眼前一個個人影，發現自己還是更喜歡在山洞裡只有她和周均言的時候，那個時候他比較不一樣，回到人群裡，他就會變得冷漠。

她這樣想著，又低頭去看周均言的手臂，翹起的衣服下好像是OK繃，顧顏剛伸出手指摸了摸，手腕立刻被周均言箍住。

他什麼也沒說，但顧顏對上他的眼睛立刻明白了他的意思。

他讓她老實一點，可是她明明什麼都沒有做。

顧顏眼睛眨了眨，帶著握住自己手腕的手慢慢來到自己的兩腿間。

她意識到他的手慢慢握緊，顧顏傾身在他的耳邊輕聲細語：「內褲還在你的大衣口袋裡，裡面沒穿，你要不要摸摸看？」

顧顏下半身穿的是半身短裙，一上車身上就蓋了一條薄毯，她牽著周均言的手探入毯子裡，手就要從腰間伸進去的時候，周均言倏地收回了手。

他不想引起別人的注意，只是瞪著她。

顧顏看著他氣急敗壞的樣子，翹起嘴角小聲說：「騙你的，我穿了。」

見周均言眼神依然帶著點怒意，她睜大眼睛。

「你不相信？那我這就掀給你看，你等一下。」她說著就要把身上的毯子掀掉。

周均言一把抓住她的手，閉上眼睛深深地呼了一口氣。

「好了，我知道了。」

顧顏點了點頭，「那我可以靠著你的肩膀睡嗎？」

半晌，周均言鬆開了她的手。

「嗯。」

車到站後，前排的人先站了起來，李旭的座位在前面，他隔著五、六個人回頭。

「均言，我今天不回自己家，就不坐你的順風車了啊，你把小盧帶上就行。」

周均言平靜地應了一聲，「好。」

顧顏站在周均言身後，額頭貼著周均言的背，手抓著他的衣角，小聲說：「我不希望你送她。」

周均言腳步頓了頓，沒說什麼，只是繼續往前走。

一群人下了車後都站在車底的行李艙口等著拿行李。

顧顏帶的食物比較多，已經在島上吃完，所以只背著一個並不算沉的隨身包。

她陪著周均言站在人群外，周均言一直等所有人都拿走行李後才走過去。

他拿好自己的東西後，往前走了幾步，盧茵有些尷尬地站在一邊。

見周均言走來，她將頭髮別到耳後，抬起頭有些不好意思地說：「不然我搭計程車回去吧。」

周均言往車停的方向走，「沒事，順路。」

盧茵猶豫地看了一眼他身後，「好像不太方便……」

「沒什麼不方便的。」

就這樣兩人走了幾步後，周均言突然停下了腳步。

他沉默著回頭看向還站在原地的顧顏，表情有些冷酷。

見顧顏一臉委屈地別開臉，周均言眼底流露出深沉的情緒，他皺著眉有些不耐煩地問：「有其他人來接你嗎？」

見顧顏依然不說話，他冷著臉走過去，拿過她肩上的包包，再開口時，聲音有些低沉：「好了，過來。」

顧顏終於拖著慢騰騰的步子往前走，等找到車的時候，周均言直接打開副駕把她的包扔進去。

盧茵這時候拿著手機對他揮了揮，「晨晨突然傳訊息給我，說要帶我去吃日本料理，好像不順路了，我還是自己搭計程車吧。」

周均言看向她，「我送妳過去吧。」

「不用了，沒事的。」這一次盧茵堅持要自己走，「那我先走了，明天見。」

等停車場只剩下他們兩人的時候，周均言看向板起臉的顧顏。

「是要我請妳進去嗎？」

顧顏撇著嘴坐進了副駕，抱緊了自己的包包，開始碎念道：「真是好同事啊，還要把人家送到吃飯的地方，你怎麼不乾脆加入她們一起吃算了……」

周均言打著方向盤看她一眼，「下次我會考慮。」

華燈初上，車開出停車場後，周均言看著不遠處的紅綠燈，問道。

「送妳去哪？」

問出口後，他才意識到這個問題有多可笑。

周均言問得輕描淡寫，但顧顏一下子就抓住了重點。如果他不想帶她回家的話，直接把她送回自己家就好了。

她收回流連在他臉上的視線，做作地輕咳了一聲，身子前傾對著導航說：「選擇權在我的話，請把我送到你的主人周均言家。」

周均言抿唇，表情卻是滴水不漏。

「我只是忘記去妳家的路了。」

顧顏也不看他，饒有興致地繼續和導航對話。

「你的主人他過目不忘的哦。」

周均言沉默不語，只是盯著前面的路，顧顏也靠回椅背上，口中念念有詞。

「幾天沒見，也不知道我的多肉植物怎麼樣了……」

進了門後，顧顏自覺地從鞋櫃裡拿出自己的拖鞋換上後，便繞過周均言噠噠噠地小跑到陽臺。

周均言一言不發地跟在她身後，他是在這個時候才注意到離那盆多肉半米遠的凳子上擺著一個手掌大小的加濕器，直到此時此刻還在出著細膩的水霧。

他週六凌晨回來的時候完全沒發現。

顧顏關掉加濕器後，指著小盆回頭看向周均言。

「你看，好像比前幾天肥美一點了呢。」

周均言目光嚴厲地看著她，「妳就這樣把這個東西開了這麼多天？」

顧顏下意識地以為周均言在怪她浪費電。

「這個用的是電池，只開兩天的話沒什麼吧？」

周均言愣了愣，低聲問她：「兩天？」

顧顏將加濕器拿在手裡，點了點頭解釋道：「我是週五下午離開這裡的時候才開的，而且老闆說了，只開一檔不會有安全問題的，有事它會自動斷電。」

她是週五下午才離開的，周均言靜靜地看著她沒有再說什麼，一個人回了臥室。

他站在衣櫃前，準備找自己的睡衣，隨手翻了翻，突然發現隔壁掛著他外出服的櫃角出現一抹陌生的紅色。

他將整個櫃門打開，自己的西裝旁掛著幾件顏色各異的洋裝。

顧顏在客廳聽到周均言毫無起伏地叫自己名字的時候就知道大約是東窗事發了，她裝作毫不知情地站在臥室門口，沒有進去。

「你叫我？」

周均言側身冷冷地看著她，「誰准妳這麼做的？」

「衣服放在箱子裡會皺的，而且我也怕你會不高興，才只敢用五分之一的空間……你生氣了嗎？」

她小心翼翼地望著他。

「別那樣看我。」周均對上她的視線，煩躁地說。
顧言手抓著門框，聲音變得低落。
「反正也只能再掛五個月又二十四天了，不要這樣嘛……」
周均言看向她的目光變得晦澀，他半晌沒再說一句話，最後只是拿著自己的睡衣離開了房間。
十分鐘後，周均言帶著一身水氣從浴室出來，就看見顧顏坐在客廳的沙發上。
茶几上放著一盤披薩，她大概是剛剛咬了一口，口中的起司絲半天都沒有咬斷。
兩個人視線對上後，顧顏愣住了片刻，模糊不清地問：「你要吃嗎？」
周均言深吸一口氣，嗤笑了一聲，笑自己在浴室裡幾次想到她那張失落的臉時，竟然產生了些許自責。
「不必，妳慢慢吃吧。」
說完他把換下的衣服放進洗衣機，面無表情地往臥室走去。
顧顏把嘴巴擦乾淨後，也跟上他。
「我也要洗澡！今天你洗的時候我都沒有去——」
周均言停下腳步，轉身看向她。
「要洗就去洗，不要那麼多話。」
「哦。」顧顏從他的衣櫃邊挖出自己的白色吊帶睡裙，乖乖地去了浴室。
等她吹好頭髮出來後，周均言人卻不知道去了哪裡。
害怕大晚上打擾到樓上下的住戶，顧顏先是在臥室小小地叫了一聲，「周均言。」
沒有人理她，她又跑到客廳。
「周均言，人呢……」

來。

等到她叫到第三聲後，背後的那扇門被砰地打開，顧顏轉過頭，房間裡並沒有人出開的一樣。

她走過去，才發現原來這個房間是書房，她一直以為是儲藏室。

顧顏看到周均言戴著眼鏡，視線專注地盯著面前的筆記型電腦，彷彿門根本不是他開的一樣。

她走到他身邊，「這麼晚了，你還要工作？」

周均言一邊敲著鍵盤，一邊淡淡地嗯了一聲。他在打字間隙，抬頭看了她一眼，「妳先去睡吧。」

話說出口，心底又湧起一股令他不自在的怪異來。

顧顏倒是沒察覺什麼，只是應了一聲就出去了。

周均言望著她離開的背影，很快便收回視線繼續工作。

出去玩的這兩天，已經累積了不少工作，有些瑣事必須得先處理才行。

等他回了幾封郵件後，突然聽到很輕的腳步聲，他抬頭一看，顧顏手裡拿著一個碗。

周均言透過鏡片，平靜地注視著她，整個人看起來沉穩又清冷。

顧顏被他看得耳郭都熱了，把帶著一枝叉子的碗放到他面前。

「你晚上都沒吃飯，吃點水果吧。」

周均言看著碗裡洗乾淨的藍莓和草莓，還沒搞明白自己在想什麼，顧顏已經跑出房間又回來了。

她把懷裡抱著的地毯鋪在他腳邊。

「我一個人在房間好無聊，可以在這裡陪你嗎？」

周均言視線停留在地上這塊陌生的米白色地毯，又看向它的主人。

「我說不可以的話，難道妳就會不陪了嗎？」

顧顏愉悅地笑了起來，「可是你同意的話，我會陪得更加開心啊。」

說完，她戴上耳機，整個人趴在那塊尺寸和瑜伽墊差不多的羊絨地毯上，手支著下巴開始用手機看起電視劇來。

為了不影響周均言工作，每當她看到搞笑的地方，就會強忍著笑意，僅發出壓抑的咯咯聲。

周均言視若無睹地繼續工作，直到肩頸有些痠痛，他抬起頭才發現顧顏有一陣子沒發出聲音了。

他起身走到她的面前，只見她手機被壓在臉下，螢幕還亮著。她的臉在白熾燈下剔透得幾乎透明，睡裙上的吊帶滑落下來，潔白的腳趾頭縮在毯子上。

周均言彎下腰，動作很輕地將她耳朵裡的耳機摘下。

大約是他的手指有些涼，顧顏肩膀一顫，緩緩睜開了眼。

她望向他的目光先是混沌的，在看清楚他的臉後變得炙熱，她喃喃道：「我們可以休息了嗎？」

周均言的目光靜得像是潭水，他壓低了聲線：「到床上睡。」

顧顏點點頭，伸手圈住了他的脖子，將臉埋在他的肩窩處，閉上了眼睛。

空氣中還殘留著草莓的香氣，許久，周均言垂下眼簾，雙手攬住顧顏的背，將她抱著回了臥室。

顧顏回國後，幾乎每週五的傍晚都會和顧中林一起去爺爺奶奶家吃飯。

那天她離開周均言家後，先是去看望了奶奶，晚上則約了幾天沒見的許嫣在家附近的鋼琴酒吧見上了面。

兩個人一碰頭，許嫣就湊到她面前直盯著她看。

「妳背著我偷偷做醫美了？」

顧顏推開她的臉，「是水乳交融的成果。」

她接過許嫣買給她的護膚品，兩個人點了貝禮詩奶酒在拐角坐下，顧顏真佩服自己能忍到現在才把自己和周均言的進展說出來。

剛聽到她找人把周均言綁架甚至還下了藥，許嫣喝了一口酒，眼神古怪地看著她。

「我們才幾天沒見，妳好像病得更重了，今天出門吃藥了嗎？」

顧顏停下潤了潤喉嚨，對她翻了個白眼。

後來許嫣不得不信了，因為威脅周均言跟自己戀愛六個月的事確實像顧顏做得出來的事。

許嫣一下握住顧顏的手，打斷她的話。

「影片在哪裡？我要看。」

顧顏做賊心虛地瞟了一眼周圍，所有人都陶醉在酒水和輕音樂裡，她拿起吧檯上的手機，擋著螢幕從自己的隱藏資料夾裡找到那部影片，在許嫣面前晃了一下。

「說好的全程直播給我看呢？」許嫣只看到一個男人躺在床上的畫面。

顧顏特意找了他們沒在做活塞運動的畫面，她安撫許嫣。

「怕妳長針眼，讓妳看一眼他的睡顏就好。」

許嫣補了一下口紅，笑容變得淫蕩，「那體驗還ＯＫ嗎？」

「他超棒。」

「噁心！」

兩個人鬧了一陣，許嫣感慨地看著她。

「好啦，妳也算是圓了高中的遺憾，以後就可以無牽無掛地開始談戀愛了。」

「啊？」

許嫣見她眼睛睜得比玻璃珠還大，遲疑地問：「難道妳還想和他一直在一起？」

「當然。」

「難以理解……我以為妳是因為一直沒有得到，才會心心念念這麼久。說不定妳當初就找到他，或者他但凡對妳熱情一點，妳就不會那麼執著於這個人了。」許嫣說完又嘖了兩聲，「妳有沒有想過，妳只是喜歡幻想中的他？」這個問題她不是第一次問了，不過顧顏從沒認真回答過。

在鋼琴酒吧聊人生真的不是一個正確的選擇呢，顧顏看著頭頂晃動的燈，陷入了回憶。

「我確實幻想過他，在我以為他和我在同間學校的時候，每一次書法大賽、繪畫比賽的獲獎名單我都會去看，我總覺得裡面一定有一個名字屬於他。每次升旗儀式表揚優秀學生的時候，我也覺得被誇的人當中有他。我想他個子那麼高，一定籃球也打得好，運動會的時候跳高跳遠一定是前幾名，雖然我從來沒找到過他……但在我的想像裡，他的確是無所不能，因為那個時候我覺得我喜歡的人就是最特別的。可是如果妳現在告訴我，其實他根本不會打籃球，寫字也像狗啃的一樣，成績也是吊車尾，那我……還會喜歡他嗎？」

說到這裡，顧顏頓了頓，燈光讓她的眼前忽明忽暗，就像小時候對當時還不知姓名的周均言的那一點點好感，似乎在漫長的想像中發了酵，在重遇他之後又被時光覆上了一層紗。

「我覺得，我還是會喜歡他。有時候我也會覺得自己的喜歡廉價又不可靠，不然我何必用這種方式靠近他呢？可是只要提到他，我的心跳就會變得好快。」

許嫣愣愣地看著她，好一會兒，她才開口。

「那妳有沒有告訴他，妳在七年前第一次見到他時，就喜歡上他了？」

顧顏搖了搖頭，她和周均言幾乎不怎麼聊天，大概是因為他並不想了解自己吧。

「沒有，而且事實上我得承認，雖然高中三年我找他找得痴心一片，但大學沒談成戀愛完全是因為身邊男生的水準太差了！」

許嫣看見她笑了，也收起了正經。

「妳還是別講了，坐在車上對路人一見鍾情這種事，根本跟天降奇蹟一樣稀有。」

顧顏撇了撇嘴，將臉靠在掌心裡。

「不過，我真的覺得我和他有緣分，不然我們為什麼時隔七年還能在茫茫人海中再次相遇呢……」

許嫣哈哈大笑，「妳怎麼不想，如果真的有緣分，A市就那麼點大，你們怎麼會花了整整七年才見到面呢？」

顧顏瞪了她一眼，「我是來和妳分享快樂的……」

「妳快樂嗎？」

「快樂啊，和他在一起每天都很快樂。」

第六章　清晨的騎乘PLAY

天還沒亮透，周均言就被臉上的柔軟觸感擾得睜開了眼睛。

顧顏濕潤的嘴唇從他的眼睛吻到下巴，手指探進他的睡衣裡不停地撫摸他的皮膚。

周均言隔著睡衣握住了顧顏在他身上作亂的手。

「妳幹什麼？」他的嗓音低啞得嚇人，還帶著狀況外的起床氣。

身上的人閉著眼睛好像什麼也沒聽見，只是繼續親他，從他的喉結一路向下隔著他的睡衣去吻他的乳頭。

「我作夢了。」

她幾不可聞地囈語道。

「我夢見你和我上床，好激烈、好用力地幹我……」

她說這句話的時候嘴角翹了起來，一隻手撐在周均言胸口，一隻手伸進他的睡褲裡，將他已經甦醒的欲望掏出來。

顧顏睡覺沒有穿內褲的習慣，她的腿間空蕩蕩的，性器就抵在她的腿縫間，顧顏抬起臀瓣，握著周均言越發脹大的性器，在她早已濕潤的穴口摩擦、停留。

龜頭在她的入口處彈了一下，顧顏顫抖著扶著它將穴口的汁液塗抹均勻，隨後緩慢地一點一點往裡擠。

周均言懷疑自己在作夢，只見顧顏坐在他的胯上，眼睛緊閉，嘴唇微微地張開，流露出愉悅而痛苦的神情。

龜頭剛進去了一點，顧顏已經受不住地急促喘息著，這是她第二次和周均言用騎乘姿做愛，感受依然十分強烈。

周均言沒有動，就那樣躺著，沉默地看著顧顏含著性器淺淺地搖著臀，放鬆著穴肉一點一點吞下去，直至他的硬物整根都沒入她的穴裡。

將性器吃下去後，顧顏輕顫著鬆了一口氣，開始含著性器淺淺地扭動著，不時大幅度地上下起伏，睡裙的吊帶早已因為她的搖晃從肩上滑下。

她雙手撐在周均言緊實的小腹上，因為體內的痠脹感慢慢抬起了臀，再咬著唇一點一點地吞回去。

持續不斷的頂弄帶來強烈快感，她絞著他的性器起起落落，揚起脖頸發出細碎的呻吟。

光線穿透窗簾，顧顏的臉頰泛著嬌媚的紅，她的雙腿大敞，紅腫的穴裡是他的陰莖在進進出出。

兩人的交合處盡是黏膩的汁液，甚至被她自己操出了白而細膩的沫。

周均言就這樣看著她，她每一個細微的表情在這個早晨都是這樣清晰，他不由得想起了顧顏給他下藥的那一次。

周均言沉下臉，拖住顧顏的腰狠狠向上撞了一下，令人窒息的酥麻感讓顧顏嗚咽著睜開眼睛，他沒有給她反應的機會，握住顧顏的手臂猛得翻了身，將她壓在身下。

顧顏驚慌地睜開眼，看向身上的周均言，口中小聲地哼叫著。

他在她身體上一言不發的樣子好性感。

顧顏不由得再一次將雙手纏在周均言的肩膀上，性器在她的體內脹大，花穴被撐到極致。

周均言垂著眸將在顧顏穴內的陰莖拔了出來又狠狠撞了進去，將心底的挫敗感藉著身體的動作發洩出來，顧顏被頂得低聲哭叫起來，把周均言抓得更緊。

很快，周均言抬起她的左腿，掛在他的肩膀上，俯下身子用力地捅了進去。

顧顏雙手搭在周均言的胸膛前，因為這樣的進入瞪大了眼睛，她的眼中泛著水光。

這是她第一次和周均言在他的床上做愛，她看著他蹙著眉頭在她的體內進出，好幾次龜頭直接頂到了她體內的敏感處。

他們的下體嚴絲合縫地糾纏著，被他填滿的感覺真好，顧顏幾乎就要承受不住這種被他貫穿的極樂，發出一聲又一聲浪蕩的呻吟。

她眯著眼睛，咬著下唇，周均言望向她的目光變得更加幽深。

「夢裡你就是這樣看著我，然後進入我⋯⋯」顧顏的目光是這樣熱烈，她整個人都沉浸在周均言帶給她的歡愉中，討好地扭著腰，好讓他的性器進入得更深。

不知過了多久，顧顏早已在他的操弄下潰不成軍。高潮前，顧顏抓著床單的手指都在顫抖，周均言在最後一秒皺著眉拔了出來，精液全部射在了她的腹部上。

房中陷入寂靜，除了逐漸平息下來的喘息聲還有心跳聲，什麼聲音也沒有。

兩人平躺著，沒再說話。

顧顏的身體小小地扭動了一下，聽說大多數的人高潮以後都會進入賢者時間，但是她每一次做完以後，都特別想和周均言親近，和他聊天。

她剛轉過頭，便見周均言坐了起來，越過顧顏從床頭櫃上抽了幾張濕紙巾，面無表情地擦掉她腹部上的精液。

把紙巾丟進垃圾桶後，他下了床。腳剛落地，左手手腕一下子被顧顏拉住。

周均言平靜地看向她。

顧顏在他的目光下打開雙腿，聲音很輕。

「這裡也要擦。」

她眼睛泛著水霧，面頰的潮紅還沒退去，腰上還留著他的指印，整個人都透著一股被人從裡到外嘗遍了的氣息。

周均言抿著唇將腳塞進拖鞋，眼神有些躲閃，他抽回被顧顏拉著的手，看了一眼鬧鐘上時針的指向，抬手胡亂地擦了一下她的兩腿間，隨後將她腿邊的被子扔到她身上。

下了床後，他直接走向衣櫃。

「你現在就要走了嗎？」顧顏抱著被子看著他的背影。

半晌，他才低聲說：「我要上班。」

顧顏也理好睡裙下了床。

周均言正在扣襯衫上的釦子，動作透著急躁，他冷不防地回頭看了她一眼。

「妳不用上班？」

周均言難得發問，顧顏心情極好地走近他。

「我在我爸爸的公司上班，可以去，也可以不去。」

她很坦誠地說，不覺得丟人也沒覺得驕傲，只是在陳述一個事實。

周均言將西裝從衣架上取下，沒有看她。

「妳應該學點東西。」

顧顏張著嘴，難以置信地望著他。

周均言皺著眉，「別這樣盯著我看。」

顧顏貼過去蹭了蹭他的手臂，「你在關心我，想讓我多學點東西。」

周均言關上衣櫃，一字一頓地說：「我只是不想看到妳一直待在我家。」

顧顏對他眨了眨眼睛，「既然你這麼關心我，那我去上班好了，我也覺得自己該去學點東西了。反正你順路，我就不讓延一來囉。」

她這句話是真心的，雖然她爸的錢確實多到花不完，花錢很開心，但充實自己應該也不錯。

她話剛說完，見周均言冷冰冰地看向自己，她莫名其妙地補了一句。

「小王。」

周均言收回目光開始繫領帶，沒再搭理她。

等他洗漱完，顧顏已經換好了衣服，手裡提著一個很大的包。

見他從浴室出來，她放下包立刻跑過來。

「我刷牙洗臉很快的，你要等我。」

火腿培根的氣味充斥車內，周均言深深地呼出一口氣，他抗拒在餐桌以外的任何地方吃東西。

他側頭看向顧顏，甚至不知道她手裡的這塊帕尼尼是什麼時候買的。

他一聲不吭地打開車窗，直到終於抵達目的地。

車停下前，顧顏已經把嘴巴擦乾淨，裝帕尼尼的那個小盒子也被裝進包包裡。

她轉頭認真地看著周均言倒車。

「我想看你單手倒車。」

周均言自然沒有要理她的意思。

她也不當回事，安全帶還沒解，就將臉湊過去，被周均言用兩根冰冷的手指擋住。

她噘嘴正要抱怨，周均言收回手瞥了她一眼。

他頓了頓，最後打開她面前副駕駛座的儲物盒，從裡面拿出一個盒子丟到她懷裡。

顧顏看了看盒子又看了看周均言，下意識地問：「這是補昨天我假生日的生日禮物嗎？」

周均言被她厚顏無恥的說法逗笑，一臉嘲弄地看著她。

「妳也可以當作是兒童節禮物。」

「謝謝你，我好開心！」

周均言無言地解開她身上的安全帶，伸手推開副駕的門。

「下去。」

顧顏也不糾結，「好，晚上要記得來接我哦。反正你也只需要再接五個月又——」

啪，車門被關上了。

下了車後，顧顏像是突然想起什麼，很快又繞到另一邊敲了敲車窗。

「周均言。」

車窗緩緩下降，露出周均言那張不耐煩的臉。

「你等一下。」顧顏低下頭從名貴的大包包裡拿出一個大號的保溫盒還有保溫杯，並從搖下的車窗探入，放在他腿上。

「是熱牛奶還有三明治，早餐不能不吃喔。」陽光下，她看向周均言的眼睛亮亮的，「拜拜，如果有空的話，也記得要想我喔。」

說完，她也不等周均言的反應，揮了揮手就轉過身。

顧顏低頭看向手中的盒子，上面寫著「X市特產」，她想起那晚在浴室和周均言說的話，甜蜜地笑了。

進辦公室前，顧顏看到主編和一個身形高大的男人在茶水間說話。

她正準備從包裡找門禁卡，門卻突然開了。

小李拿著一個杯子對她擠眉弄眼，「我要去倒水。」

「那就去啊。」

辦公室裡還沒幾個人到，顧顏第一次來的時候還覺得很奇怪，後來她才知道，很多傳媒公司都是這樣的，上班時間比較彈性。

沒過幾分鐘，小李一臉喜色地從她身邊擦過。

「主編這次招來的導演太帥了！一定要把他留下啊！」

顧顏一聽「導演」兩字，也來了精神。「很有名嗎？都導過些什麼？」

小李立刻閉上嘴，半天才解釋。

「妳想太多了，人家是專門拍自媒體的。」

「原來是這樣。」顧顏點了點頭，打開了電腦。

十分鐘後，門再一次打開，她聽到主編讓新來的人到她對面坐下，因為只有那臺電腦還沒人用。

顧顏端著杯子抬起頭，對面的人也在這時看過來。

陳澤旭放下了手中的合約，笑著道：「顧顏，真巧。」

小李比主編還早出聲：「你們認識？」

「高中同學。」

陳澤旭雖然回答了小李，眼睛卻依然看著顧顏。

今天顧顏主動找主編分配事情給她做，主編便叫她試著分析一下各個影音平臺的熱門主題。

她看了一下午的影片，眼睛都疼了，便用手機設了個鬧鐘，趴在桌上小眯一下。

不知過了多久，感覺椅子被人輕晃了一下。

顧顏睡眼惺忪地抬起頭，才發現公司的人都走得差不多了，陳澤旭手上拿著一個包，站在她身後。

「不走嗎？」

顧顏看了一眼手機，還有五分鐘就到五點半了，現在起來也差不多。

「走吧。」

兩人將公司的電源關掉後，一起往電梯口走。

上午陳澤旭和公司的小林總一起去看拍攝場地，所以並沒有在公司待多久，兩個人簡單地打過招呼以後並沒有講話，顧顏甚至不知道他是什麼時候回來的。

電梯門開了以後，陳澤旭示意她先進去。

「妳什麼時候回國的？」

「畢業就回來了。」

陳澤旭頓了頓，繼續說。

「你們大學放榜那天我有回學校看。」

顧顏回憶了一下，那都是四年前的事了。

「可是那時候學校後面的小吃街已經拆掉了，你去了也看不到什麼。」她有些遺憾地說。

陳澤旭安靜了一會兒，輕笑出聲。

「妳還是一點都沒變呢。」

兩人就這樣有一搭沒一搭地走到一樓大廳門口，陳澤旭突然叫住她，神情自然地問：「可以加妳微信嗎？」

顧顏向門口張望了一眼，「我也在公司那個群組裡。」

陳澤旭雙眼注視著她並拿出手機，「哪一個是妳？」

顧顏飛快地看了一眼他手裡的螢幕，很快便發現了自己的粉色頭像。

「這個這個。」

陳澤旭見她面露焦急，溫和地說：「我可以順路送妳回去。」

「你又不知道我住在哪裡，怎麼知道順不順路？」

聞言，陳澤旭輕笑了一聲，「那就當我想專程送妳吧。」

就在這時，不遠處的馬路上突然響起了一聲清脆的喇叭聲，顧顏的眼睛瞬間亮了起來。

「沒關係，有人來接我了。」

陳澤旭看向不遠處的那輛車，「妳男朋友？」

顧顏理了理裙子，表情生動極了，「不曉得你還記不記得，就是我高中找錯的那個人。我走啦，拜拜！」

陳澤旭只頓了一瞬，隨後便頷了頷首，對她微笑道：「嗯，明天見。」

顧顏快速地拉開副駕車門，把整個人塞了進去。

「人生第一次工作了一下午，好累喔，嗚嗚。」

見周均言沒有理自己，她繼續說：「對了，你有看到剛剛站我對面的那個男生嗎？」

「沒看見。」他的聲音格外冷漠。

「哦，那一定是他長得沒你好看。你不知道，他還是我們當時的校草呢，我跟你說，當初我跟他認識還是因為——」說到這裡，顧顏突然閉上了嘴。

周均言半天沒聽到她的聲音，冷冷地看了她一眼。

「怎麼不說了？」

可惜顧顏沒注意到，只是笑著說：「我還是不講了，怕你會笑我。」

顧顏實在不好意思告訴周均言，自從高一報到那天對他一見傾心後，為了在學校找到他，前後鬧了多少烏龍。

其中最大的那一次發生在她高二，她在運動會上看到一個正在參加跳高比賽，身形可以稱得上是鶴立雞群的背影，喇叭正巧在報他的名字——陳澤旭。

這個名字在諸如「王剛」、「李浩」、「張斌」的一群姓名裡顯得這麼特別。

顧顏心跳加速，她已經經歷了多次失望，可是每一次還是會充滿期待，她抓住身邊兩個人的手，激動地道：「應該就是他了。」

結果等她拉著幾個同伴大剌剌地擠進跳高決賽場地時，「陳澤旭」這個名字的主人一轉過身，身邊的幾個女生都興奮地小聲叫了出來，只有顧顏又一次垮下了臉。

然而這件事並沒有就此結束，因為全程都被訓導主任注意到了，他認定這是兩隻「野鴛鴦」藉運動會傳情，接連找了顧顏還有陳澤旭的班導談話。

這個烏龍鬧到最後，陳澤旭的同班同學只要看到顧顏就會發出奇怪的笑聲。

陳澤旭比顧顏大一屆，事實上，直到他畢業，兩位當事人都沒有單獨說過話。

顧顏在再次見到他以前，以為他一定討厭死自己了，畢竟當年被她害得成了學校的重點觀察對象。

但今天看起來好像又還好的樣子。

她見周均言手搭在方向盤上沒說話，趁安全帶還沒有繫上前，撒嬌似地蹭了蹭他的肩膀。

「我沒有想到你會來接我回家，好感動。」

「如果妳沒在我開會的時候一直發訊息騷擾我，我也沒打算來。」他的態度依然冷冰冰。

顧顏看了看他，試探地問：「你生氣啦？我以為那時是午休時間呢。而且你不想接我的話可以先封鎖我，但你沒有。」

「我馬上——」

顧顏連忙伸手去摀他的嘴，「好了，結論就是你來接我了，知道這點就好。我們現在要去哪裡？」

周均言撥開她的手，一言不發地將車駛上了主幹道。

「啊，我們去超市好不好？家裡的食材已經不夠我做明天的早餐了，我今晚想和你一起吃飯，我們自己在家做吧，好不好嘛，均言？」她在座位上歪著頭看向他。

周均言皺了皺眉，「別這樣叫我。」

「唔……言言？」得寸進尺是顧顏的天賦。

周均言依然沒說話。

顧顏聲音揚了揚，「那就——老公？」

周均言狠狠地踩了一下剎車，他轉頭瞪著顧顏，耳根已經紅了。

顧顏發現他看起來沒有剛剛那麼冷漠了，滿意地躺在椅子上，去玩他袖子上的釦子。

「幹嘛？我朋友都是這麼叫她男朋友的啊。你不帶我去買菜的話，我就一直這樣叫你喔，老公老公老公……」

周均言終究屈服了。

將車停在超市的地下停車場後，兩人走到超市入口，顧顏從包裡找出一枚硬幣，塞進了手推車的投幣孔裡。

她推著車，一直往周均言身邊擠，直到把他擠到最裡側，他終於如她所願地看過來，視線依然沒什麼溫度。

顧顏指了指手提車，「我一直有一個願望，我想坐在裡面，然後你推著我——」

「想都別想。」

顧顏嘟起嘴哼了一聲，扯著他的衣角直接往冷藏櫃走。

她陸續往推車裡放了好多起司、優酪乳還有霜淇淋後，周身洋溢著幸福的氣息。她抬頭看著周均言，「你知道嗎？現在世上我最喜歡的東西都在我身邊了。」

周均言垂眸看向她，最後什麼也沒說。

過了好一陣子，顧顏又去拉他的手。

「今晚我們吃烤雞，怎麼樣？」

周均言任她拉著，依舊面無表情，「不怎麼樣。」

顧顏有些苦惱，「我都帶了烤箱來，就要物盡其用啊。」

周均言看向她，一臉疑惑，「妳還把烤箱搬到我家了？」

回過神，發現自己似乎說漏嘴了什麼，顧顏連忙轉移話題，繼續往前走。

「不然我們還是吃滷豬腳好了。跟你說一件好笑的事，我在美國上大學的時候，有一次同學來我家做功課，我當時正在鍋裡滷豬腳，想說要招待客人——結果要端上桌前，我才突然想起來，她們是穆斯林，不能吃豬肉！那一秒我後背都在冒冷汗，她們問我鍋裡是什麼，我只好隨便回了一句『洗腳水』，是不是很白痴——」

周均言低下頭，嘴角噙著淡淡的笑意，卻發現顧顏拿著豬腳的手突然鬆開了，豬腳連著包裝直直地栽進了推車裡，而她一動不動地定在原地，眼神有些空洞地看著前方。

周均言順著她的視線看去，看到一個老婦人推著和顧顏手裡一樣的推車，車上坐著一個十歲左右的小男孩，那個男孩的瞳孔是綠色的，應該是個混血兒，幾個阿姨圍著誇他漂亮。

這時那個老婦人也朝顧顏這邊看過來，面上的笑容一下子有些僵硬，她叫了一聲，「顏顏？」

顧顏立刻笑著迎過去，抱住了她。

「外婆，好久不見，好想妳喔。最近身體還好嗎？我寄給妳的保健食品妳有沒有吃？吃完的話我再買給妳。」

顧顏的外婆拍了拍她的背，「嗯，妳是最孝順的，過陣子有空記得來家裡坐坐，知不知道？」她說著看向身後的周均言，「這位是？」

「是我的朋友。」顧顏沒有任何遲疑，「外婆，今晚我們有一堆人要一起聚餐，所以現在來買菜。」她掏出手機看了一眼，又回頭看向周均言。

「時間好像快來不及了，我們得抓緊時間了，那我們就先走囉。」

老婦人招了招手，沒再說什麼。

顧顏轉身離開的時候甚至忘記了手推車，她慌亂的腳步透著一絲脆弱。

周均言拉著推車，很快地跟上了顧顏的腳步。理智告訴他，他應該什麼也不要管，可是他的手違背了大腦的指令。

他握住顧顏的肩，顧顏終於停了下來，她的頭低垂著看不清表情。

周均言站在他面前，俯下身子低頭看著她，他指著面前的推車，聲音變得柔和。

「要坐推車嗎？」

迄今為止，顧顏在飛機上耗時最久的一次發生在她去美國讀大學的第一年。

那一年八月，她才剛到美國，還沒待滿兩個月，就又花了將近三十個小時坐飛機回了A市。

因為十月二號是顧顏外婆的生日，以前顧顏都會陪在她身邊的。她想到外婆在機場送她的時候，那副抓著她的手反覆叮囑，一副捨不得鬆手的樣子，很想給外婆一個驚喜。她提前打了通電話給大阿姨，想知道外婆最近有沒有什麼需要的，沒想到還真的有。大阿姨告訴她外婆最近一直說想買臺新電腦，顧顏以為外婆是要學著用電腦看電視劇，爽快地幫她訂了一個適合年長的人用的筆電寄了回去。

中轉要十個小時，顧顏特意打了視訊電話給外婆，強忍著語氣裡的笑意說這一次沒辦法陪她了，不過電腦是用顧中林的錢買的，讓外婆開心用，把外婆哄得笑個不停。

等到顧顏下了飛機，身體像是被車軋過，腳走在陸地上都像是在飄，但她還是很開心。

凌晨兩點，她終於搭計程車到了外婆家，瞇著眼輸完密碼，連鞋都忘記換直接進了一樓她自己的房間。

她掙扎著脫掉衣服，澡都沒洗就躺進自己的被窩，被窩鬆軟又舒適，味道依然那麼好聞。外婆說她每個星期都有曬她房間的被子，只要她想，隨時都可以過來住，想住多久都可以。

顧顏想像著外婆醒來看到自己後，滿臉欣喜的樣子，進入了睡眠。

等到顧顏再次醒來時，已經是下午兩點了。到現在都沒人發現她回家呢，顧顏心裡有些得意。

外公外婆的臥室在二樓，顧顏一邊從櫃子裡找出之前留在這裡的乾淨衣服，聽到頭頂不時傳來的很輕的腳步聲。

她飛快地梳洗完，輕手輕腳地扶著樓梯往上爬。

她二樓的樓梯還沒有完全走完，就看到客廳右側那臺巨型電視上出現了一個外國小男孩的臉，顧顏還聽到大阿姨和小舅媽的聲音，看來她們都來陪外婆過生日呢，她們現在是吃完午餐在看外國電影嗎？

可是很快，顧顏聽到那個小男孩一臉純真地盯著鏡頭，害羞地叫著「grandma」，下一秒耳邊傳來外婆的聲音。

顧顏的外婆一直以來都只說A市方言，她連普通話都不願意學，但此時此刻，顧顏聽到了外婆在用著腔調生硬彆扭的英語。

她說：「路易，外婆很想你。」

顧顏一下子有些懵，他是誰？

大姨父端出一盤水果走來，擋住了螢幕，大阿姨一下子把他拉到旁邊坐下。

「二妹家的那個混血兒？」大阿姨父顯然有些沒搞清狀況。

「別擋著媽看外孫。」

大阿姨笑著看向外婆，把水果遞過去。

「嗯，這個可比顏顏值錢多啦。」

顧顏一時間慌了，不知道該露出什麼表情，雖然沒有任何人看見，她依然努力地動了動嘴角。

她很有信心，外婆會反駁大阿姨的，她會說顏顏才是最值錢的。

外婆最愛她，至少……很愛她。

她踮著腳尖往上走了一步，看到外婆面前正擺著她買的那臺筆電，大概是她本來用筆電和別人視訊，覺得螢幕不夠大，又將電腦連上了電視螢幕。

外婆只是笑著看著大螢幕，一秒鐘也捨不得把眼神從上頭移開。

顧顏呆呆地看了一眼外婆，又盯著螢幕裡的那個人，他很快被抱著坐在了一個大人的腿邊，顧顏看著外婆溫婉的笑臉，覺得自己的胃被絞成了一團。

「要坐推車嗎？」

肩膀被一雙大手握住，顧顏猛地回過神，周均言正俯身看著她。她無措地看著他，張了張嘴不知道該說什麼。

周均言看著她失魂落魄的樣子，握在她肩膀的手陡然用了些力。

肩上是溫熱的觸感，顧顏在周均言的目光下漸漸回過神，情緒也從當初落荒而逃的窘迫和困頓中抽離。

「要坐嗎？」他看著她的眼睛，又問了一次。

顧顏突然撇了撇嘴，沒等周均言反應過來，一下子撲進了周均言懷裡。

周均言手緊緊握著推車，一動不動地站著，顧顏雙手死死地摟住他的脖子，將整張臉埋進周均言的頸窩裡。

她在他懷裡搖了搖頭，甕聲甕氣地說：

「我已經長大了。」

周均言握著推車的手動了動，半晌，他低聲問：

「還有別的想買的嗎？」

顧顏深深地吸了一口氣，周均言的氣息給了她前所未有的安全感，他將她從剛剛的窒息中拖了出來。

顧顏從嗓子眼發出細小的聲音：「我們可以回家嗎？我想回家了。」

一個幾歲大的男孩從零食的貨架竄出來，周均言伸出手，摟住顧顏的後腰把她往旁邊拉了拉。

他是在這時注意到周圍排隊結帳的人都在回頭看著他們，他們直白的目光令他感到不適，他自小就厭惡成為別人談論的對象。

周均言閉上眼睛，握住了顧顏的手臂。

顧顏一下子猜到了他的打算，她雙臂緊緊地圈住他，臉貼著他的頸側，小聲地說：「不要……」

周均言拇指下意識地摩挲著顧顏的手臂，不知道在想什麼，最後他只是在她後背輕拍了拍，壓低了嗓音：「我要結帳。」

周均言感到內心一陣煩躁，他清楚地意識到這一次煩躁的源頭不是顧顏，而是縱容她行為的自己。

漫長的沉默過後，周均言決定無視周遭的視線和聲音，攬著她往前走了兩步準備結帳。

可是超市的收銀通道實在無法容納兩人並排站著，過了一陣子，顧顏終於鬆開攬在他脖子上的手。

她的臉頰泛著淡淡的紅，看起來可憐又易碎，周均言看著她低頭往前走了幾步，站在外面安靜地等自己付錢。

周均言付完錢後，將兩大袋的東西放進推車走到顧顏面前，對方什麼也沒說，只是牽住他的袖子跟著他往停車場走。

東西被放進後車廂後，周均言抬頭一看，顧顏已經坐上了副駕。

車廂安靜極了，這是第一次，周均言想。但他很快便否定了這個答案，把她從醫院門口撿回家的那一次也很安靜。

這很重要嗎？答案是否定的。

可是顧顏的安靜令他感到心煩意亂，她低著頭認真地玩著手機，沒有出聲。

回到家以後，顧顏接過他手上裝食材的那個袋子，徑直往廚房走。

「一個小時後就可以開飯了。」

她的聲音很輕快，不帶一絲低落，彷彿剛剛根本沒發生任何插曲似的。可是，她在超市手足無措的畫面早已深深地停留在他腦海裡。

廚房傳來切菜聲響，周均言突然想起不久前顧顏對他說的話。

她說，人和動物的不同是，人可以控制住自己。

如果他控制住了自己的腳，那麼他此時此刻就不該出現在廚房。

周均言進去的時候，顧顏正在切冬瓜，她切得又快又薄，手法甚至有些像周寧。她的手真的很小，刀在她手上，每一次切下去都像是會切到食指。

他走到她身後。

「我想做冬瓜燉豬腳，你喜歡嗎？應該會很香的。」

大概是發覺他來了，顧顏回過頭，朝他笑了笑。

周均言只是平靜地看著她，許久，他聽到自己低沉的聲音。

「剛剛怎麼了？」

顧顏切菜的手頓了頓，她沉默了一會兒，放下菜刀，轉身看向他。

他真是個好人，顧顏想。

即使他討厭自己，還是會因為怕她被雨淋出病把她帶回家。而他現在流露的關心也只是一個紳士的基本表現罷了，不要想太多。

她閉上眼睛，踮腳在他的下頜上輕輕吻了一下，他沒有退開。

接著，她一路沿著他的下巴吻上去，在兩人的嘴唇就快相碰的瞬間，顧顏停了下來。

她看到他的下頜沾到了她唇上的口紅。

她的視線停留在那抹淡淡的紅色上，抬起手想要把它擦去，卻在還沒碰到對方的臉時就被一把握住了手。

周均言垂下眼睛，靜靜地握住她的手腕，他什麼也沒說。

兩人只是默默地對視著。

顧顏被他盯得有些臉紅，遲疑地帶著他的手來到她的嘴邊。

她是在這時才發現腕上的那只手並沒有用力，她輕鬆地掙開，然後在他平靜的目光下握住他的食指將它放進自己的嘴裡。

周均言看著她睫毛輕顫閉上了眼睛，隨後用溫暖的舌尖輕輕地掃過他食指的第一個指節，很快，那豐滿而柔嫩的雙唇連同舌頭含裹住了他整根食指。

他盯著她微微翹起的雙唇，半晌抽出了自己滿是水跡的食指。

顧顏失望地睜開眼，周均言漆黑的眼睛注視著她，四目相對後，兩個人的呼吸都變得急促。

下一秒，周均言握住她的脖頸低下頭，當兩人的嘴唇緊緊貼住的瞬間，顧顏忍不住地顫抖起來。

周均言的身體壓在她身上，她的後腰抵在冰冷的流理臺上，大概是感官失了控，她除了知道用自己的舌頭纏著周均言的，什麼也不會。

她需要很多很多的吻，只有周均言可以滿足她。

周均言的身體繃得很緊，他深深地吻著顧顏，任由她的雙手在自己的身上摸索。

不知過了多久，直到手機自他的外套口袋裡響了起來，顧顏的身體輕顫了一下，周均言捏著她的後頸，將舌頭從她的口中收回，她睜開迷離的眼睛，哼叫了一聲。

只是還沒掏出電話，鈴聲已經停止。

周均言沒有去拿手機，視線在她晶亮的雙唇和泛著水氣的眼睛上來回轉移。

顧顏的雙手緊緊抓在周均言的外套上，她鬆開手，抬手從頭頂的櫃子胡亂地摸了摸，很快找到了一個東西握在手裡。

顧顏皺了皺鼻子，輕聲問：「可以嗎？我有點想做。」

周均言的呼吸瞬間變得粗重，他盯著她掌心裡的保險套，喉頭微動。

「這裡為什麼會有？」

顧顏小聲地說：「因為……我想和你在家裡的每一個角落做。」

說完，她的臉瞬間通紅起來。她難得因為這種話覺得害羞，畢竟她一直很坦誠地面對自己的欲望。

顧顏牽住他右手的大拇指，「可以嗎？」

頭頂昏黃的燈光將她的臉照得朦朧而無助，周均言愣了一愣後，低啞地回答出聲。

「可以。」他垂下頭，一言不發地開始脫衣服。

顧顏見他已經脫了褲子，手忙腳亂地低下頭準備脫身上的洋裝，在拉拉鍊的時候差點卡到頭髮，她「啊」了一聲，周均言沉默著抬起手，示意她轉過身。

他垂下眼簾，將她裙子的拉鍊拉下，絲絨洋裝應聲落地。

顧顏重新面向他。

下一秒，她被周均言抱著坐上了流理臺，顧顏立刻抬起兩條腿圈住周均言的腰，將兩人緊扣在一起。

每一次他的性器在體內進出時，帶給她的安定感，完全超出於對肉欲的滿足。

周均言握著脹大的陰莖，眼睛卻不放過她的任何反應。

龜頭剛碰到穴口，她已經開始想像即將將它納進身體的那種充實感。

她會被周均言狠狠地壓在身下，她將自己毫無保留地攤開在他的面前，她想要他的氣息完全地包裹住她。

除了他，顧顏什麼也不想思考，他是她最親密的人。至少，在周均言進入她體內的這一刻是。

硬物插進來的那一刻，顧顏吸著氣背靠在流理臺的牆面上，桌上的刀還有砧板早已被周均言推進水槽裡，她手撐在檯面上，一邊呻吟一邊將雙腿打開到最大，抬起腰試圖把性器含得更深。

廚房並不寬敞，流理臺難以發揮，周均言捧住顧顏的臀瓣，皺著眉將性器慢慢頂入。碩大物體一進入，穴肉瞬間收縮起來，緊緻酥麻感從陰莖傳到頭皮，周均言深深地呼吸，在顧顏的迎合下重重地插入。

他抿著唇一下一下地插進去，不停地尋找顧顏的敏感點，很快顧顏雙眼泛起了淚花，整個人再一次癱在桌面上。

周均言看著她，一邊抽送著一邊將她的背攬住，兩個人面對面地交合著。

顧顏被他無言地注視著，下體被他不知疲倦地操幹著，很快就全身紅透了。

今天早上剛做過，顧顏的小穴大概也早已適應了周均言的存在，她瞇著眼睛試圖夾緊硬物，並且去感受它在體內的進出。

周均言看著她沉迷的情態，伸手箍住她的腰，同時加大了抽插的力度。

這一次終於被他頂到了穴內的那個小小凸起，顧顏失控地呻吟出聲，她聽到樓頂的腳步聲，急忙壓抑著快感咬上了周均言的肩膀。

這一次他沒有阻止她，她咬得不重，像小貓撓癢一樣，口中也發出難耐的哼叫聲。

周均言一邊聽著她叫，一邊放緩了抽插的速度，兩個人胸膛緊緊地貼著一起律動了起來。

被填滿的感覺真好，強烈的快感讓她的嘴巴微張，伴隨著周均言抽送的動作，顧顏斷斷續續地呻吟起來，像是在撒嬌。

周均言扭過她的下巴，配合著下體抽插的節奏開始激烈地吻她，顧顏抱著他的頭，手也情不自禁地伸進他的髮絲裡，她在他的舌頭還有性器的雙重攻勢下嗚咽著，接受著周均言給予她的一切。

花穴死咬著周均言的性器，他也很快地咬了一下她的下嘴唇。

他摸了摸她的後腦勺，啞著聲音問道：

「舒服嗎？」

顧顏睜大眼睛，難以置信地看著他。

他的語氣裡沒有往日的嘲諷冷漠，彷彿他們真的是情侶，他真的在意她舒不舒服。

下體被抽插著，顧顏強忍著突然冒出來的淚水，小聲說：「舒服。」

她摟住周均言的脖子，一邊親他的下巴一邊說：「我想要你一直在我身體裡，一直陪著我……」

她在周均言的脖子上胡亂地親著，周均言抽送的節奏突然變亂，他看向她的眼神變得露骨，動作激烈到要把顧顏給操壞。

洶湧而來的快感一波又一波地襲遍顧顏全身，她尖叫著噴出了一股水液，眼淚伴隨

著快感奪眶而出。

高潮後，她軟綿綿地倚在周均言的肩上顫抖著。

迷迷糊糊中，她感覺到周均言在她的體內又衝刺了數十下後，隔著保險套射進她的體內。

察覺到周均言射精後視線一直停留在她臉上，顧顏抬眼看向他，才發現自己眼前一片模糊。

顧顏愣了一會兒，很快掩飾地眨了眨眼睛，她伸手擦掉眼淚，過了很久才小聲說：

「是被你幹哭的。」

周均言深邃的眼睛就這樣望著她。

第七章　我好討厭他

周均言沒拆穿她的謊言，只是靜靜地看著她。

顧顏不好意思地把頭靠在他頸窩裡，半晌才悶聲說：「周均言。」

周均言攬著她的腰，拿掉保險套後，頭也不回地丟進身後的垃圾桶裡。

「嗯？」

顧顏雙手摟住他的脖子，「你覺得……他好看嗎？」

周均言愣了一瞬，「誰？」

顧顏拖長了聲音，像是在苦惱怎麼措辭。

「嗯……就是超市遇見的那個矮子。」

她並沒有等周均言的回應，沉浸在自己的思緒裡，喃喃道：「我覺得他好矮，我在他那個歲數的時候，應該已經一百六十公分了。」

「而且，外國人只有小時候長得漂亮，等到再大一點，會特別顯老，會變醜。他長大以後不會比我漂亮的，還可能會有禿頭……」

說到這裡，她突然覺得自己幼稚極了，聲音也越來越小。

她再次想到在外婆家樓梯上的那一刻，她的胃從看到螢幕上的那張臉就開始絞緊，體內的破壞欲也在不斷升騰，她想要走過去把為外婆買來的筆電重重摔在地上，想要讓他們閉嘴，可是她最後什麼也沒做，像個小偷一樣離開了。

周均言掌心輕撫在她光裸的背上，眼睛直視著面前的磁磚，不知在想什麼，過了好一會兒，才低聲說：「嗯。」

顧顏因為他的這一聲「嗯」陷入了委屈，她像是找到了自己的盟友，縮在周均言的胸膛裡，小聲說：「我好討厭他……」

明知他什麼錯都沒有，還是討厭。

她從來沒有擁有過的東西，如果沒有任何人得到也就罷了，那人卻是輕而易舉地就得到了。

周均言聲音沒什麼起伏，手上依然有節奏地輕拍她的背。

「那就討厭。」

「我不怪我媽，畢竟如果她和我爸爸還在一起，兩個人吵架的話，不管她是對是錯，我都會站在她那邊。我在她肚子裡待了十個月，她因為我受了很多苦，我應該是無條件對她最好的人。」

顧顏吸了吸鼻子，聲音有些哽咽。

「我又在騙人了，其實我心裡很怪她。」她垂著頭傷心地說，「她拋棄了全世界會對她最好的小棉襖，男孩子根本沒有——」

此時，髮頂落下了一個又一個輕柔的吻。

顧顏倏地閉緊了嘴巴，她的身體僵住，內心小角落裡那頂還沒成熟的毒蘑菇就這樣被周均言安撫性的吻驅散掉。

她突然覺得，自己似乎不用去嫉妒任何人了。

顧顏第一次對頭頂的觸感這樣敏銳，她能聽見自己的心跳聲是這樣不穩定，咚咚咚地響個不停。

顧顏睜大眼睛，就這樣靠在周均言懷裡一動不動，害怕驚擾了他，只是任由他像親吻小動物一樣安撫自己。

周均言的唇不斷向下，在顧顏泛紅的耳垂上輕輕地吻了一下，又一下。

顧顏因為他溫熱的氣息，身體忍不住扭動了一下，耳朵上的親吻立刻停下了，她難過地撇了撇嘴。

她忍住沒有抬起頭去看周均言，她不能讓他覺得自己因為這樣一個吻大驚小怪，他這麼要面子的人，說不定以後就再也不願意像這樣吻她了。

周均言是在顧顏乖乖躺在他懷裡半天沒有出聲的時候，才發現自己一直在低頭吻她，她的耳朵早已被他親得通紅一片。

為了化解尷尬，他連忙輕咳一聲，看向電鍋旁邊的悶燒鍋，「妳會做飯？」

顧顏突然從他懷裡抬起頭，眼裡早已沒有了剛剛的落寞。

「你餓了嗎？我們還沒有燉豬腳呢。」

她轉過頭，遺憾地看向水槽裡的冬瓜。

周均言見她似乎恢復了往日活力，面上表情也有所鬆動，「我不餓。」

顧顏回過頭，重新摟住他，「其實我也不餓，我想回房間休息。」

周均言環住她的腰將她抱回床上，再遞給她幾張濕紙巾。

顧顏因為剛剛的親吻，突然有些害羞，沒有再提出讓他幫她清理的事。

周均言背靠在床邊，沒有再說話。

顧顏擦乾淨腿以後，轉身抱住周均言的手臂，他剛剛問她會不會做飯，真難得他會對她的事情感興趣呢。

她無意識地摸了摸周均言的手臂，答道：「我是到了美國才學會做飯的。」

周均言拉起被子，蓋在兩人身上。

「為什麼？」

「在美國的第一年，過年我因為要補考沒辦法回國。」說到這裡她有些難為情，她偷瞟了一眼周均言，見他神色如常，便繼續道，「那邊的留學生幾乎都不在，除夕當天中午我就一個人去學校旁邊的中式自助餐廳吃飯，我有個朋友一直跟我說那家的手指泡芙好好吃，我很想去吃。」

等顧顏走進那家餐廳，才發現裡面熱鬧不已，幾乎每張桌子都坐滿了人，包含了不少當地人與外國人。

餐廳老闆是個會講中文的人，他抬頭看了她一眼又望了望她身後，「一位？」

顧顏頓時有些無地自容，她抓著背包的帶子，故作淡定地點了點頭。

其實現在想起來，那時餐廳裡肯定沒什麼人在注意她，忙著過節都來不及了，還關心陌生人幾位用餐呢。但是那一刻，她就是覺得所有人的目光都聚焦在她身上，她甚至連走路都變得不自在。

她以為自己會很想念那些炒菜，最後也只是隨便地夾了一些，並找了一個拐角的座位坐下。

坐下後，她猶豫了一瞬，拿起手機開始找許嫣。

如果可以一邊跟她視訊一邊吃東西的話，應該就不會那麼尷尬了吧，顧顏這樣想。

兩人隔著十二個小時的時差，現在許嫣那邊差不多是凌晨十二點，她應該還沒睡。

顧顏滿懷期待地撥過去，可是很久都沒有人接，身邊突然走過去一個服務員，顧顏便下意識地對著手機說了一句：「我要吃飯啦，先不聊了，拜拜。」

「掛掉」電話後，她心下尷尬之餘，也感到鬆了一口氣。

只不過她吃了幾口後，發覺自己並沒有那麼餓，這家餐廳的菜並不好吃，一點也不正宗。

這好像是顧顏人生中吃得最快的一頓飯，不到十分鐘，她就結帳離開了。

她裹緊身上的羽絨衣，走在路上才想起來——剛剛忘記點手指泡芙了。

回到家後，顧顏拉起窗簾鑽進了被窩，半夜餓醒以後，她從冰箱裡找到一袋義大利麵，那是她第一次知道義大利麵要煮很久才會軟。最後成品雖然不盡人意，但她也算是飽餐了一頓。

吃完飯後，她看到手機螢幕亮了，是許嫣打來的視訊電話。

「妳昨晚找我？怎麼了？」

顧顏頓了頓，吞下了嘴裡的麵：「沒什麼，我只是想跟妳說，我昨天一個人去吃了自助餐！」

「厲害啊妳！我肯定不行……」

握在她肩上的手很有力，讓顧顏從記憶中回過了神。

她抬頭看向周均言，停頓了一下，接著說：「後來我發現手指泡芙會讓我發胖，而且自己做菜更健康，所以我幾乎沒有再外食了。我是不是很賢慧很顧家？」

她的呼吸很平緩，眼神依然有些怯怯的。

周均言看著她有些閃躲的眼神，腦海裡卻開始想像她一個人在異國他鄉過年的樣子，他真希望自己看不透她。

他注視著她的眼睛，緩緩低下頭在她唇上輕啄了一下。

顧顏愣愣地看著他，他的眼神太過複雜。

周均言發現自己的神志已經不清了，他根本不知道自己做了什麼。

桌上的手機適時地響了，他深深地吸了一口氣，轉移了視線。

是周寧，他接通電話，「媽，怎麼了？」

對話。

「明晚有空回來吃飯嗎？」

周均言想了一下，「可以，有需要帶什麼回去嗎？」

「都不用。」周寧的聲音從話筒中傳出，顧顏也將頭靠上前，想聽聽看這對母子的對話。

她聽到周均言的媽媽頓了一下後，才道：「還有上次送我來醫院的小姑娘，你方便叫她一起來嗎？我還沒好好感謝人家。」

她話音未落，顧顏就在周均言懷裡抬起頭，她食指在他胸膛劃過，雙目盈盈地看著他。

周均言看了她一眼，那句「不方便」止步於嘴邊，他握著手機揉了揉眉心，「再說吧。」

掛掉電話後，顧顏維持著趴在他身上的姿勢，腿也纏在他身上，等待他開口。

周均言垂眸看著她，聲音低啞。

「想去嗎？」

顧顏睜大眼睛點了點頭，「想。」

周均言久久地凝視她，最後無可奈何地說：「妳有什麼不想要的？」

他明明沒有笑，但顧顏就是從他的語氣裡聽出一絲笑意，她認真地看著他。

「和你有關的，我都想要。」

兩人都沒有提剛剛那個與情欲無關的吻，周均言沒再說話，他抬手關掉燈躺下，顧顏抱著他，頭依然枕在他肩上躺下。

她在黑暗中聽到他低低的聲音，「睡吧。」

身上是柔軟的鴨絨被，顧顏用鼻尖蹭了他的肩膀兩下，閉著眼睛打了個哈欠，「唉，做男生好幸福……」

周均言在黑夜中聽到她的話，想起她的那個弟弟，他的手剛從被子裡伸出，就聽到她含糊地說：

「如果有下輩子我一定要做男人，到時候我會立刻來找你，然後我搞你，你搞我，你一定要等我哦……」

周均言的手頓時僵在半空中，他聽著耳畔很輕的呼吸聲，終於收回手，眉頭舒展閉上了眼睛。

下午五點四十分，周均言剛把車開到顧顏公司樓下，不遠處便駛過來一輛車直接停在他對面。

周均言往大樓門口看了一眼，陸陸續續出來幾個人，就在這時，對面那輛車的駕駛座上下來一個人，他幾步繞到副駕位置，打開了門。

周均言看到顧顏手上提著一個紙袋子從副駕下了車，和昨天跟她一起出來的那個男人打了個招呼後，便小跑著往他這邊來。

周均言手握著方向盤，直到她上車坐好後也沒說話。

顧顏把紙袋子放到地上，一邊繫安全帶一邊說：「不好意思催他開快一點，你沒有等太久吧？」

周均言看著從自己的車旁擦過去的的藍色賓利，沒什麼表情地說：「又換了個司機？」

顧顏立刻笑了，「他像司機嗎？就是昨天和我一起下班的那個同事啊。他人真的很好耶，我說想去買點東西，他非要開車送我去，還不容拒絕……等等，他該不會是想靠著跟我打好關係，讓我爸幫他加薪吧？」

她最後這句話是在開玩笑，因為小李家正好在她要去的店附近，所以兩個人蹭了陳澤旭的車，不過她說完以後，周均言確實笑了，只是他的笑冷冷的。

——開著賓利的人怎麼會只是為了加薪，蠢透了。

他低頭看了一眼地上的紙袋，裡面是一堆燕窩之類的補品，又看向顧顏。

顧顏條件反射地坐直身體，「我不是為了收買阿姨喔，只是覺得空手去別人家做客很沒禮貌……」

周均言轉回頭，沒再看她，只是平靜地說：「我有說什麼嗎？」

顧顏湊近他，認真地盯著他的眼睛看。

「你的嘴巴沒說，但你眼睛說了。」

周均言被她突如其來的靠近搞得有些分神，他皺著眉低聲說：「坐回去，擋住後照鏡了。」

「哦……」

周寧住的是老式挑高房，並沒有附車位，周均言通常都把車停在附近的露天停車場。

顧顏拎上袋子跟著走，腳步很是從容，一點也沒有初次去別人家做客的彆扭。

周均言聽著身旁輕快的腳步聲，每走一步都在思考，他究竟為什麼會同意帶顧顏過來。

潛意識裡，比起昨晚她太過傷心，他不忍心拒絕這個理由，周均言更願意認為自己是一時的色令智昏。

周均言有鑰匙，但他還是習慣性地敲了敲門。

顧顏在他敲門時突然把頭靠在他的後背上，手指無意識地在他腰上撓了撓，「突然好害羞啊。」

周均言回過頭：「今天早上怎麼和妳說的？」

顧顏垮著臉退後一步，「我知道的，我不會在阿姨面前動手動腳的。」門在這時打開。

「你們來啦。」周寧手在圍裙上擦了擦，看了一眼自己的兒子後，便雙手拉著顧顏的手把她帶進屋裡。

看到顧顏手上拎的東西，她搖了搖頭，「怎麼又買這麼多東西？」

周均言聽到「又」這個字時，換鞋的動作頓了頓，後來轉念一想，「上次」指的大概是顧顏送她去醫院的那次吧。

他聞到廚房的味道，提醒道：「在炒什麼？」

周寧又摸了摸顧顏的背，「你們先坐，我在炒地三鮮，不看著容易燒焦。」

她轉身往廚房走，沒忘記囑咐周均言幫顧顏倒杯優酪乳。

周均言正準備找拖鞋給她換，就見對方已經從鞋櫃最底層找到一雙拖鞋換上了。

見他盯著自己看，顧顏不解地問：「怎麼了？」

周均言收回視線，「……沒什麼。」

周寧在廚房又說了一句：「均言，削點水果給人家吃吧。」她一般不會在人前叫他的小名。

周均言走到客廳的茶几處，「要吃水果嗎？」

顧顏走到他身邊乾站著，「還是不吃了，我在控制熱量呢。」

周均言把電視打開後，過了一會兒才將遙控器遞給她，他看著她，「我去廚房看看我媽，妳先在這裡休息吧。」

「需要我幫忙嗎？」

周均言指了指沙發，壓低音量道：「坐在這裡別動就好。」

他走進廚房準備去洗青菜，周寧卻讓兒子出去陪著客人。

周均言心想，客人？她看起來比主人還自在。

他把一會兒要用的蔬菜全部洗盡後，聽到客廳傳來男聲，他本來以為是電視發出來的聲音，結果沒過幾分鐘，他聽到顧顏和那個人同時在笑。

周寧被油煙嗆住，咳了一聲，「啊，應該是你表弟來了。」

周均言皺著眉將窗戶打開一點，轉身往外走。

回到客廳後，周均言看見周錫坐在顧顏旁邊的位置上，他笑著看一眼電視，又看一眼顧顏，嘴裡還不斷地說著什麼，兩人有說有笑看起來很是熟絡。

周錫見顧顏眼睛突然望向別的地方，也看過來，才發現周均言正站在廚房門口。

「哥。」周錫抬起靠近顧顏的那條手臂，笑嘻嘻地朝周均言揮手，「你也來啦？」

「嗯，你來啦。」

他低低地應了一聲，銳利的目光停留在兩人靠得很近的手臂上。

顧顏見他出來，眼睛就再也沒離開過他。

周均言站在原地，下巴繃得很緊，沉默片刻後，他轉身看向顧顏。

「顧顏。」他的語氣有些生硬，顧顏一下子站了起來，「過來幫忙洗蔥。」

說完，他向陽臺走去。

兩人走到陽臺後，顧顏一眼就看到了種著蔥的花盆。她剛想問需要多少，就聽見周均言沒什麼溫度的聲音。

「你之前見過他。」他抱著雙臂低頭看她，語氣肯定。

他的眼神太過嚴厲，顧顏倏地想起上次他誤會她糾纏他媽媽的事，連忙對他解釋道：「這次不是我，是上週四你出差的時候，阿姨打電話給我，說要請我吃頓飯謝謝我。」當然，顧顏知道正常人肯定就禮貌推掉了，她有些心虛地繼續說，「碰巧你表弟也在，就稍微講了一下話……我從來沒有主動找過他，你不可以怪我……」

周均言看著她垂下去的頭，「妳說妳週五才離開我家。」

顧顏嚥了一下口水，「我吃完飯就回你家了。」

見他沉著一張臉，她只好繼續說：「我本來是想直接回自己家的，真的！但是我看到阿姨從門口那個綠植盆底下找到了備用鑰匙，就舉一反三地想著你家的鑰匙是不是也放在類似地方，我就去看了一下……」

周均言依然沒說話，顧顏覺得難受極了。

「其實我覺得……鑰匙放在那裡不太安全。」

周均言真是要被她氣笑了，他剛準備說些什麼，周寧已經走了過來。她掐了幾根蔥後，笑著看向他們，「怎麼都站在這裡？」

周均言深吸一口氣，「沒什麼。」

周寧讓顧顏到客廳等開飯，把周均言叫進了廚房。還剩最後一道菜了，周均言盯著不斷冒煙的鍋子。

「媽，周錫今天怎麼會過來？」

周寧看了一眼門外，小聲說：「上次我請顏顏來這裡，你舅舅正好讓他來給我送油，兩個人碰巧遇上了。我瞧著錫錫對她很有意思，前兩天一直纏著我讓我再把她請來。」

周寧說到這裡，笑了笑。

周均言嘴唇抿成了一條直線，他的表情很淡漠。

「他們不合適。」

周寧收起笑容，疑惑地看著自己的兒子。

「哪裡不合適？我看他們聊得不錯啊。」

周均言嗤笑一聲，「她和誰聊得不好？」

周寧一時不知該說些什麼，「反正媽是覺得顏顏還不錯，錫錫也是媽看著長大的。如果他們想交個朋友的話，應該——」

周均言放在流理臺上的手有些僵直，他想起剛剛兩人坐在沙發上的樣子，不耐煩地打斷周寧的話。

「好了媽，妳不要管這些事了。」意識到自己的語氣過於強硬後，周均言平息了一下情緒，他握住周寧的肩，放低聲音，「這件事我會和周錫說。」

周均言盛好飯端著碗出來後，發現周錫和顧顏一個在整理飯桌，一個在擺凳子。

他看了他們一眼，周錫立刻放下手裡的東西。

「我來端菜。」

周均言拉開一張凳子，顧顏立刻坐到他旁邊。

四個人坐下後，飯桌上一時有些尷尬。

周錫沒想到姑媽會把表哥也叫回來，老實說，自己一直有點怕他，想說的話都得在腦子裡過一遍才敢說出來。

真是怕什麼來什麼，就在這時，他聽到表哥發出還算溫和的疑問句。

「最近面試準備得怎麼樣？怎麼有空來這裡？」

又是這種長輩的問題，周錫只能輕笑一下。

「哎呀，哥，別說這個嘛。」

飯桌上周寧只是不斷讓他們多吃菜，其他並沒有再說些什麼。

中途周錫拿出手機，看向顧顏。

「我朋友跟我說，今晚有好多部新電影上映，好久沒去看電影了，想去看嗎？」

聽到「電影」兩個字，顧顏突然意識到自己從來沒跟周均言看過電影，她立刻看向周均言，小聲問：「你想去看嗎？」

周均言下頜繃得很緊，最後也只是不平不淡地說：「他在問妳。」

周錫不好意思地摸了摸頭，「哥，也有算你啦。」

周均言沒有抬頭，「我明天還要上班。」

周錫眼睛頓時亮了亮，他看向顧顏，只見對方搖了搖頭，「我明天也要上班，抱歉。」

周錫唉聲嘆氣，「已經預料到我上班以後的痛苦日子了。」

後面大家吃完飯後，就在聽周錫說自己學車的時候和教練的趣事，顧顏被他逗笑了，慣性地整個人往身旁周均言的懷裡倚，周均言以為她是要摔了，一下子攬住她的腰。

周錫突然安靜了下來。

周均言看她坐得很穩，神情自然地收回手，將手臂搭在她身後的椅背上，連他自己都沒注意到這個動作。

周寧若有所思地看著對面的兩個人，終於明白兒子反常的原因。

準備離開時，周寧看著周錫喪氣的模樣，心裡也有些抱歉，她對周均言說：「別忘了一會兒送你表弟回去。」

「知道了，媽。」周均言讓顧顏去拿包包。

「你們回去吧，再晚一點開車也不安全。」她拉著顧顏的手，沒多說什麼，只是眼睛裡滿是關切。

三人一同往周均言的車跟前走，顧顏走到副駕駛附近停了下來。

周均言看她一眼，「站在那裡罰站幹嘛？不要耽誤時間。」

顧顏哦了一聲，坐進副駕駛座，周錫則沒說什麼，乖乖去坐後座。

「哥，你要先送她嗎？」

周均言透過後視鏡看了表弟一眼，最後面不改色地說：「你家比較近，先送你。」

周錫下車前，跟他們打了招呼。

「哥，我先走了，你開車小心。顧顏，拜拜。」

周均言低低應了一聲，並沒有回頭。

顧顏轉過身對他招了招手，「拜拜。」

周錫看著前座的兩人，真像是感情甚篤的哥嫂順路送表弟回家呢。

他有點氣惱，又不知道應該氣誰，只是想起自己在飯桌上像一隻開屏的雄性孔雀一樣就覺得丟臉。

推開車門後，周錫突然回過頭看向坐在副駕的顧顏，眼裡流露出微妙的意思，他勾了勾嘴角，努力作出輕快的語氣：「顧顏，下次我們再一起看電影吧。」

說完，他不等她的回應，一溜煙地下了車，消失在黑夜裡。

周錫關車門的速度很快，帶進來一陣風，顧顏將額前凌亂的髮絲理了理，突兀地轉過身來看向周均言。

周均言的側臉被頭頂朦朧的燈光籠罩著，她看不清他臉上的表情。

車子再度發動，顧顏抖了一下，過了一會兒她小聲問他：「你想看電影嗎？」

周均言沒有回答，只是面無表情地看著前面的路，腳踩油門，一路就沒鬆過。

周錫的家離周均言住的地方只有兩個紅綠燈，很快，顧顏便看到他的車開進了他所住社區的停車場，便安下心來。

她提前解開安全帶，將頭湊近周均言仔細盯著他的臉看，他的臉真的很臭啊。

「不關我的事喔，你這次要是冤枉我的話，我會哭給你看！」顧顏撇了撇嘴，裝起可憐來。

車裡依舊一片死寂，顧顏不放棄地伸出食指去戳周均言的下巴，「不可以不理我。」

周均言一下子躲開，眼睛盯著前方，一個眼神也沒有給她。

顧顏覺得自己越來越有毛病了，她現在看到周均言冷著臉一副神聖不可侵犯的樣子，就更加想逗他。

她的手離開他的臉一路向下開始去戳他的手臂，她能感覺到他手臂上的肌肉有多緊繃。

「鬆手。」周均言冷聲說道。

顧顏見他終於出聲，嘴角微微翹起。

「我不要。現在都沒有別人了，讓我碰一下有什麼關係。我在你媽媽家沒有黏你吧？」

周均言沒理她，卻也沒有抽回手，一聲不吭地倒著車。

車停穩後，他的手放在車鑰匙上，半晌終於出聲。

「離他遠一點。」他並沒有看向顧顏，聲音又低又啞。

顧顏皺了一下眉頭，「什麼？」

她想藉著幽暗的光線觀察對方神情，下一秒車燈就被周均言關掉，讓她只能看到他模糊的臉。

她聽到周均言的聲音透著一股煩躁。

「離我表弟遠一點。」

顧顏一時有些委屈，「你以為你家人都是什麼奇珍異寶嗎？我為什麼要離他——」

她話還沒說完，猛地睜大眼睛，腦海裡浮現了一個莫名的想法。

顧顏停頓了一瞬，改用清甜的嗓音道：「不過……我確實覺得你弟弟人滿好的，而且今天我仔細一看，他長得真的很帥，輪廓還有點像你，我怕我會管不住自己……」她一邊柔聲說一邊往他身邊靠，她能感覺到他的呼吸越來越急促。

「我本來還在想以後你不理我了我該怎麼辦，幸好可以睹他思你。」

——表弟，只能對不起你了。

她正想著，下巴突然被周均言粗暴地捏住，她聽到他壓抑的聲音。

「妳別想打他的主意。」周均言一字一頓地說。

下巴應該是被他掐疼的，但顧顏一點也感覺不到了。顧顏輕輕地呼出一口氣，努力掩飾住語氣裡的興奮，繼續裝傻道：「我為什麼不可以想？你又幹嘛一副生氣的樣子？」

周均言厲聲打斷她：「他不是妳的對手。」

顧顏愣了一瞬，而後她慢慢貼近他，她能察覺到捏著她下巴的力道漸漸減輕。

黑暗中，他們的氣息交纏在一起，彷彿他的臉離她只有咫尺距離，顧顏忍不住顫抖起來。

顧顏在黑暗中眨了眨眼，溫柔地問：「我是什麼洪水猛獸嗎？」

雜亂無章的心跳聲擾亂了周均言的思緒，遠處一輛車駛過，微弱的近光燈將車廂內的這一秒徹底暴露在他眼前，他看著顧顏玫瑰花一樣的唇瓣微微翹著，雙眼迷離地看著他，他開始幻想對方用這張面孔討好他的表弟，幾乎是從喉嚨中擠出兩個字。

「妳是。」

說完，他用力將她扯過來，低頭狠狠咬住她的嘴唇。

顧顏只是無措地嗚咽了一聲，隨後便閉上眼睛摟住周均言的脖子，除了他嘴唇還有掌心的溫度，她什麼也感覺不到了。

第八章　瞳孔閃爍的光

周均言扣住顧顏的下巴，發洩著滿腔怒火。他啃咬著顧顏翹起的雙唇，不知過了多久，顧顏溫順地將舌頭伸出，像受驚的小貓一樣去舔他的嘴唇。

不該是這樣的，周均言聽著耳邊細小的呻吟聲，難堪地挪開了嘴。

周均言重重地呼吸著，心底驟然升起的欲念將他搞得措手不及，他厭惡極了自己不受控的反應。

他看到她的眼睛睜得大大的，目光黏在他身上，整個人透著渴望被占據被蹂躪的氣息。

周均言咬緊牙關，顧顏對上他充滿侵略性的眼神，小心翼翼地吸了一口氣，側過身打開她腿前的置物櫃胡亂翻著。

很快，她彎著腰從狹窄的副駕駛座位上起身跨坐到他膝蓋上，因為動作太快，她的頭還撞到了車頂，「嗚……」

周均言盯著她手裡的保險套，陡然想起她在廚房時對他說的話——她想和他在每一個角落做。

看來，她真的做了萬全準備呢。

座椅被她按得向後，空間變大了些，他喉頭上下滑動著，任由她拉開他褲子的拉鍊為他戴上。

接著，他低下頭看見顧顏將她早已濡濕的底褲撥開，穴口因為出水而看起來亮晶晶的，顧顏咬著下唇，一邊垂著眼簾看向周均言，一邊扶著陰莖坐下去。

兩人同時喘息出聲，陰莖被難以言說的緊緻感包裹著，他的雙眼緊盯著兩人的交合處，只能看到顧顏的小穴被自己的陰莖撐得滿滿。

顧顏鬆開握著陰莖的手，雙手抓住他背後的座椅開始慢慢地上下搖晃起來。

「你快動一動嘛。」她小聲祈求他，嗚咽著整個人不受控制地往後仰，後背靠在方向盤上，臀瓣聳得更高了。

顧顏半個臀坐在座椅上，整個人空落落的像是隨時會摔下來，她兩腿不再跪著而是盤在周均言的腰間。

見周均言低著頭，依然沒有動作，她扭動著腰肢問：「如果他跟我要聯絡方式……我要不要給……哈啊……」

下一秒，周均言扯著她的頭髮，力道不大，但足以讓她仰起頭來。

他猛地向前一頂，顧顏發出愉悅的呻吟聲，「啊，就是那裡——」

周均言一下下毫不留情地撞進她的體內，每一記頂弄都嵌進花穴最深處。

「妳就想這樣，對不對？」他抿緊嘴唇，啞著嗓子問道。

她小聲尖叫，手肘向後尋求平衡，周均言撞擊的動作太過激烈，她不得不靠在方向盤上。

這樣的體位進入太深，令顧顏身體顫抖不已，被插得穴裡洩出大灘汁液，淋得兩人腿間還有座椅上到處都是。

手肘突然撞到了喇叭，黑夜中的鳴笛聲難以忽視，顧顏被嚇得絞緊了花穴，挺直身體縮到周均言懷裡。

周均言僵了片刻，很快皺著眉頭抬起手臂將車鑰匙拔了扔在檯面上，兩人就在這個狹窄的空間內交媾著。肉體撞擊的聲響顯得淫靡不已，周均言沉默不語地抽送著，囊袋早已將她的穴口拍紅。

意亂情迷之際，周均言惡劣地想，如果此時停車場內有人經過，那就讓他們聽讓他們看好了，讓所有人知道顧顏被他操得有多爽。

她就在他身下，任憑他褻玩進出，她已經被幹得就快失去意識了，早已忘記身處何處，只知道發出肆意的呻吟。

這時車燈閃過，周均言卻立刻摀住了她正在呻吟的嘴，將她的嗚咽聲蓋住，掌心熱氣就快將他灼傷。

顧顏順勢將臉埋進周均言掌心裡，嬌嫩的花穴正不斷吞吐著性器，穴肉有記憶地纏著他，毫無徵兆的，潮吹的汁水淋濕了周均言的腿。

與此同時，周均言也射了，他整個人無力地靠在座椅上。

四周是詭異的寂靜，他睜開眼，顧顏臉上的潮紅還未消褪，安靜地靠在他身上，周均言的手無意識地搭在她的腰上。

周均言很想推開她，但他沒有。

他向來不是喜怒形於色的人，也從沒有人能像她這樣惹他生氣。

高潮過後，顧顏閉上眼睛，將發燙的臉頰貼在周均言胸膛上，伸出手指在對方的胸前摸來摸去。

很快，她仰起臉，眼睛泛著水意，認真地看著他輕聲說：「我騙你的，他跟你一點都不像，沒有人跟你像。」

她說著說著，又開始去摸他高挺的鼻梁，「他的鼻子沒有你高，眼睛好像也有點瞇眼。」

周均言看她真摯地說著他表弟的壞話，無奈地抓住她作亂的手。

「好了。」

顧顏歪頭看著他，「你可以背我或抱我下去嗎？我腿好痠哦……」

周均言沒有立刻說不，顧顏能感覺到有一瞬間他似乎真的在思考。

「下去。」周均言低下頭，收回了手。

「那你親我一下。」顧顏閉上眼睛，嘟起雙唇等待他的吻。

周均言盯著她噘起的嘴唇，車廂的空氣快讓他難以呼吸，他移開視線。

「別無理取鬧了。」

顧顏皺了皺鼻子，睜開了眼。

「小氣鬼。」

說完，她推開車門，從周均言腿上離開，下車之前，她順手將他陰莖上的保險套給摘了。

下車後，周均言看著她一臉好奇地把灌滿精液的保險套拿在手裡晃了晃，無奈地伸出手，「顧顏，給我丟掉。」

「回家再扔吧，把你的那個扔在這裡，不太好。」

周均言見她擠眉弄眼，一把將她手裡的東西扯過來，從口袋掏出一張面紙，裹好丟進了旁邊的垃圾桶。

沒消停幾秒，他聽到顧顏攬住他的手臂，在一旁念念有詞。

「車震的感覺還不錯呢。」

週五下午四點多，顧顏正試著用編輯小張推薦給她的軟體幫公司昨天拍的影片加字幕，透明的玻璃門突然打開，耳邊傳來熟悉的聲音。

顧顏側頭打了聲招呼：「顧總你好。」又對跟著顧中林一起進來的陳澤旭打了個招呼。

陳澤旭走向她，站在她身後看她笨拙地幫影片上字幕。

「字幕加得還不錯嘛。」

顧顏彆扭地遮住電腦螢幕，「唉唷，很尷尬耶。」

陳澤旭笑笑，到對面坐下，「有不懂的地方，可以問我。」

「頭離電腦太近了。」顧中林沒想到顧顏這個時間還在辦公室待著，在她身旁站了一會兒，直直地走到主編身邊。

主編連忙拉了張椅子過來。

「沒事，你忙你的。她還好帶嗎？沒給你惹麻煩吧？」顧中林視線轉向已經坐端正的女兒。

「怎麼會？顏顏勤快又積極。」

「她每天都按時來？」

「她這幾天都是最早一波到的。」

「太陽打西邊出來了。」顧中林笑了笑。

「遇到超出自己認知的事只會用『太陽打西邊出來』表達，這是典型的詞彙量不足的症狀。」顧顏一邊認真地盯著電腦螢幕，一邊語氣輕快地說。

顧中林沒把她的話放在心上，「就這張嘴最會說。」

關心完女兒近況，他便帶著主編和陳澤旭到一旁的會議室開會去了。

在快到五點半的時候，顧顏見今天工作進度也差不多了，就開始整理包包，準備下班。

她剛起身，辦公室的人也走了出來。

「妳跟著我一起走吧。」顧中林抬手示意她。

顧顏好一會兒才反應過來，今天是週五，要去爺爺奶奶家吃飯。

和周均言住在一起後，她已經過得不知今日是何日了，她只知道今天是他們在一起的第十三天……

「我先出去一下，等一下直接外面見吧。」她慌忙地跟顧中林擺了擺手，拿起包包快步離開。

顧中林面色尷尬地看向陳澤旭，「看看她，實在是太冒失了。」

「沒有，她很可愛。」陳澤旭面帶笑意地看著顧顏的背影。

顧顏雙手拽著包包的背帶跑下階梯，周均言的車果然已經停在馬路邊。

她輕叩了叩車窗，周均言側頭看向她。

車窗被打開後，顧顏把手搭在上面低下頭看著周均言。

「對不起，我忘記今天是星期五了，我爸要接我去爺爺奶奶家吃飯。」

周均言沒什麼表情地轉過頭，「知道了。」

「那你要自己回家嗎？」顧顏不想就這樣讓他走。

她已經習慣了每天和周均言一起回他家，突然這樣，一時有點對不起他。

周均言想關上車窗，但顧顏的手依然放在那裡。他垂眸轉了轉車鑰匙，低聲說：「嗯。」

「顏顏？」顧中林在大樓門口喚了她一聲，顧顏回了一下頭，「我馬上就好！」

她收回手，站直身體，「你生我的氣了嗎？」

周均言抬頭看向不遠處，顧顏的父親還有站在一旁的她的那位同事，最後只是收回目光不冷不熱地說：「沒有。」

他沒有生氣。

車窗一點一點升起，他看了一眼神情有些無措的顧顏，低低地說了一聲。

「我走了。」

顧顏「哦」了一聲，朝他揮了揮手，「我晚上會去找你，你不可以不開門喔！」

顧顏跟在顧中林還有陳澤旭身後往停車的地方走。

「剛剛那個人是誰？」顧中林回頭看向她，走在他身邊的陳澤旭也放緩了腳步。

顧顏心思飛轉，最後只是說：「我們項目的負責人。」她相信陳澤旭不至於在她爸面前搬弄是非。

眼看顧中林還想追問，她一邊上車一邊催促道：「好了啦，不要問了，我肚子好餓喔。」

聞言，顧中林眉頭緊鎖，低聲道：「在人面前有點女孩子的樣子。」

顧顏只顧著低頭玩手機，也不應聲。

等到了奶奶家，顧顏才知道幾天前家裡的魚缸莫名碎了，奶奶因為這件事幾天沒休息好，於是顧中林請來了一位有名的風水大師。

他們吃完晚飯後，門鈴正好響了。

「顏顏，再吃一點水果，可不准減肥啊。」奶奶摸了摸她的頭，去給風水大師開門。

顧顏吃了幾片鳳梨，沒過一會兒，竟然聽到客廳傳來自己的名字。

她聽到大師說她是什麼純陽體，又聽見奶奶問起她的姻緣，她饒有興致地聽了一會兒，見所有人的注意力都被大師吸引走，才拿出自己的手機。

嘟——嘟——

顧顏雙臂靠在陽臺的窗臺上，仲夏的晚風拂過她的臉龐，一陣花香飄過，她閉上眼睛深深地嗅了一下，準備掛斷久未回應的電話，此時卻接通了。

一朵拇指大小的白色花瓣就這樣落在她左手掌心，她一時忘記了說話，周均言也沒有出聲。

顧顏聽著聽筒那端平緩的呼吸聲，低下頭將掌心的花瓣輕輕吹走，甜膩地叫他。

「周均言。」

那邊傳來他低沉的聲音，「嗯。」

「你在幹嘛？」顧顏將臉枕在手臂上。

「沒幹嘛。」周均言一本正經地回答。

「吃過飯了嗎？」

半晌，周均言才說：「吃過了。」

這一陣子兩人除了上班時間外，幾乎都待在一起，顧顏覺得通過電波和他交流的感覺很神奇。

「我跟你講。」顧顏轉過身看向大廳裡聚集在玄關口的幾人，小聲說著，「我爸請來了一個很厲害的風水大師來看我奶奶家的風水，說了一大堆以後，人家又看我的八字，把我說得好害怕。」

就聽到周均言不緊不慢的聲音。

「怎麼了？」

顧顏連忙「啊」了一聲，「他說我印堂發黑，好像有點血光之災，除非……」她說到這裡頓了半天，因為有一隻小蟲子在她手邊飛，她好不容易把它趕走。

「什麼？」

「除非我去南邊才可以化解。所以我就想，不如今晚我們去你家南邊的電影院看個電影怎麼樣，現在還不到八點。」

隨即，她聽到周均言靜了片刻低聲說：「裝神弄鬼，掛了。」

「哎呀，不要掛我電話嘛，我票都訂好了。」

顧顏一邊說一邊傳電影開場時間的截圖給他。

「我不去。」周均言語氣平淡。

顧顏只當沒聽見，「八點半，不見不散哦，我會一直等你的，你不來我就去禍害你表弟了。」

掛掉電話後，顧顏又在奶奶身邊膩了一會兒，後來藉口許嫣叫自己去唱歌就先走了。

週五晚上，各條主幹道塞到不行，顧顏搭了快半小時的計程車才到電影院。

她買了一份大份爆米花還有兩杯可樂就在售票處等著，等待的每分每秒，電梯門每一次的打開都讓她心生悸動。直到開場前五分鐘，周均言還是沒出現，這份悸動已經隨著手中可樂的冰塊一起化掉，察覺到檢票員的視線在往她身上飄後，顧顏一邊往電梯那裡看一邊走過去，可樂差點濺出來。

她心想，周均言真的太討厭了。

不過好在這不是顧顏第一次一個人看電影，燈光滅盡，誰也不認識誰。

她買的是最近很紅的喜劇片，不過可能是因為她入場晚了幾分鐘，怎麼也抓不住電影笑點，她安靜地抱著爆米花一顆顆吃著，與嬉笑的人群格格不入。

不知過了多久，她聽到耳邊傳來「哎呀」聲，身下的座椅微微地動了一下，顧顏正盯著螢幕看得仔細，餘光裡倏地看到身邊一直空著的位置有人落了座。

她凝視著周均言的側臉，睫毛輕輕地顫動著，輕聲說：「你來啦，我就知道你會來。」

周均言側身看了她一眼，沒說什麼。

顧顏看著他黑暗裡越漸深邃的眼睛，那裡面藏著太多她渴望已久的東西。

「我沒有等你，因為我以為你不會來了。」

周均言沒有糾正顧顏前後矛盾的兩句話，下一秒，她湊到他耳邊，用氣音說：「你看，我只禍害你一個人。」

周均言正過身，努力忽視耳邊的熱意，目光直視著前方，「不是要看電影嗎？」

「好。」

顧顏終於投入到電影裡，也終於被電影裡鋪陳的劇情惹笑，她下意識地轉頭看向周均言。

她見他唇角露出淡淡的笑意，不像其他人一樣發出聲音，顧顏才想起自己似乎從來沒有見他怎麼笑過，這是第一次。

她低下頭，偷偷親了一下他搭在飲料架上的手。

周均言感知到柔軟的觸感，垂眼望向她，他眼底的笑意還沒有散去，也忘記收回了手。

「又想做什麼？」他的語氣有些無可奈何。

很快，他聽到顧顏隔絕於周遭人聲的聲音：「你現在開心嗎？」

她的眼睛在昏暗的影院裡熠熠發光，這束光總是跟隨著他，「希望你跟我在一起的每一天，都很開心。」

還沒從放映廳裡出來，顧顏立刻靠到周均言身上挽住他的手臂。

周均言雙手插在口袋裡，早已習慣。

兩人走進電梯後，顧顏剛要去按B2，手就被他握住拉回來。

看晚場電影的人多，電梯就快超載了，顧顏轉過身往周均言胸口貼了貼。

「我們不去停車場嗎？」

周均言扶住她的手臂，看著她的眼睛說：「我沒開車。」

「為什麼？」

「沒有為什麼。」一樓到了，他示意她轉身。

兩個人走出影院，顧顏突然像小狗一樣踮著腳湊到周均言臉邊聞了聞。

周均言一下扯住她，他看著入口的行人，表情有些不自然，只是壓低聲線：「別胡鬧了。」

顧顏看著他泛紅的耳垂，驚訝地問：「你喝酒了？我聞到味道了。」

見周均言看著路邊，似乎在找計程車，顧顏靠著他的肩膀，一邊玩他的手指一邊說：「怪不得我好像有點醉了。」

周均言只能摟住她的肩，想對她板起臉，卻也明白沒什麼意義。

「好了，站好。」

顧顏仰頭眨了眨眼睛，「你背我嘛。」

眼看他拉著她就要往路邊的計程車去，顧顏勾住他的小拇指晃了晃。

「我不想坐車。」

「妳也可以自己跑回去。」

「可以陪我散步嗎？今晚吃了好多，我好像都有小肚子了，你摸摸看。」她一邊說著，就要拉他的手放到自己小腹上。

周均言立刻正色道：「好了，妳想散步，可以。」

顧顏心滿意足地牽著周均言的手繼續往前走，「但是，你怎麼可以趁我不在的時候偷偷搞情調？」

周均言沒有說他晚上一個人到家後，在廚房待了很久，最後把顧顏早上做剩下的蛋包飯熱了吃掉。

他已經習慣不吃晚餐很多年了，上大學時是為了保有更多讀書時間，上班以後，除了必要的應酬還有去看望母親以外，他從不吃晚餐。但自從顧顏住進他家以後，花在晚餐上的時間越來越長，只要一頓不按照她的心意來，她會糾纏他一整晚。

好習慣的養成需要二十八天，壞習慣卻是如此輕易，與她有關的一切都是壞習慣。

將廚房收拾乾淨後，他坐在客廳，這裡安靜得像是從沒出現過第二個人，他一時間竟然感到有些無所適從。

最後，他開了一瓶酒坐在沙發上看了一會兒新聞。

七點半時，他面無表情地進了書房，開始處理工作。

上述這些事，他當然不會告訴顧顏。看著她過馬路也不知道好好看路，他皺著眉將她往自己跟前帶。

「過馬路不要東張西望。」

「這條路上一個人都沒有。」顧顏不以為意地說。

顧顏低下頭看著地上她和周均言被拉得很長的影子，他們的影子緊緊挨在一起，就像是永遠也不會分開。

「周均言。」她叫住他，等周均言視線停留在她身上，她張了張嘴卻半天沒說話。

最後，顧顏掩飾地指了指天上，「今晚星星很亮呢，對吧？」

周均言抬頭看向墨色的天空，不知怎麼想起了在山洞的那個夜晚，只是這一次天上真的繁星閃爍。

兩人真的就這樣徒步走回了周均言住的社區，晚風跟著他們一起從社區裡高大的棕櫚樹中穿出，顧顏聽著耳邊的蟬鳴聲，興奮地說：「真奇怪，我在我家的時候，光是去找警衛拿個包裹都會迷路，但今晚我們竟然靠著我的方向感回來了！」

周均言感到無語，實在不想提醒她中間幾次走錯方向，都是靠他導回正途。

「嗯，很厲害。」他敷衍地說。

出了電梯後，顧顏催促他找鑰匙，「快點開門，我想快點跟你睡覺覺。」

聞言，周均言看似面無表情地掏著鑰匙，嘴角卻隱隱含了一絲笑意。

六月中旬，顧顏已經熱得換上了吊帶背心。

她在外面套了一件薄外套，一坐進周均言車裡就脫了。

「怎麼早上就這麼熱，我要融化了。」她忍不住對周均言抱怨。

周均言開了空調，沒說什麼。

此時，顧顏的手機在包包裡振動起來，她拿出來一看，是許嫣的視訊電話。

「妳看到群組資訊了嗎！」顧顏一接通並按下擴音，就聽到許嫣的大嗓門。

周均言踩油門之前，把她面前的擋板拉下來，以防外面的陽光太刺眼。

顧顏甜蜜地看著他，嘴上回道：「妳是說二十六號、二十七號A中百年校慶，還是說老班讓我們每個人拍祝福學校的影片？」

「都是，影片妳拍好了嗎？」

「沒呢，我把群組靜音了，早上才發現這件事。」

「我能不能直接到妳公司去，找專業的人幫我打光跟攝影啊？」許嫣笑嘻嘻地問她。

「可以啊，但妳最好早一點，早上光線比較漂亮。」

許嫣沒想到好友竟然答應得這麼乾脆，噗哧一聲：「小姐我要上班好嗎！我才不拍，學校就當我死了吧。」

顧顏哈哈笑了一陣子，換了一個舒服的姿勢問她：「那妳有要去校慶嗎？我有點想去。」她頭靠在窗戶上，偷偷地用餘光打量周均言的表情。

她想起早上和周均言一起吃早餐的時候，問起他要不要回學校看看，他立刻拒絕了。

聽筒那邊的許嫣加大了音量，「啊？去年暑假高中同學約著去A中轉轉，妳還記得妳回我什麼嗎？妳問我瘋了嗎，哪有人出獄還回去探監的。」

顧顏連忙關掉擴音，被她噎得半天沒說出話來。

「嗚嗚，妳最近越來越尖銳刻薄了，對我一點耐心也沒有……」

「畢竟沒有人陪我水乳交融啊，我內分泌失調。」

兩人又閒聊幾句後，結束了通話。

跟周均言吃過晚餐後，顧顏突然想起明早十點前要交給老班的影片還沒有拍。

她往廚房走，周均言正在水槽邊洗碗，她慢慢走過去從後面抱住他。

廚房很安靜，她只能聽見水流劃過周均言指間的聲音，是夏天的聲音。

過了好一會兒，她才出聲：「我們不是買了塑膠手套，你怎麼沒用？」

周均言沒有停下手上的動作，只答道：「一點點碗盤而已，沒必要。」

顧顏點了點頭，將下巴靠在他背上，「那你影片拍了嗎？」

「我不拍。」

「為什麼？」

「因為我是班長。」其實是不想。

顧顏環著他腰的手立刻向上，笑著要去摸他的下巴，「吼，你濫用職權。」

周均言頭抬得很高，沒讓她碰到，顧顏鬧了一會兒，又貼回他身上。

「可是你很上鏡耶，我第一次跟你——」她想說她給他下藥上床意外被拍的那個影片裡他看起來很帥，但這個話題是禁區，這麼久她一直小心翼翼從沒有提過，剛剛差點一時無腦發言。

她兩隻手緊張地攥成小拳頭，見對方沒什麼特別的反應，才放下心來。

不過她不敢再說話了，只敢安靜地趴在周均言的背上。

等周均言把流理臺擦乾淨後轉過身，就見顧顏一臉討好地看著他。這個表情他太熟悉了，幾乎每一天都要看見好幾次。

他幾不可聞地嘆了一口氣，「大晚上，妳又想做什麼？」

顧顏朝他眨了眨眼，「我的班導指定我拍祝福母校的影片，明天早上就要交了，你能不能幫我拍？」

周均言將手擦乾淨，信步走進客廳。

「不能。」

顧顏一聽他的語氣就知道有戲，直接拉過他的手，把手機塞進他手裡，「拍嘛拍嘛，你不幫我拍的話，我只能明天去辦公室找人了，可是我不好意思麻煩別人。」

周均言停下腳步，淡淡地看她一眼，「還有妳會不好意思的事？」手上卻自然地接過她的手機。

顧顏低頭理了一下裙襬，抬眼就看見周均言已經皺起眉頭，一看螢幕，原來是她的手機快沒電了，無法使用錄影功能。

「啊，我忘記充電了……那用你的手機拍吧，拍完再傳給我。」她直接從他褲子口袋裡掏出手機給他，周均言面無表情地看了她半天，最後還是接了過去。

顧顏把整個客廳的燈都打開，站得離周均言有一定的距離，見他舉起手機，才問：「鏡頭裡的我看起來皮膚透亮嗎？」

周均言抿唇看著手機螢幕，敷衍地應了一聲。

「必須看起來毫無瑕疵才可以喔。」

周均言有點不耐地看向她，「那妳自己拍。」

「好吧，我不挑三揀四了，我相信你的技術。」她把最後兩個字說得曖昧，周均言只當沒聽見。

「光線是不是有點暗？」

「還好。」

顧顏想說不然明早拍也可以，可是想起她已經連續好幾天早上在周均言身上扭來扭去，最後擦槍走火差點害周均言遲到，實在沒信心明天能提前起床。

「不管了，就現在吧。」

周均言對她微微地點了一下頭，示意她開始，顧顏便立刻對著鏡頭溫柔地微笑，說起做作的臺詞。

她一開始還知道盯著手機的鏡頭，自我介紹完以後眼神已經不由自主地飄到拿手機的人身上。

周均言一滯，半晌才按下暫停鍵，平靜地看著她，「不要看我，看鏡頭。」

顧顏的腳點了點地，小聲說：「我知道啦……」

周均言目光再次回到手機螢幕上，見顧顏半天也沒有張嘴的意思，有些莫名。

「怎麼不說了？」

顧顏的臉有些紅，「我忘記後面要說什麼了……」

周均言愣了一下，「那現在想起來了嗎？」

「應該吧。」

結果這一次，才拍了不到十秒，顧顏的聲音便越來越小，視線再次投向周均言。

兩人在小小的手機螢幕中對視，周均言見她傻傻地盯著自己看，還沒來得及按暫停，顧顏已經走上前，彆扭地說：「我不拍了。」

周均言詢問道：「怎麼了？」他自己都對他此刻的耐心感到訝然。

「我還是明天去公司麻煩別人好了……對著你，我好像說不出東西來。」她語氣裡有點懊惱，還有點害羞，「你站在我面前，我就會只想盯著你看。」

周均言的心跳因為她直白不加掩飾的話語而不爭氣地變快，他定在原地由著她整個人纏在自己身上，半天才拍了拍她的背。

「那就去洗澡。」

「你抱我去洗。」顧顏撒嬌不肯動。

許久，他才找回正常的語調。

「妳說了，昨天晚上是最後一次。」

顧顏難以置信地看著他，「你怎麼可以輕易相信女人在床上說的話！」

說完她沒給周均言反應的機會，「去嘛，我喜歡跟你在浴室裡做。」她在他脖子上一下又一下地親著，每一下都親得很大聲，手也開始不安分伸進他的衣服裡摸起來，「而且，你也喜歡的，對不對？」

六月十九日是A市大考的最後一天，公司裡其他人都去吃午餐了，只有顧顏還有編輯小張待在辦公室。小張是因為經痛，顧顏則是天氣熱不想吃飯，坐在椅子上無聊地滑著手機。

「唉，我好像有點變態，看到那些講大考的新聞，點都不想點進去看，好嫉妒他們還那麼年輕。」

小張難得看到她蔫巴，戲謔地接話：「他們有一天也會長大。」

顧顏固執地說：「但是有人永遠年輕。」

說完她就想到如果是跟周均言這樣矯情，他一定會冷冰冰地回她兩個字——謬論。

想到這裡，她唇角揚起淡淡的微笑。

「對了顧顏，妳那裡還有衛生棉嗎？」小張撐著桌子站起來。

顧顏打開抽屜，拿了一包夜用的給她，「還有很多呢。」

「太好了，這樣我就不用下樓買了。」

過了幾分鐘，小張動作緩慢地回來，走到她旁邊坐下。

「妳應該也快來了吧？我記得我們辦公室上次都是一起來的。」

顧顏把手機放到一邊，回憶了一下，「對耶，聽說女生在一起待久了經期都會慢慢接近，我應該也快了，好煩。」

小張看了一眼門口，刻意小聲問她：「公司過幾天要出國員工旅遊，妳是不是不想去？」

顧顏想起今天早上因缺乏對團體活動的熱情而被自家父親罵的情景，唉聲嘆氣道：

「不想去，而且我最討厭旅遊時來大姨媽了，痛苦……」

下班後，顧顏悶悶不樂地上了周均言的車，撲面而來是她所依戀的味道。她拉著他的右手在臉上貼了半天才放下，整個人癱在座椅上無力地說：「周均言，我不得不離開你了。」

周均言轉動車鑰匙的手猛地頓住，面色僵硬著半天也沒有作出什麼反應。直到肩頭如同往常一般落下一顆腦袋，他的心才緩緩回落。

他雙手緊緊握著方向盤，聽到顧顏有些疲憊的聲音。

「公司要去員工旅遊，竟然要去七天那麼久，像話嗎！」她學著周均言平常跟她唱反調的語氣，卻沒得到什麼回應。

周均言腳踩上油門，半晌才用平淡的語氣問道：「去哪裡？」

「我只知道有吳哥窟，你要是能陪我去就好了。」

周均言定了定神，看著不遠處的紅綠燈，有些恍惚，「我要上班。」

顧顏在他肩上蹭來蹭去，黏黏糊糊地說著：「我知道。公務員什麼都好，但就是沒有寒暑假……可是我捨不得你怎麼辦？」

周均言這時才發現她上車到現在還沒繫安全帶，他提醒她：「安全帶繫好。」

顧顏「哦」了一聲低下頭，有些沮喪地討價還價：「一想到六個月一下子少掉好幾天，我都沒心情吃飯了……我們後面可以補回來吧，周均言？」

提起六個月，顧顏才發現她已經有一陣沒有想起這個數字了，乍一說起，心裡陡然升起一陣酸澀感。

顧顏不想沉浸在那個情緒裡，扁著嘴跟他告狀。

「我跟我爸說我不要出國，他罵我沒有團隊意識。」

「出去旅遊，散心不好嗎？」他的語氣平淡，無波無瀾。

顧顏再次看向周均言，他今天有點不在狀態。

「今天星期四，你們很多工作嗎？」她目光關切地看著他。

「還好。」

他感到身體在她熱烈的注視下漸漸回溫。

「天氣這麼熱，我肯定會被曬黑，還有校慶我也參加不了了……最重要的是，我還要跟你分開。」顧顏在他耳邊委屈地嘟囔。

周均言沉默許久，久到他不知道自己在想什麼。

「妳……想回A中看看？」

顧顏聽著他磁性而低啞的嗓音，心頭一動。

「嗯，我想要你和我一起回去。」

周均言了然地點了點頭，他右手轉了一下方向盤，將車駛往另一個方向。

「沒必要等到校慶，現在就去吧。」

A中距離市區遙遠，周均言開了快半小時才到，他將車停在對顧顏而言有些陌生的地方。

「今天說不定可以直接把車開進學校裡呢。」顧顏往外面張望，不知道這是不是她從來沒走過的南門。

「想太多。」周均言倒好車，示意顧顏下去。

一下車，空氣中夏日特有的氣息立刻籠罩住他們，這裡空氣清新，顧顏陶醉地吸了一口氣，看了半天才發現這就是A中的正門門口。大概是前幾年修了路，校門口的柏油路都與從前不同了。

她愜意地將頭靠在周均言身上，觀察著面前的街道。

幾家手搖飲料店還有餐飲店家組成了這條並不算長的美食街，這是一個很平常的下午，不會因為是大考的最後一天而有所改變。

周均言帶著她往路邊走，顧顏腳步輕盈，睜大眼睛試圖找尋與周均言初遇的地方，但是無論如何也想不起來究竟是手搖店門口，還是旁邊的早餐店門口了。

「看路。」

看到前面不知哪裡冒出來的路障，周均言拉著她往陰涼處走。

「周均言，你上學的時候喜歡在哪家買早餐？」顧顏看到一家店門口圍著幾個家長在聊今年大考的作文題，隨口問道。

「我不在外面吃。」因為周寧覺得不衛生。

「我也是，不過我一直覺得那個煎餅果子看起來好香。」小攤子上還冒著熱氣，顧顏已經聞到了香味。

周均言順著她的視線看去，又垂頭看向她，「要吃嗎？」

顧顏仰起頭對他撒嬌，「要的話，你會買給我嗎？」

傍晚金色的日光漸漸轉紅，周均言能清楚地看到顧顏臉上細小的絨毛，再開口時，語氣變得溫柔。

「不衛生，回家做。」

顧顏哼了一聲，「你把我想得太厲害了吧。」

眼看逛完街道，周均言已經看向停車的地方，顧顏立刻抓住他的手。

「啊？我們不進去學校裡逛一逛嗎……」她一邊說一邊又開始去搖他的兩隻手，腳固定在原地不肯動。

「裡面進不去。」周均言定定地看了她一會兒，抽出右手將她肩頭的一片樹葉給拂掉。

他看到顧顏又開始不高興地皺起鼻子了，不顧周圍人的目光耍賴地把頭貼在他身上蹭來蹭去。

「今天是大考最後一天，家長可以進學校接學生，我們也可以進去的，我保證！」最後，周均言被她硬拽到A中正門口，在他們前面有幾名家長剛走進去，只不過警衛隔著玻璃窗冷冰冰地看著他們。

「你怎麼停下來了？」顧顏用手擋住頭頂的太陽，催促著周均言上前。

周均言立刻就明白她是害怕被警衛轟出來，他掃她一眼，「真會看人下菜。」

「他的確沒有你們那邊的警衛叔叔看起來好相處嘛。」

周均言是第一次做這樣的事，畢業之後的七年裡他受邀回過學校幾次，但沒有哪次像這次一樣讓他不自在。

顧顏眼看著周均言面不改色地進了校園，警衛還對他點了點頭，一臉崇拜地跟在他身後走了進去。

一直走到教學大樓旁的花圃處，她才鬆了一口氣。

校園裡不時走過幾個背著書包的學生，他們沒有穿校服，顧顏看著他們，早已記不起自己畢業時離開校園的樣子了。

她當學生的幾年一直很順遂，沒什麼升學壓力，每天除了無意識地惹是生非，似乎什麼也沒做。

顧顏望著那些青春的身影，開始想像周均言上學時的樣子，那時候他是什麼樣子的呢？

顧顏轉頭注視著身邊的人，校園裡的路燈在這時亮起，被夕陽染上了淡淡的紅暈，落日下的周均言也被渡上了一層光，外套被他搭在臂彎上，露出裡面的白襯衫。

顧顏第一次認真思考起來——時隔七年，她究竟是靠什麼認出他的呢？

「怎麼了？」周均言認真地看著面前的公告欄，大概是為了幾天後的校慶，玻璃已經被擦得乾乾淨淨，裡面的展示框也從校報變成了A中的百年事蹟。

顧顏也看向自己面前的展板，上面貼的都是近幾年藝術節還有運動會的照片。

「上學的時候，我一直很想談談看戀愛。」和你，顧顏在心裡默默地添上兩個字。

顧顏感受著夕陽帶來的溫熱，甜蜜而遺憾地說：「不過現在這樣也不錯，對吧？」說完，她看到周均言視線始終停留在公告欄角落的某一格照片，也好奇地湊上前去看。

這一看，她心都酸了。

周均言竟然盯著一個跳印度舞的女生看，那人頭戴面紗，全身都是鈴鐺，還露著肚皮。

顧顏酸不溜丟地說：「原來你品味就這樣啊。」

周均言依舊沒什麼反應。顧顏覺得不對，再定睛一看，咦？這不是高二那年藝術節她代表他們表演《吉米，來吧》的照片嗎？

顧顏臉一紅，手立刻捂住她舞衣下露出的肚子還有眼睛，「怎麼可以放這張，我的眼睛畫得像孫悟空……」

周均言不動聲色地轉頭望向她。

顧顏看著他專注的目光，心裡小鹿亂撞起來，「但是那年，我們班靠我拿到了特別獎的，真的！」她指著照片底下的黑色小字說。

周均言的臉沉浸在公告欄的陰影裡，逆著光讓人看不清他的表情，她不知道他瞳孔裡此刻閃爍著的光是什麼。

周均言想，他知道。

第九章　你對我怎樣我都喜歡

每一年藝術節的評審由已經畢業的優秀學生組成是A中傳統，周均言大一那年因為時間對不上，已經拒絕過一次，大二那年的耶誕節再收到邀請時，便答應了。他在校期間一直是老師的得力助手，畢業後被各科老師在學弟學妹們面前誇獎也是常有的事。

周均言對集體性的娛樂項目一直沒有太多興趣，每年的藝術節表演無外乎就是唱歌、跳舞或相聲小品。

坐在他左邊的是小他一屆的學弟，也從最初的熱情變得興致缺缺，直到詩朗誦過後的獨舞，周均言明顯感覺到觀眾席變得躁動起來。

周均言手撐著下頷抬起頭看向舞臺，一個身材高　的女生戴著頭紗在舞臺正中央跳印度舞，他看了一會兒便低下頭，在紙上寫下了一個分數。

身邊的人用手肘連連碰了他好幾下，周均言微不可查地皺了皺眉。

「學長你畢業得早，認識這屆高二的顧顏嗎？她經常被老師拉到辦公室談話，但每次他們班一出節目還是她。」

耳邊是嘈雜的「吉米吉米，阿加阿加」的音樂，周均言聽到身側的人興高采烈地說：「我聽說剛剛高三詩朗誦站在最前面的那個男生就是她男朋友，好像姓陳？他們在運動會上談戀愛被訓導主任抓到了。不過她真的挺漂亮的，你覺不覺得？」

周均言沒什麼表情地看了一眼舞臺上的那個女生，淡淡地說：「我沒什麼感覺。」

從久遠的回憶裡回過神，顧顏還在他身邊念叨自己那一次跳舞不小心踩到了地上的鐵片，她下了台就被送去醫院打破傷風，獎還是班導去領的。

周均言點了點頭，沒說什麼。

顧顏看到教學樓裡不時走出來幾個家長，她沒有再去攬著周均言，只是戳了戳他的手臂。

「我們去操場逛逛好了，那裡比較涼快。」

「隨妳。」

A中的操場在小樹林後，教學樓的喧囂被繁茂的樹木擋住。

兩個人先是一前一後地走著，直到走上無人的小徑後，顧顏拉住周均言的手腕，將手也塞進他的褲子口袋裡。

地上的石臺階有些滑，周均言放慢了腳步，走了一陣才穿出小徑。

顧顏高中三年最喜歡在晚飯後和同學到操場看人打籃球，她看著大概是不久前才翻新的籃球場，眼神變得柔和。

「周均言，你高中會打籃球嗎？」

「會。」

那他一定很厲害。

顧顏環視著操場，視線很快被離他們有一定距離的器材區吸引。

她拉出周均言放在口袋裡的手，往前指了指。

「那些器材還在呢。」

周均言被她牽著走了過去。

這裡如同過去一樣安靜，器材區被幾棵大樹擋得嚴嚴實實，一點陽光也曬不到，從這裡甚至看不到教學樓。

周均言剛想把手上的外套放到雙槓上，顧顏已經轉過身，雙手環住他的脖子甜甜地看著他，「周均言，這裡有一個和你差不多高的雙槓，你翻得上去嗎？」

「能。」周均言只看了一眼，不過他發現她又開始黏乎乎地盯著他，立刻補了一句，「但我今天不會翻。」

顧顏想也不想地踮著腳去親他的嘴角，「一下下就好，我好想看哦。」

周均言的目光停留在她粉嫩的唇瓣，半晌才冷靜地說：「一下下也不行。」

顧顏眨了眨眼，很快將他摟得更緊，從他的喉結吻到臉頰，像小貓一樣一邊親一邊小聲說：「可是我想看啊。」

周均言垂眸看著她，任她從喉結親到了自己的耳朵，終於雙手箍住她的腰，在顧顏毫無準備的情況下，抬起手臂將她抱到她身後的雙槓上坐下。

顧顏嚇得尖叫了一聲，她條件反射地雙手緊緊抱住周均言的手臂，頭埋在他的肩上怎麼也不肯離開。

「抬頭。」顧顏聽到周均言悅耳的聲音，還有樹葉被風吹出的窸窣聲響。

她深深地吸了一口氣，手仍舊抓著他的肩膀慢慢地抬起了頭。

睜開眼睛，她只能看到周均言目光沉沉地看著她。

她心裡一蕩，努力維持著平衡，小心翼翼地伸出一隻手去摸他的臉頰。

「你今天好奇怪，對我好好。」

周均言沉默了片刻，將她的手拉下，按在槓面上，看著遠處說：「比妳還奇怪？」

顧顏在青草的氣息裡對他笑，她將臀往後，小幅度地將腿伸直，環住周均言的肩，一邊輕晃著小腿，一邊熱切地看著他。

「我突然想起來我們那屆有一對小情侶在男廁所那個被同學發現，不過沒有人跟老師告狀。我知道以後就在想，我的話肯定不會選廁所，操場或圖書館比較有意境呢……」

周均言握住她作亂的腿，過了好一陣才低聲問：「妳每天就在想這些？」

「我每天都在想你。」顧顏在晚風中輕聲說。

不過那種想既不痴情，也沒有深度，只是字面意義的想而已。

她凝視著他，用雙腿將周均言圈得離自己越來越近。她看到他額上細密的汗珠，慢慢地抬起右手想去擦，周均言立刻抓住她的手放在自己手心。

劇烈的心跳聲中，顧顏聽到周均言這樣問。

「喜歡這樣？」

夕陽緩慢西沉，天色漸漸暗下來，顧顏看著頭頂橙色的天空，浮光就這樣照在周均言的臉上。

他現在在想什麼呢？顧顏不得而知。

她只是認真地看著他，「喜歡，你對我怎樣我都喜歡。」

適應了雙槓的高度後，顧顏不再滿足於只坐在一個槓上，她找到平衡後用右手扶住身後的那一根，將右腿抬起環繞了一圈後，怡然自得地兩腿分開跨坐在兩根杆子上，臀瓣就這樣陷在雙槓的中間。

周均言看著她紅色的裙襬被風吹起，立刻伸手按住。

「周均言，你站過來一點。」

「做什麼？」周均言看著她，手仍按在她的裙子上。

「這個方向好涼快。」顧顏笑著用腳背輕碰他的腰。

周均言頓了頓，真的鬆開手，走進雙槓裡。

顧顏沒想到他這麼好說話，雙手撐在背後努力俯下身，發現想要觸碰到周均言是徒勞，她故作洩氣地說：「這下你開心了吧，我怎麼低頭也親不到你了。」

周均言只是仰著頭沉默地注視著她的眼睛。

從這樣的角度來看，周均言依然高大，他的眉頭微微地蹙著，即將散去的餘暉一點一點融進他的眼裡，往日散著冷意的眸子此刻竟讓她覺得無比溫柔。

「周均言。」她情不自禁地輕聲呼喚他。

「嗯。」他淡淡地回她。

顧顏的腳尖在空中畫圈，眼睛裡閃爍著他熟悉的光彩。

「你看到我今天穿的內褲是什麼顏色了嗎？」

周均言愣了片刻，很快便不再看她，啞聲說：「別說話了。」

顧顏的聲音上揚，眼含笑意：「你快看嘛，是你最常脫的那一條。」

紅色的裙襬不斷被風吹起，拂上他的臉，周均言清楚地知道，只要退後一步就好，這並不是很難的事。

在最後一縷紅霞於天際消失時，顧顏看到他面容平靜地靠近自己，他的薄唇一張一合，似乎說了些什麼，只是很快，顧顏看到他的臉完完全全地隱在了她的紅裙裡。

意識到他將臉埋在了自己腿間，顧顏整個人瑟縮了一下。

全身的血液瞬間衝往腿間，她是在熱氣噴灑在那處時才明白過來他剛剛說了什麼。

「扶好了。」

周均言隔著內褲含住了她，他舌頭上的動作很緩慢，卻帶出了許多水。顧顏很快就感覺她的內褲已經濕透，黏在花穴上，讓她難耐極了。

顧顏全身像是觸了電一般顫抖起來，她的頭無意識地搖晃著，想要伸手去抱他，卻沒有辦法。

此刻她的臉上浮現出快樂而痛苦的神情，呼吸也變得急促。

每一次周均言幫她口交，她都會變得羞澀無比，事後不好意思面對他。

周均言隔著棉質內褲在小穴周圍舔弄輕咬著，不知過了多久，他終於好心地一隻手握住她的腰，另一隻手撥開她的底褲，下一秒，柔軟的穴肉被他包裹住，他極有耐心地將它細細品嘗了一番。

顧顏的雙眼瀰漫著水霧，她低頭看著微微起伏的裙襬，真淫蕩。意識到周均言的舌頭在她的體內動了起來，像是模擬著性器不斷在她的花穴中抽插著，她毫無氣力地小聲哼叫著。

顧顏的穴裡濕潤而柔軟，她從來不會抵抗，只是任他擺弄。眼前一片幽暗，周均言沉默地看向穴口，那裡一定被他舔得很紅，兩片軟肉聽話地配合著他的進入收縮著吐出透明的液體。

「哈啊，周……均言！」

她的呻吟從綿長變得短促，像是被人扼住了脖頸。周均言沉默地吮吸著她，這是他占據她的證明。

顧顏閉著眼睛小心地扭著腰肢，她感覺到周均言撥開內褲的拇指輕輕地揉捏著細小的圓核，瞬間細細地尖叫出聲。

他的手指弄出咕嘰咕嘰的水聲，周均言聽著粘膩而淫靡的聲音，不忘喝掉顧顏為他流淌的水。

顧顏隨著他口腔和手上的動作忘我地呻吟著，頭頂不時飛過一隻鳥，顧顏眯著眼睛嗚嗚抽噎著，骨頭早已酥軟，她的小臂搭在溫熱的槓面上，上半身不斷向後仰，如果沒有周均言摟著她，她一定就摔下去了。

她的腿已經分開到不可思議的程度，方便周均言的舌頭進入得更深，但還是不夠，她想被他填得更滿。

乳尖早已因為快感抵在薄薄的內衣上，水流得更加厲害。

她背靠在並不算粗的槓上，細碎的呻吟從她的齒間溢出，她在周均言溫暖的口腔下奄奄一息，汁水橫流，周均言的下頷已經被她的水淋濕。

遠處傳來斷斷續續的人聲，她的小穴瞬間夾緊，她咬住了嘴唇，心臟就快要爆炸。而周均言的舌頭仍停留在她的私密處，此時如果有人站在操場外會看到什麼呢？

他想，那個人會看到顧顏浮在半空中的裙襬，會看到她仰躺在一根槓上像蛇一樣扭動著。

他這樣想像，唇舌從她泥濘的腿間不斷向上，他在她的小腹處用力親吻，綿延向上停在了她白嫩的乳上。

顧顏整個人靠在左邊的槓上，他一隻手用力地攬住顧顏的背，另一隻手仍在她的腿間停留揉搓著。

A中的幾棵參天大樹將這場性事藏在了繁茂的枝葉裡，周均言閉上眼睛，隔著蕾絲含住顧顏挺立的乳頭，用舌尖撥弄著。

顧顏從他吻上她的乳尖時就僵住，心裡的快感過於激烈，她就快要受不了了。這是周均言第一次親自己的胸部嗎？她已經混亂地失去記憶了。

她經不住他的玩弄，高漲的快感讓她早已忘記這是他們母校的一角。

她想要晃動自己的臀部，肆無忌憚地讓周均言用他堅硬的性器進入她，想要脫掉衣服將雙乳送進他嘴裡，她的雙手死死握住槓面，身心卻早已飄在半空中。

她整個人都被瘋狂的快感所控制住，她在最神聖的校園被她的心上人玩弄著身體，羞恥又墮落。

周均言一邊輕咬著她的乳頭，手下不忘加快速度按捏著陰蒂，他聽到她的呻吟聲越來越高亢，身體的震顫越來越激烈，像是知道她就快高潮，他的唇舌離開了她的乳房，再一次回到她潮濕的腿間，將她整個含住。

「啊，嗚嗚，周均言，我要掉下去了！」

顧顏聽著自己失控的心跳和尖叫聲，大灘的淫液終於從穴內噴出……

在他的口中洩了以後，她像羽毛一般，雙腿脫力地從槓上往下滑，眼前一片模糊，後背冒起冷汗。

這時，周均言雙手緊緊摟住她的腰，帶著她向後仰倒在地。

意料之中的疼痛沒有到來，周均言被她壓在了身下，顧顏大口地呼吸著，從他身上動了動，無力地躺在了他身邊。

地面是溫暖的，顧顏看向周均言的身後，草地旁開滿了紫色小花，她的臉貼在乾燥的草地上。

路燈穿過樹葉，照在他們的肌膚上。

薄暮下，汗水順著她的耳垂緩緩滑過鎖骨，最後匯入她白嫩高聳的乳。

顧顏終於看向周均言的眼睛，他無聲地盯著自己，一瞬間她像是落入了深海中，他眼底的情緒就快將她淹沒。

她看著他唇上還有下頷上的晶瑩，顫巍巍地抬起一隻手充滿愛意地覆在周均言的臉頰上。

「摔疼了嗎？」

周均言望著被她咬紅的嘴唇，搖了搖頭。

顧顏輕笑出聲，很是孩子氣地說：「我們在學校裡做壞事了。」

周均言將手覆在她的手上，他們的視線在暮色中交纏在了一起，隔著很近的距離，顧顏看著路燈下周均言逐漸靠近的臉，閉上了眼。

在泛著微光的夜幕下，兩人的唇貼在了一起，分不清究竟是誰先主動，顧顏只知道周均言按著她的後腦勺讓他得以更深入。她從他口中嘗到了自己的味道，乖順地啟唇將舌頭交給他，彼此交換著津液。

不知道吻了多久，顧顏輕咬了一下周均言的舌尖，退開一點後，她看到一縷銀絲牽連在兩人之間。

她的臉在樹影下泛著紅色，很快又軟綿綿地湊近周均言去舔他下頜上的透明汁液。周均言的手無意識地摸著她的頭頂，直到把那裡舔得乾乾淨淨後，她伸出食指摩挲他的下唇小聲說：「我下面還很濕呢，你現在應該很好進來。」

周均言收回在她腦袋上的手，握住她的那根手指，無言地看著她。

接著，他又聽到她輕聲說著：「而且，我的包包裡也有放保險套哦。」是顧顏之前趁周均言倒車的時候從副駕前的置物櫃拿的，本意是逗弄他，沒想到真的派上用場了。

她看著周均言故作鎮定的模樣，他一定是想說她不知羞恥，但這一次他遲遲沒有開口，眼底湧動著的情潮給了她勇氣，她將腿伸到他身上主動地說：「知恥近乎勇啊，快誇誇我嘛。」

周均言沒有理會她的話，將她頭上的幾根草給摘掉，她哼唧著把不知什麼時候從肩上滑到臂彎的小背包遞過來。

「周均言，我剛剛被你舔得一點力氣都不剩了，這次你只能自己戴了。」

被周均言側著身進入的時候，顧顏嘴角還漾著笑，「好像在作夢，還是校園版的十八禁春夢。」

性器進去了一半後，周均言不准她繼續說話，直接含住她的唇吻起來。

「嗚嗚……」呻吟被他盡數吞下。

周均言閉著眼睛吮吸著她的舌，他沒有立刻大力抽插，而是淺淺地進出，他的手貼在她的臀瓣下，將她的身體往自己胸前摟。

他們彼此吞嚥著對方的口水，顧顏的大腦變得混沌起來，她感受著周均言在她身體裡的律動，她的愛和欲被這個寂靜的夜晚還有禁忌的地點點燃，她的舌頭仍留在他的口腔裡，雙手卻抓住他的衣袖，催促著他。

「我想要重一點……啊要快……」

她聽著他在她耳邊低喘著，他的喘息總是很性感，顧顏分神地想著，下一刻硬物像是兇器一般狠狠地插進到顧顏體內，她「啊啊」地叫個不停，整個人劇烈地顫抖著想要找尋他的嘴唇。

周均言含著她的耳垂，下身開始有力地抽送起來，每當龜頭戳到顧顏體內凸起的那個點時，便會聽到她動情地喊出他的名字。

枝條隨風碰撞的聲音還有頭頂此起彼伏的鳥鳴聲掩蓋住了顧顏縱情的呻吟，她摟著周均言的脖子，一條腿也纏在他的大腿上。

她知道周均言的欲望正在被滿足，快感由身體傳遞到大腦，血液在體內作亂，她只能跟隨著對方的衝撞不斷晃動著臀瓣。

很快，周均言抬起她纏在他身上的那條腿，同時加快了操弄的速度和力度，顧顏被他插得說不出一句完整的話，只能意亂情迷地喊著他的名字。

他反覆抽送著，在她的身體裡攪動著，直到顧顏就要第二次高潮，她背部弓起，試圖往身後的大樹那裡躲，周均言靠在地面上的那隻手卻死死箍住她的腰，不容她閃躲地進出著她的花穴。

最後，顧顏嗚咽著將頭埋進周均言的脖頸處，在他的懷裡痙攣著高潮了。

因為她突如其來的絞緊，周均言差點直接射了出來。在努力壓抑住射精的欲望後，又在她敏感窄小的花穴裡抽插了幾十下後才滿足地射了……

高潮過後，兩人緊緊相擁著，顧顏在清新的夏夜中放緩了呼吸，周均言的懷抱讓她覺得平靜而安心。

大概過了幾分鐘，周均言離開了她的身體，顧顏瞇著眼睛看他將保險套用衛生紙包妥後放進了口袋，再一次躺下。

數不盡的星星點綴著這一刻的天空，月亮卻是霧濛濛的，像是覆著一層紗。

顧顏看著身側的人也仰頭望著天空，這一刻的靜謐讓她覺得很幸福。

她將頭枕在他手臂上，望著那個朦朧的月亮悄聲說：「我上學的時候經常翹掉晚自習，一個人躺在這裡，就是我們現在躺著的地方。周均言，你上學的時候有獨自待在操場過嗎？」

周均言沉默了片刻後，低聲說：「有。」

他的聲音還帶著性愛後的暗啞，顧顏凝視著雲霧裡的月，「因為什麼呢？」

周均言並沒有再出聲，其實顧顏也不執著那個答案，兩個人就這樣靜靜地看著月光。

就像是跨越了數年時空，高中的顧顏和周均言在這一刻共用了校園操場的平凡夜晚。

這樣想著，她的心跳再次加快，周均言將她攬在懷裡，手掌安撫性地拍著她的腰，她的體溫以極致的速度攀升著。

顧顏定定地望著頭頂，浮雲漸漸籠罩住月亮。

「周均言。」她衝動地叫了他的名字。

大概是感受到她驟然攀升的體溫，周均言側身垂眸看向她。

她在窺探到他心底祕密的這一秒，對他的愛意達到了頂點，她真想對他說出那三個字。

顧顏張開口，聽到不遠處警衛的腳步聲，手電筒的光亮在樹上晃動著，夏夜的清風將他們的汗水吹走，顧顏縮了縮脖子，靜了幾秒後對他純真地笑著。

周均言見她傻乎乎地衝著他笑，最後只是無奈地起身，將她也拽了起來。

他幫她撣掉身上的塵土還有小草，撣掉這個夏夜存在過的證據。

將她的裙襬理好後，周均言目光淡淡地望著她，「走吧。」

顧顏固執地站在原地，最後他對她伸出手，顧顏愣了幾秒後，笑著將手遞給他。

兩人牽著手在夜裡一步步走著。

如果對他說那三個字，他會相信嗎？或許會，或許不會，但是她會把他嚇跑吧……那還是不要說好了。

兩天後的早晨，顧顏乘上了前往柬埔寨的飛機。

她出發的前一晚，和周均言膩在一起吃了晚飯後，像往常一樣陪在廚房等他刷碗。

她的頭靠在他背上，半天才冒出來一句：「我們之後買臺洗碗機吧。」

周均言手上的動作頓了頓，最後說了句不用。

她又抱了他一會兒後，在他背後輕聲說：「周均言，我今天得回自己家睡了，明天我爸要送我去機場。」

不只是這樣，她也得回家準備旅遊要穿的衣服。

「你能送我回家嗎？」

還沒等周均言說話，顧顏已經鬆開了手，有點彆扭地說：

「等等，我好久沒叫小王來接我了，一直讓他坐領乾薪的話，會讓他逐漸變得怠惰的，那我就是在害人了。」

她一臉認真地說著，拿出口袋裡的手機。

此時，周均言轉頭看向她，他的神情在燈光下看起來有些嚴峻。

「我送妳。」他擦乾手，沒什麼表情地抽掉她手裡的手機，放在了廚房的流理臺上。

顧顏拿起手機跟在他身後，「你不累嗎？」

「還好。」

等到周均言的車停在了她家的停車場，顧顏都有點認不出方向了。

「我有點迷路了，你要送我到家門口哦。」

周均言沉默地看了她幾秒後，推開了車門。

兩人在顧顏的家門口停下，顧顏摟著周均言不肯放他走。

顧顏纏著他，要求他陪她待到她睡著再離開，見周均言沒有拒絕的意思，她又皺著一張臉讓他回去。

「你太晚回去，我不放心。」

周均言就靜靜地望著她。

她想要把他送回車庫，被周均言握著肩按在原地。

「別犯傻了，進去吧。」

「我不能送你到車庫嗎？」

「不能，進去吧。」

眼見沒有轉圜的餘地，顧顏只能說一句好吧。

輸入密碼後，她又摟上他的脖子，在他的脖頸處嗅了嗅，又去親了一下他的嘴巴。

周均言已經對她的這些舉動免疫，他拍了拍她的背。

半晌聽到她說：「你千萬要記得每天給我們的多肉澆水哦。」她停了停，聲音裡還有點哽咽，將他摟得更緊，「澆水的時候要想我。」

周均言低頭看著懷裡情緒低落的人，七天而已，怎麼就被她搞得像生離死別一樣。

聽陳澤旭說，六月是柬埔寨雨季末期，會比旱季悶熱一些。

顧顏提著自己的登機箱跟著小李在暹粒下了飛機。

入關前，顧中林讓陳澤旭幫忙照顧一下她，直把顧顏尷尬得想要遁地，她是什麼巨嬰嗎！

見陳澤旭主動要幫她拿行李，顧顏連忙婉拒。

飯店有機場專車接送，車裡的空調溫度很低，顧顏心頭的那股燥熱感慢慢平息，出了機場就發現這裡的陽光是純粹的金色，夏日的色彩如此濃重。

路旁的棕櫚樹簡直看不到盡頭，小李枕著她的肩膀打著瞌睡，顧顏看向窗外，幾個還不到她腰際的小孩抱著籃子沿途販賣花，顧顏回過頭定定地看著，直到他們消失在她的眼前。

就這樣不知顛簸了多久，車在飯店門口停下。顧顏下了車，頭頂是不知疲倦的蟬鳴聲，顧顏抬起頭瞇著眼睛，第一次直接感受到熱帶火熱的陽光。

天空藍得沒有一絲雜質，空氣中特有的檸檬草香味讓她提起一點精神。

一行人站在飯店的櫃檯處登記，大約過了十分鐘，陳澤旭遞給小李還有小張各一房卡。

三人一間，顧顏、小李和小張一間房。

「這裡治安不太好，要出去的話記得叫我。」陳澤旭走到她面前叮囑道。

預約好的包車下午兩點來接他們，一進房間顧顏就聽到小李歡呼。

「顧總這次大出血了啊！」

顧顏將行李箱放在門口，快步走過來。看到了房間獨立的泳池後，她笑著說：「羊毛出在羊身上，記得多剝削他一點。」

三個人在床上躺著，不知道誰的肚子先叫了，顧顏在飛機上沒用餐，這會兒也餓極了，最後她們決定到離飯店不遠的街道轉轉，買點東西吃。

結果剛出門沒走多遠，天空就下起了小雨，一時間街道變得寂寥而多情。

她們連忙鑽進附近的一家小超市，店員大概是中國人，因為顧顏看到門口的小電視機裡正在放梁朝偉和張曼玉主演的《花樣年華》。

她們買了一點零食後就站在小電視機前等雨停，只聽到梁朝偉磁性的粵語在狹小的超市裡流淌。

雨停後，她們在街道旁買了綜合果汁還有霜淇淋，幾名面黃肌瘦的小孩提著一籃的明信片走到她們身邊。顧顏看著他們毫無童真、彷彿一潭死水的眼睛，第一次感受到貧窮帶來的無力和悲哀。

三個人買了一大疊明信片後，各捧著一顆椰子喝著，最後回了飯店洗澡。

下午兩點，一行人分兩輛車前往吳哥窟。

這裡的空氣寂靜而神聖，透著沉甸甸的氣息。

幾人一開始還腳步懶散地爬著臺階，很快都全神貫注地注視著眼前宏偉的佛像。廟宇漸漸被赤色的日光包裹，粉色陽光順著天空綿延。

顧顏眺望遠方，遠處的樹林神祕而深邃，顧顏從沒見過這樣粗壯的樹，太陽一點一點降落到地平線以下，淺色的雲朵漸漸被染得如同楓葉，一陣陣風吹過岩洞縫中的野草，石塊上的青苔看起來十分厚重。

她去過很多寺廟，這是第一次感到震撼，大家自發地沉默，在千年的文明前心底充滿了敬畏。

落日浮在每一個人的臉上，顧顏遠遠地看著，內心湧現出一點感動。

如果這個時候，周均言在她身邊就好了。

晚上回到飯店，小李先去泡澡，小張則坐在床上打電話給男朋友。

顧顏在床上躺了一會兒，走到外面的泳池邊，給周均言打了電話。

柬埔寨比國內晚了一個小時，周均言那裡才十點多，他現在在做什麼呢？

電話通了以後，顧顏看著深藍色的池水，沒有出聲。

「喂？」對面傳來周均言有些低沉的聲音。

聽到他的聲音後，顧顏嘻嘻地笑了，她小聲問道：「你是不是睡了？」

她聽到對面傳來一陣雜音，很快周均言便回道。

「還沒。」

顧顏鬆了一口氣，換了一個舒服的姿勢在泳池邊坐著。

「是不是我不在，你睡不著？」

對面靜了幾秒，顧顏甚至以為對方掛了電話，她拿起手機想去看螢幕，就聽到話筒傳來了有些疲憊的聲音。

「怎麼打給我了？」

顧顏將腳放進隨風蕩起的池子裡。

「我想你了，所以睡不著。」

周均言嗯了一聲，並沒有接這句話，語調自然地問她：「今天去了哪裡？」

顧顏躺下，看向夜空。

「我們下午去了很多寺廟，那裡的落日真的好美，你應該來的。還有這裡的水果也好便宜，我吃了好多，我們住的飯店外面就是酒吧街，超級熱鬧。」她聲音輕快地說著，用腳尖踢著池裡的水。

「妳現在在哪裡？」

「我在飯店，我今天吃好飽喝好飽，有點懶得動了。」

「嗯，跟著別人，不要亂跑。」

「我知道，我會聽你的話。」她這時也不忘賣乖。

兩人頓時陷入寂靜。

顧顏安靜了一會兒，輕聲問道：「我不在你身邊，你有沒有想我？」

對面靜了一瞬，周均言不在她身邊，她不知道他此時的表情。

「回房間吧，很晚了。」他對她說。

「我有點想你。」她又開始用那種委屈的聲音說話，「你作夢只能想我，不可以夢見別人知道嗎？」

「去睡吧。」他的嗓音溫柔，聽進耳朵裡，竟然真的讓她有了一點睡意。

「哦，那晚安安。」

「晚安。」

第三天是他們在暹粒的最後一天，明天要坐車去金邊，大家一致決定今天要沒有目的地隨意感受古鎮魅力。

睡到自然醒之後，大家中午直接散步去了很有名的高棉廚房。

顧顏只喝了一點辣魚湯，吃了一片魚餅後就停下筷子。

今天她明顯感覺到體力有點跟不上，這裡實在太過悶熱，她已經有些泛噁心了。小李也有點中暑的傾向，於是兩人結伴回了飯店，順便預約了晚上的按摩。

洗完澡後，小李對著飯店有些不捨。

「不知道金邊的飯店有沒有泳池……」

顧顏幫她想了個主意：「那妳今天就去游個夠嘛。」

小李頓時雙眼放光，覺得很有道理，決定立刻行動。

換上泳衣後，小李硬要拉著顧顏一起去，最後顧顏連衣服都沒換，披著紗巾坐在池邊陪她。

地上不知道從哪裡飄來一片蓮葉，顧顏拿著扇風。

小李游了幾圈後，突然冒出頭讓她把房間的果汁拿出來。

顧顏應了一聲，剛站起身，馬上眼前一黑，栽進了池子裡。

第十章　驗孕試紙

顧顏醒來時，人正躺在房間大床上，小李則坐在床邊，拿著吹風機幫她吹濕掉的頭髮。

見顧顏睜開眼，小李重重地鬆了一口氣，她關掉吹風機，將床頭櫃上的冰鎮果汁遞過來。

「還好妳醒了，我緊張到快自殺了，快喝一點！」她將吸管塞進顧顏的嘴裡，自責地道。

清爽的冰檸檬水順著喉嚨滑入胃，顧顏坐起聲看向小李。

「我剛剛栽進泳池了？」

「對啊，還好我立刻把妳抱上來！這是我第一次發現自己像個男人一樣孔武有力，不過我還沒來得及幫妳換衣服。」

「沒事沒事。」顧顏坐在床上發了一會兒呆，身上的衣服已經差不多乾了。

小李看了一眼手機，「對了，陳澤旭剛剛打電話給我們，問要不要帶點吃的回來，我沒跟他說妳暈倒的事。」

大家都不是傻瓜，誰都看得出來顧總想要幫顧顏和陳澤旭湊對，不過小李也明顯感覺得出顧顏沒那個意思。

果然，顧顏感激地望著她，「那就好。」

眼看顧顏臉色不再慘白，小李懸著的心才落下，她在另一張床上躺下語調輕鬆地開起玩笑來，「還好我們沒有性生活，不然人家還以為我們懷孕了呢哈哈哈哈。」

顧顏本來也跟著小李在笑，隨即一股電流躥過她的脊背，手裡玻璃杯冰冷的觸感瞬間傳遍她的全身，她的心因為小李這句話開始狂跳起來。

懷孕？她不記得自己有什麼懷孕的可能，她和周均言的措施一直做得很好，只有一次早上周均言射在體外，但那天絕對是安全期。

這個想法令她難以呼吸。

小李因為照顧她又出了一身汗，下了床去浴室沖涼。

顧顏沒作多想地換上了一身長衣長袖，她輕叩了一下浴室的玻璃門，說自己出去買些喝的，很快回來。

顧顏坐上嘟嘟車，幾分鐘就找到一家藥局。

她買到了驗孕試紙後，還給小李帶了防中暑的清涼噴霧，最後又在小攤子上買了三顆椰子。

回到飯店，小李已經換好衣服了，她壓根沒聽到顧顏要出去。

顧顏把手裡的椰子交給小李，努力地笑了一下。

「我想洗個臉，去一下浴室喔。」

「去吧。」

顧顏打開水龍頭，翻看著手上的說明書，只有英語和柬埔寨語的說明，她在美國待了四年，但這一刻她竟然什麼都讀不明白。

她平靜地拿出手機，在瀏覽器上搜索「驗孕試紙怎麼看」，腦海裡倏地想起一個月前，真的整整一個月前，她在家裡的浴室搜索女人強姦男人是否犯罪這個詞條。

她不合時宜地覺得，或許是報應來了。

大致地明白後再看一看試紙上的兩條線，一深一淺。

這是她懷孕了的意思嗎？顧顏滑著手機，空洞地想著。

顧顏就像個白痴一樣一個頁面一個頁面地點進去，她感到迷茫，還是回國去醫院看一下好了。

顧顏將試紙丟進垃圾桶，又抽了幾張衛生紙放在上面，靜靜地坐在馬桶上。

她從沒有想過生小孩，一個沒有得到過完整的父愛和母愛的人也可以孕育小孩嗎？

她想到這幾天以來在路上遇到的那些販賣花朵還有紀念品的營養不良的小孩子，如果給他們選擇的機會，他們願意出生嗎？

她感到一絲恐懼。

最後，她想起了周均言……

顧顏緊握著手機，顫抖著手指找到周均言的頭像，打字的瞬間卻停下了動作，最後害怕地哭了出來。

下午，她找藉口說自己腿痠，整個下午都躺在床上休息。

小李和小張去按摩了，她一個人把空調調到最低，蓋著厚厚的被子，這是她夏天最愛做的事。

她看著手機相簿裡周均言的照片，他閉著眼睛躺在她床上，這是她從那個備份影片裡截的圖。

她看了很久，直到眼睛發痠，才進入了睡眠。

夢裡，她躺在手術室裡，醫生冷漠地幫她注射麻藥，準備進行人工流產。下一幕，則是她一個人在手術床上，痛不欲生的樣子。

顧顏顫抖著醒了過來……

恐怖的念頭一旦冒出，怎樣也無法消退。

顧顏就這樣睜著眼睛到凌晨的第一縷光透進房間，小李翻身見她已經醒來，問她要不要去看日出。

顧顏卻突然從床上下來，一夜沒睡，但她的大腦在這一刻卻十分清醒。

「我現在要回國。」

顧顏叫到車後，請司機直接開向機場，路過崩密列時，她突然叫司機停下。她也不懂自己為什麼一定要來這裡，只是拖著行李箱往古跡深處走去，行李箱輪子的轉動聲，打破了此處的寂靜。

許多遊人已經在此等待了一陣，風大，灌木叢被吹得嘩嘩作響，顧顏看向倒塌的建築，被焚燒過的石塊，想像著這裡昔日的模樣。

漸漸的，金色的光降臨在她的頭頂，一個紅色的光點從雲層間緩緩浮上來，早已消失的文明以另一種姿態呈現在世人面前。

顧顏的目光落在眼前的殘垣斷壁上，卻彷彿看到了這裡曾經的繁華，人類的輝煌可以被毀滅，但愛與美並不會因此而消失。

顧顏的心劇烈地跳動著，她雙手輕撫著石縫間的野草，露水與光都不曾拋棄它們，她感受到一股強大的力量在支撐著她。

閉上眼，她虔誠地許下一個心願。

顧顏在機場等了快一個小時，終於坐上了飛機。她安靜而沉默地回憶著她跟周均言這一個月來發生的事——原來才過了一個月。

顧顏轉了兩班飛機，最後在下午四點出了A市機場的海關。

她一走出機場，竟然產生一種恍如隔世的錯覺。

攔下一輛計程車後，司機熟悉的語言讓她緊繃的神經有了一瞬間的放鬆，只不過車在半路上突然拋了錨，司機跟她道了半天歉，說不跟她算車錢了。

等顧顏麻木地提著行李下車後，才發現一直握在手裡的手機被她丟在後座上了。

顧顏只能找到一間超市，跟老闆說明了情況，請求借用電話。

電話被接通後，對面傳來周均言的聲音。

「喂？」

聽到他的聲音後，顧顏的眼睛頓時紅了，剛想回答的話也卡在了嘴邊。

她以為她撥的是自己的號碼。

「周均言……」她的聲音有些哽咽，連著叫了兩遍他的名字。「周均言。」

她聽到周均言不知跟誰說了一句「抱歉，我出去一下。」

很快，他低聲問道：「怎麼了？怎麼是市話號碼？妳回國了？」

他一下子問了三個問題，顧顏也聽得出他聲音裡的急切。

聽明白事情的經過後，周均言讓她把電話給超市的老闆。

顧顏「哦」了一聲，連忙將電話遞過去。

老闆接過電話，嗯嗯哦哦了一陣，最後說了一句沒問題。

電話剛被老闆掛斷，顧顏就聽到一聲響亮的「手機入帳一千元」。

老闆從收銀台下方抽了兩張五百元給她，「妳男朋友說他馬上就要下班了，會再去幫妳找手機，妳先搭計程車回去，鑰匙在門口的盆栽下面。」

顧顏看著手上的鈔票，傻傻地笑了。

從盆栽下找到備用鑰匙後，開了門，顧顏才找回一點熟悉的安全感。她直接把行李放在鞋櫃旁，脫了鞋光著腳往陽臺走。

周均言應該快回來了，她在玻璃窗上哈了一口氣，一筆一劃地寫著字。剛寫了一個字，她便看到檯子上的多肉植物，幾天沒見，它的葉片似乎又變胖了一些。顧顏想像著周均言面無表情幫它澆水的樣子，心頭泛起一絲甜蜜，只是很快又收起了笑容。

這時身後傳來很輕的腳步聲，顧顏條件反射地轉過身，周均言的媽媽就站在廚房門口。

她的心臟再一次開始狂跳，顧顏心裡有事，全無前幾次見面的從容。

「阿姨好。」她窘迫地打著招呼。

倒是周寧神色自然地走向門口，拿了一雙拖鞋放在顧顏腳邊。

「天熱也不能赤腳啊。」

顧顏難為情地點了點頭，連聲道謝。

周寧看她懷裡還抱著那盆多肉，笑著說：「我就猜到是妳養的，均言不喜歡這些小玩意兒。」

顧顏不知道該接什麼話，只能呆呆地點了點頭。

周寧也走到她身邊，看向窗外，下班的人們紛紛從樹下經過。

「妳不要緊張，我今天只是來送雞蛋的，見到妳我很高興。」周寧一臉慈愛地側頭望著顧顏，「上次他不願意讓我把妳介紹給他表弟，我就猜到了他喜歡妳。」

「真的嗎？」顧顏的眼睛瞬間亮了，她不好意思地輕聲問道。

「嗯，我的兒子我了解。」周寧心裡覺得有趣，就繼續跟她聊著，兩人都沒有注意大門從外面被打開了。

「可以跟阿姨說說，妳和均言是怎麼走到一起的嗎？」

顧顏臉上帶著笑意，第一時間想到的是那次送周寧去醫院，結果被他冤枉了，最後他打著傘出來找她。

她這樣想著，臉上帶著幸福的笑意，「我和他——」

背後冷冷的聲音第一時間打斷了她的話：「顧顏。」

顧顏轉過身，對上對方一雙冷漠的眼睛後，笑容僵在了臉上。

不管那些話是不是真的，有一件事她百分之百確定——周均言不願意她和他的媽媽交流。

周寧對周均言的表現感到奇怪，但最後什麼也沒說。

周均言盯著顧顏的眼睛，半晌才壓低了聲音說：「妳先回去。」

顧顏抱緊懷裡的多肉，那種想吐的感覺又出現了，明明這個聲音在半小時前還在關心自己的。

她感到一陣難堪，沒有再看他的表情，只是和周寧擺了擺手。

「我先回去了，阿姨再見。」

她腳步匆忙地往門口走，腳卻怎麼也塞不進鞋裡，低下頭就看到周均言已經走到她身邊。

周均言神色複雜地看著她，「妳的手機。」

顧顏把手機塞進了盆栽裡，等電梯的時候才意識到她怎麼把多肉也帶走了。帶走了，還能再帶回來嗎？她這樣想著。

回她自己的家才叫「回」，從周均言家出來叫「離開」。

下午六點的陽光依然熱烈，顧顏拖著行李箱漫無目的地往前走，低頭看到自己的手機，後背突然泛起了雞皮疙瘩，紛雜的猜想令她心生畏懼，他是不是看到自己瀏覽器裡搜索的關鍵字了？還是看到她相簿裡沒有刪掉的影片？

這些想法幾乎要壓垮了她，周均言剛剛冷淡地讓她離開的畫面讓她覺得自己就像一個小丑。

他再一次討厭她了，對嗎？

她走了一陣，身後傳來沉重的腳步聲，在這條寂靜的馬路上是這樣明顯，她用力地握住行李箱的拉桿，心上下起伏著，直到一個穿著運動服的中年人從她身邊擦肩而過，一滴眼淚終於順著她的眼角流了下來，只是很快她又笑起來。

他讓她離開的，怎麼還會來找她呢……

到家後，顧顏靠在門口坐了下來。

上一次回到這裡還是周均言送她回來，她摟著他捨不得讓他離開的畫面猶在眼前，不知道過了多久，顧顏迷迷糊糊地爬到床上，用手機線上掛了號。

一整夜她半睡半醒著，天微微亮的時候，家裡出現了不小的動靜。

顧顏坐起了身，直到聽到顧中林的聲音，她再一次用被子把自己蒙起來。

大概是看到了她的行李箱，顧中林直接敲了她臥室的門。

「顏顏？顏顏？」

「進來吧。」顧顏這才發現自己的鼻音有些重。

她聽到顧中林拍亮臥室的燈。

他幾步走近她，站在床邊居高臨下地看著被窩裡的女兒。

「妳怎麼沒有跟著大家一起回來？」他的聲音裡充滿斥責。

「我昨天有傳訊息跟你解釋。」顧顏平靜地回應。

顧中林的微信置頂全是他各大產業的群組，女兒的消息大概在收到的第一時間就被洗到底下了，他並沒有看到。

「妳這樣太不合群了，別人會怎麼看妳？」

顧顏心裡想著隨便別人怎麼想，嘴上卻淡淡地說：「我沒那麼重要，別人不會怎麼想。」

顧中林是在這時聽出女兒聲音的異常，想要掀開她的被子，卻也知道不合適。

「妳怎麼了？是不是生病了？」

顧顏有時會覺得自己的心理很病態，一個人如果對她一直沒那麼關心她會覺得很自在，突然之間向她示好，她反而會難受到不知所措。

她心想——疑似懷孕算生病嗎？

她還沒來得及說話，就聽到顧中林的聲音。

「不舒服的話，我讓妳奶奶帶妳去醫院看一下，我十點還有一個會要開。」

顧顏心裡的彆扭瞬間消失，「不用了，我已經線上掛號了，下午會自己去。」

房間裡沒有人再開口，幾分鐘後，她聽到顧中林在房間裡踱著步，斟酌著開口：「小陳今天早上也回了國，妳想提前回來，其實可以找他一起的。」

顧顏對他口中的「小陳」為什麼提前回國一點興趣也沒有，顧中林見她不給反應，繼續說：「拍攝地的選址出了一點問題，他大概中午能抵達，我讓他下午陪妳去醫院？」

顧顏下意識地想拒絕，話到嘴邊，卻改了口：「好。」

顧中林的手機鈴聲適時地響起，顧顏感到一陣解脫，看來他準備離開了。

臨走前，顧中林隔著被子摸了摸女兒的頭，有些欲言又止。

「有些事不要胡鬧。」

顧顏沉默地忍耐著。

房間安靜下來後，顧顏強迫自己繼續睡覺。

這一次，她沒再夢見自己躺在手術床上，而是夢見自己回到家，一個小孩撲進她的懷裡叫她媽媽。

如果能找到一個形容詞形容她那個瞬間的感受，那就是——惡寒。

在顧顏還在上國中的時候，她早熟地期待著自己一到法定結婚年齡就能擁有一個自己的家，再生一個可愛的女兒，她要把她沒有得到的溫暖全部給她，讓她當全世界最幸福的小公主。

不過這樣的想法隨著年齡增長漸漸改變，她意識到自己的自私還有害怕。她害怕疼痛，害怕在一個未知的生命身上付諸精力與時間，害怕被人分走屬於自己的愛和關心。

出國後的第一次回國，奶奶老生常談地叮囑她絕對不要找一個外國人當老公，她還沒辦法接受一個金髮孫子，顧顏知道那是奶奶在表達對她媽媽的不滿。

顧顏第一次說，我一點也不喜歡小孩，我不打算生。

奶奶只當她在開玩笑，「妳現在還小，等妳真的有了就會喜歡上了，而且沒有男人能接受女人不生孩子的。」

顧顏想起以前上過的一堂課程裡，蓄著長鬍鬚的老師告訴他們：「在生育這件事上，男人是沒有資格發言的。」

直到這一刻，顧顏在心底默念：奶奶妳看，我真的真的一點也不想要小孩。

陳澤旭在下午五點的時候來到她家接她，他並沒有去問她為什麼那麼突然地回國，只是關切地看著她。

「身體還好嗎？」

顧顏點點頭，「真是麻煩你了。」

「沒什麼。」

往醫院開的時候，陳澤旭第一次聊起兩個人高中時的囧事，說起自己當時被好幾科的老師監視，他非常陽光地笑了。

顧顏也跟著笑了一下，只是她不知道想起了什麼，再次陷入了沉思。

大約過了十分鐘，她感覺陳澤旭車速變快，「怎麼了？」

「沒什麼，好像有人在跟著我們。」

顧顏回過頭，卻只看到一輛大卡車跟在他們身後。

抵達醫院後，陳澤旭問她掛了哪一科。

顧顏毫無羞意地說：「婦產科。」

陳澤旭面上有一瞬的慌亂。

顧顏連忙說：「我爸不知道所以才叫你來的，讓你尷尬了對嗎？以後你不用答應他也沒關係的。」

等叫到她的名字後，她回過頭看向陳澤旭，「你在外面等我。」

顧顏知道懷沒懷孕做一下尿液檢測就好，但她還是選擇了超音波。

從超音波室出來後，她整個人放鬆地蹲在原地。

陳澤旭坐在外面的凳子上等她，顧顏看了他一眼後，站起身看向了醫生，不確定地問了一句：「不是懷孕的話，也不會是子宮外孕對嗎？」

醫生莫名其妙地看著她，「子宮外孕？年輕人怎麼會往那種方向想？」

「因為我用了試紙，上面兩條線。」

「有照片嗎？」

「沒有。」

「大概就是假陽性吧。」醫生不耐煩地說著，隨後開藥給她，並囑咐她少熬夜、飲食要均衡。

顧顏點了點頭，拿著批價單和領藥單出了門診。

走出來後，陳澤旭的臉色並不好看，顧顏知道這樣做有多讓自己和別人難堪，但這是她能想到的最乾淨俐落的處理方式。

陳澤旭依然保持著風度，他拿走她手上的單子，讓她在原地等，他去領藥跟付錢。

顧顏整個人蜷縮在門診外的塑膠椅上。

這兩天就像一場噩夢，她的情緒大起大落到即使別人告訴她夢醒了，她依然感到不安。

顧顏閉著眼睛聽著醫院長廊裡等待的人的聲音，很快便發現這些聲音中夾雜著她熟悉的腳步聲。

顧顏睫毛輕顫了一下，很快又翹起嘴角自嘲地笑了。

只是那腳步聲慢慢地在她的面前止住，顧顏頓了許久，收緊了雙臂。

她不敢睜開眼睛，幾秒鐘以後，她聽到那個腳步聲的主人的聲音。

「妳怎麼在這裡？」

顧顏驟然抬起頭，她眼神迷茫地凝視著周均言。

她的表情有些脆弱，好像還在夢裡一樣，她靜靜地看著他的臉，不肯說話。

不時有看病的人經過，空氣裡是醫院獨有的消毒水的味道。

「是不是哪裡不舒服？」周均言見她呆呆看著自己，伸出手去摸她的額頭。

顧顏卻閉著眼睛躲開了，周均言的手頓時僵在半空中。

只是很快，他便平靜地收回手。

睜開眼睛以後，顧顏的眼眶通紅，眼睛裡全是紅血絲。顧顏朝他笑了笑，她舔了舔自己乾得脫皮的嘴唇。

「醫生說我沒事，你不要怕。」

周均言仔細地盯著她的臉，低聲說：「我昨晚有傳訊息給妳。」

顧顏訝異地眨了眨眼睛，「對不起，我沒有看見……」

周均言看著她，許久才道：「昨晚我叫妳先回去是因為……」他眉頭緊緊蹙著，卻怎麼也說不下去。

顧顏看到他的表情，低下頭小聲說：「沒事的，你不用這樣。」

周均言聽著她的鼻音，心已經軟得一塌糊塗。

「那我們回去。」他聲音裡的不確定，只有他自己清楚。

顧顏矛盾地注視著他，她看著他冒汗的額頭還有凌亂的頭髮，感到一陣心痛。

為什麼明明沒有懷孕，身體的不舒服還是這麼強烈？

「我等一下就要回家了。」她強迫自己直視著周均言的眼睛道，「我自己的家。」

周均言愣住，過了一會兒，他看著她泛紅的眼睛，試圖用最尋常的語氣說：「妳不是一直很想買一臺洗碗機嗎？我早上請余虹幫我選了，應該今晚就能送到家了。」

顧顏定定地看著面前的這個人，心底感到前所未有的難過。

「真的嗎？」

周均言點了點頭，他伸手擦掉她下睫毛上掛的淚珠。

「還有妳走之前說，回來要——」

顧顏倔強地抬頭看著周均言，眼淚瞬間從眼眶裡溢出，她突然抬高了音調哭著說：「可是，一直都是我在強迫你跟我在一起，你一點也不想要啊！」

周均言沉默地注視著她，他感覺到有什麼東西在悄然變化著。

半晌，他在她的面前半蹲下，雙手覆在顧顏的手上。他的手心裡都是汗，顧顏的手在他的掌心裡握成了拳。

周均言感到喉頭一陣發澀，他緊緊地包覆住顧顏的手，許久才艱難地說：「我希望妳一直待在我身邊。」

周均言在A市的一個縣區降生，他從出生就跟著母親周寧姓，那時候他還有一個父親，父親孫成海在A市的一所國中擔任物理老師，他是典型的文人性格，對母親好到周圍的人家都羨慕著她。

周均言的童年生活一直無波無瀾，他從小就是個無趣的人，不喜歡看動畫也不愛玩遊戲，大人對他的評價都是——死讀書。

他和親戚們都走得不算近，按照道理，男孩和自己的爺爺奶奶應該很親近，但大概是因為他隨母姓，這件事對他們來說一直是個芥蒂，他們心裡過不去，連帶著對他還有周寧都有些冷冰冰。

國三那年，周均言跟著父母去爺爺奶奶家拜年，到了沒多久，奶奶當著他的面和鄰居說他親情感淡薄，冷血冷肺，一點孩子該有的童真也沒有，她摟著馬上要升國中的外孫讓他好好加油，考到好學校有獎勵。

回到家後，周寧想要安慰他，但周均言覺得自己並不需要，每年依然會去爺爺奶奶家禮貌地拜年然後回家。

高二那年，周均言拿了奧林匹亞全國競賽的一等獎，班導激動地告訴他，保送B大沒問題了。

孫成海頗有種光宗耀祖的感覺，他帶著周寧回了自己的老家還有周寧的老家掃墓，周均言則因為有課並沒有去。

那天晚上，他上完晚自習，走到自家樓下就聽到男人的咒罵聲還有女人的哭喊聲。他跑回家，就看到客廳之中，父親動作粗暴地拽著母親的頭髮把她的頭往牆上撞，嘴裡吐著各種侮辱性的字眼，他血液上湧，丟下書包衝了上去。

孫成海喝了很多酒，一個醉鬼男人的力氣對於女人來說是致命的，對年輕男子來說卻不是，他被小自己二十多歲的兒子輕易地推倒在地。

酒精讓孫成海有些發暈，他罵了一聲髒話，爬起來就去踹周均言的小腹。

本來一直被動挨打的周寧終於哭著上前去拉，「你不准打他，孫成海！」

「老子打兒子天經地義！他媽的他是不是我的兒子還不一定呢！」周均言從沒想過自己一直溫文爾雅的父親有一天會變成這樣這副嘴臉，他抿緊嘴唇像是感知不到疼痛的木頭一樣站在原地。

直到孫成海再次出腳去踢周寧的肚子，周均言終於紅著眼睛將母親拉到身後，回了手。

這是他第一次對自己的父親動手，也是最後一次。

周寧抖著手報了警，那個晚上，孫成海將這件事鬧上了派出所。

孫成海坐在凳子上逢人就指著臉上的傷口，「看，我兒子打的。呵呵，反正不一定是親兒子，我肯定讓他留案底！媽的，娶了一個二手老婆，怪不得一直對我端著一張晚娘臉。」

他一邊嫌惡地說著，很快可恥地流下眼淚。

「漂亮吧！可惜是個二手貨！不知道被多少老頭子糟蹋過！跟我結婚也是看上我老實，想跟著我進城！他媽的怪不得不讓兒子跟我姓！我當初竟然背著所有人像傻子一樣地同意了！」

周均言隱忍地握住周寧的手，直到孫成海因為酒意倒下，母子兩人才回了家。

第二天醒來，孫成海變成了一副鬱鬱不得志的文人模樣，他一語不發地收拾行李後，乾脆地離開了。

那一次掃墓是周寧時隔二十年再一次回到那個地方，如果不是不想掃孫成海的興，她不會再回去。

周寧有一個祕密，其實算不上祕密了。

她在十歲那年被一名高官的司機猥褻，他不敢真的侵犯周寧，但依然對她做了很多噁心的事。他威脅她不准告訴任何人，然後每一週都要到田裡去找他。直到結婚後，周寧想起他那雙骯髒的手在她身上游走，她依然會恐懼得想要吐。

那時她沒有告訴父母的勇氣，直到有一次她在被他脫衣服的時候被一個牧羊人發現，所有人才知道了這件事。

因為他的背後是高官，周寧的父母只能叫她忘了這件事。

她口中說好，卻沒有一刻忘記過。

直到遇到孫成海，他那麼愛她，全家人都瞞著她這件事，她對他有愧疚。因為她確實只是把他當成了救命稻草，她不愛他。

這次回去，周寧沒想到會遇到那個給她一輩子陰影的人，他早已因為猥褻很多女孩子被人告發，現在靠撿垃圾為生。

周寧不知道孫成海聽了些什麼，也不再想知道了，她感到一陣解脫。

兩天後，她收到了孫成海寄來的離婚協議書，周均言歸她，兩個人平靜地離了婚。

離婚當天，周寧將事情完完整整地告訴了周均言，她覺得兒子有知情的權利，她也希望他不要恨孫成海，畢竟他們彼此都有錯的地方。

後來，沒人再提起孫成海，直到高三的元旦前夕。

其實周均言現在已經記不太清楚了，他只記得那天正好是週一，上周他剛站在國旗下演講過，這一次學校還是找了他。

他站在國旗下，看到班導站在校長身邊，表情凝重，眉頭擰著一直在說些什麼。

傍晚時分，在其他人去吃晚飯的時候，班導終於找上他。

她告訴他，他保送B大的資格被取消，因為幾個月前他和他父親動手鬧到去派出所的事被人通報到學校了。

早上的升旗儀式是安撫，班導的表情非常愧疚，周均言只是看了老師一會兒，面色平靜地說：「我知道了，那老師我先去吃飯了。」

班導不知道還能說什麼，只能拍拍他的肩。

周均言一個人走在操場上，操場上只有幾個男生在打籃球，他靜靜地看了一會兒，他們離開後，他撿起草地上的一顆籃球，一個人在夕陽下不知疲倦地投籃，直到筋疲力盡。

最後，他躺在籃球框下望著天空，月亮從雲層中爬出來陪伴他，他的內心感到痛苦和迷茫，月光灑在他身上，他閉上了眼睛。

第二節晚自習的下課鐘響起後，周均言像什麼也沒發生似地回到了教室。

大家都知道他保送資格被取消的事，也知道名額轉給了校長的侄子，都很同情他，但看他本人沒什麼特別的反應，也就當成沒事了。

十點四十分放學後，周均言走出校門，周寧站在校門口的榕樹下，周均言看到她的眼神透著悲哀和自責。

母子倆沉默地在寒冷的黑夜中走回了家。

回到家後，周均言對周寧說了一句話：「我從不後悔跟妳姓，還有，沒有保送我也會上B大。」

他一刻也不曾忘記周寧那天晚上的淚水，還有頭頂的月光，他更加拚命地學習，他知道他沒有失敗的機會。

高三下學期那半年，周均言瘦了整整五公斤，在拿到B大錄取通知書的那一天，周寧做了一大桌菜給他。

兩個不善表達的人在一起生活，有時候真的不知道可以說些什麼。

周均言偶爾會想起自己已經許久不見的親奶奶說過的話，他大概真的是個親緣淡薄的人。

第十一章 周均言

顧顏從周均言家離開後，周寧第二次問他為什麼這麼對她。

周均言看著已經緊緊關上的大門，心想這和他在醫院病房看見顧顏時的情況真是如出一轍。

他該怎麼告訴周寧——我不想讓她說出我們是怎麼開始的，因為那可能會成為妳一輩子的陰影。

顧顏纏在他身邊的時候，他會刻意回避很多問題。

等她出國旅遊後，自己卻不受控制地想起她，例如一個人開車回家的時候，或獨自躺在床上的時候。

他二十五年的平凡人生裡第一次遇到這種人。

這個人滿嘴謊言，對他下藥威脅他，但看向自己的眼神卻是充滿深情和炙熱。她就像打不死的小強，即使被他傷到，下一秒還是會忍不住靠近他。

她的目光像是一棟堅固的房子，時常將他禁錮在裡面。周均言從沒有在任何人身上得到過純粹的愛意，而他在高中就意識到愛是這個世上最不牢靠且千瘡百孔的東西。

愛……他感到迷惘。

他時常覺得這是顧顏的一個惡作劇，她心血來潮，於是找人綁了他，等她玩夠了自然會喊停。

話雖如此，他在面對她的時候，理智卻總是不知去向，從沒有人能像她這樣影響到他，和她在一起的每分每秒都荒謬且……且什麼呢？周均言不願意承認，有時候他會覺得心底升起的那股快樂，或許就是別人所說的幸福。

他努力偽裝成不為所動的模樣，但是只要對上她的眼睛，他就會情不自禁地想滿足她所有要求，而在對她好的那一瞬間，他便會更加地厭惡自己。

他討厭那個看到她失落就會想要她露出笑臉的自己。

和雨夜他因為愧疚而帶她回家時的心情完全不同，他再也無法把自己對她的擔心當成是基本教養。他們差不多四天沒見了，他清楚地意識到自己對她說「妳先回去」時內心的掙扎，看到她低下頭慌亂地穿鞋，他覺得自己還是比較喜歡顧顏不講道理跟他耍賴的樣子。

他們的開始是個錯誤，他們就不該開始。可是這個錯誤讓他牽掛擔心，從沒有人讓他這樣過，除了周寧外，他一直都是獨自一人。

只要顧顏在他身邊，這兩種情緒就會激烈地搏鬥著，他找不到他們的出路。

隔天上班時，每當私人手機一振動，他都以為是她，但是一次也沒有，於是他強迫自己不要去找她。

他好不容易堅持到下班，卻糊里糊塗地發現自己已經把車往顧顏家的方向開去。在她的住宅門口，那輛熟悉的賓利就從他眼前駛過，周均言一眼便看見了坐在副駕的顧顏。

他真是大錯特錯，竟然會覺得顧顏只能坐他的副駕。

周均言雙手緊扣方向盤跟著那輛車，陌生的感覺幾乎將他吞噬殆盡。

對方似乎察覺到他在跟車，等他迂迴地跟到醫院後，早已找不到他們的身影。

周均言是在醫院四樓的一條長廊上看到她的，她整個人低頭縮成一團。

他直覺有什麼東西正在分崩離析，說完那句話以後，周均言感到身體裡長久緊繃著的一根弦終於鬆了，他以為他會覺得羞恥，他竟然會向一個對自己做出那種事的人說出那句話。

可是，他感到解脫與釋懷。

只是顧顏脆弱的神情讓他的心再次被揪起，她看向自己的眼神一點也沒有變，依然是那個樣子，只是溢滿了淚水。

周均言抬起手，想要擦掉她臉頰的淚水，但怎麼也擦不盡。

他順從自己心意地撫過她的臉，輕聲說：「別哭。」

他不懂他為什麼一直為難自己。

顧顏濕潤的眼睛裡閃爍著零星半點的光，周均言卻從她的眼底察覺出防備。

「告訴我，妳在想什麼？」周均言就這樣看著她。

顧顏嘗到苦澀的液體，第一次想——如果她沒有出國就好了，她一直乖乖待在他身邊就好了。

她看著面前這個英俊的人，這是她第一次嘗試去愛的人，那句話是她期待已久的一句話，她卻感到心痛。

在經歷了兩個失眠的夜晚後，顧顏的心仍然在跳，身體卻隨之冷卻了。她的腦子一團亂，她不知道怎麼做才是對的。

剛剛等在她後面看醫生的姐姐與他們擦身而過。

「唉，你們還年輕，還會再有孩子的。」她在進去的時候只聽到顧顏提到「子宮外孕」這四個字，再加上看到兩人這樣的狀態，一時誤會了。

久違的羞恥感再一次浮上心頭，周均言還沒來得及反應，顧顏已經猛地抽走他掌心裡的手。

「我沒有懷孕，是烏龍。」顧顏嘴唇顫抖著說，她不想從他的眼裡看到其他情緒，他會像她一樣惶惑不安嗎？這個橡皮糖竟然試圖用另一個橡皮糖黏住他？

她努力地擠出一個笑，「你不要害怕，就算我真的懷孕，我也一定會打掉的。我跟你說過的，生孩子太痛了，我怕疼。所以……你不要害怕。」

周均言察覺到她不安的目光後，終於明白她剛剛看到自己時說的那句「你不要怕」是什麼意思了。

熾熱的血液漸漸冷卻，有什麼東西轟然倒塌了，他張口半天才一字一頓地問道：「妳以為我在害怕什麼？」

顧顏卻不肯再看他，只是越過他的肩膀看向他的身後，輕輕地說：「周均言，我要回家了。」

陳澤旭在他們身後心情複雜地看了許久，一直沒有上前打擾，這時終於走了過來。

周均言遲鈍地站起身，陳澤旭已經站在他的對面。

他明白自己的使命，知道自己應該開口說些什麼：「學長，我們先走了。」

不知哪個角落傳來成年人的哭聲，這對醫院來說最常見不過。

許久，周均言看著顧顏離去的背影，再一次確定——可以叫停這場惡作劇的人真的一直都是顧顏。

「你叫他學長，你也認識他？」顧顏安靜地坐在車裡，半晌像什麼也沒發生似地突然出聲。

陳澤旭一愣，想了想隨後回道：「他是大我兩屆的學長，我知道他。」

顧顏點了點頭，小聲問道：「那他上學的時候很優秀吧。」

陳澤旭聽著她聲音裡的柔情，一時竟然有些感動，他覺得自己有點好笑，「嗯，他是那一屆最優秀的學生。」

顧顏吸了吸鼻子，突然笑了，「我就知道。」

這一次，陳澤旭沒再接話，許久過去，他才聽到她小心翼翼的聲音。

「你還知道關於他的什麼事嗎？再說一點給我聽吧，我想聽。」

顧顏這一覺睡到二十七日的中午，窗簾讓她與外界徹底隔絕，她中間醒來過幾次，只是看一眼手機，又倒頭繼續睡。

直到飢腸轆轆，她實在撐不住了才坐起來。

她又作夢了，其實她從來沒有這麼頻繁地作過夢。

夢裡，她的身體和陳澤旭一起離開了醫院，靈魂卻依然停留在離周均言只有幾步的地方。

他就這樣看著他們遠去的背影，只是眼神看起來很空洞。

「回家吧，周均言。」顧顏看著他落寞蕭索的身影，心鈍痛了一下。

可是，他看不見她，也聽不見。

過了很久，她看到他對著他們離開的方向輕聲說：「顧顏。」

她讓他傷心了嗎？她想。

顧顏握著手機，在冷氣中瑟縮了一下。

前天傍晚陳澤旭將她送回家時，她向他表示這一切都是顧中林亂點鴛鴦譜，希望他不要放在心上。

陳澤旭了然地說：「放心，我知道該怎麼做。不過，妳可以把妳的心裡話告訴顧總，他很擔心妳。」

顧顏這一覺從週三睡到了週五，下午要去爺爺奶奶家吃飯，三點的時候，顧中林打來了電話。

「睡到現在？我等一下會回去拿要給妳爺爺的茶葉，順便接妳，正好早去早回。」

「我也可以自己過去。」

顧中林還沒回答，突然有插撥進來，他便直接掛斷了和女兒的通話。

顧顏習以為常，簡單地換好衣服，帶著晚飯後要吃的藥就出了門。

差不多一個月沒見司機小王了，坐進跑車裡，顧顏一時覺得車速過快，怎麼都不適應。

過紅綠燈的時候，顧中林又給她打來電話告訴她臨時有事，讓她別等他，他忙完直接過去。

顧顏看時間還早，就問：「那要我回去幫你拿爺爺的茶葉嗎？」

他在對面「嗯」了一聲，也不知道有沒有真的聽進去。

顧顏放下手機，讓小王掉頭。

抵達家門口後，想到每週五家政阿姨都會來打掃，她便沒拿出鑰匙，而是按了門鈴。

果然，很快便有人來開門。

顧顏隨口一問：「您知道我爸都把他的茶葉放哪裡嗎？」

「不太清楚，客廳的櫃子或書房找找呢？」

顧顏先從客廳的櫃子找起，但沒找到，便一邊打給顧中林一邊往書房走。

一進書房，一個帶著大大「茶」字的方形禮盒就被放在桌旁，顧顏走過去，正想拿了出門，赫然發現桌子的正中間，筆記型電腦的下面壓著幾張陳年舊報紙還有幾張照片。

她一眼就認出來照片上的人。

她將報紙抽出來，許久才找回自己的呼吸。

而後，她傳了一封訊息給司機。

「不用等我了。」

五點半時，顧顏坐在書房聽到顧中林沉穩的腳步聲，他語調尋常地讓家政阿姨先回去，隨後人就出現在書房門口。

顧顏拿起一張照片，目光直直地盯著他：「為什麼會有這些？你調查他？」

從別人口中得知顧顏痴纏著一名年輕公務員時，顧中林也沒什麼想法，只不過順手去查了查。

這一查讓他大失所望，周均言七、八年前發生的事在A市也算小有名氣，當時有三家報社想採訪他和周寧，被他嚴詞拒絕了。最後是一家無良媒體，把自己了解到的東西加以潤色後，刊出了一個小版面。

顧中林嫌惡地看著幾年前的舊報紙上寫的周均言父母親的事還有他們在派出所被拍下的照片，他怎麼可能接受那樣家庭出身的人做自己的女婿。

「不是讓妳直接去妳爺爺家？」顧中林鬆了鬆領帶，毫不在意地說道，「我的女兒和一個父不詳的男人搞在一起，身為父親，我查他難道不是理所當然？」

父不詳？原來擊潰她這麼容易。

顧顏身體打著顫，故作天真地問：「哈哈，他要是父不詳，那我就是母不詳，爸爸憑什麼瞧不起他？」

顧中林被她的態度激怒，眉頭的川字變深。

「看看妳那什麼態度？讓妳出去住不是讓妳在外面做這些不三不四的事！我沒管妳就已經很好了，妳還有什麼不滿？」

顧顏遲鈍地點了點頭，「你說對了，我做的確實都是些不三不四的事，但請你不要再去查他，也不要去打擾他了。」

顧中林看著女兒用看陌生人一樣的目光盯著自己，父權的威嚴受到了挑戰，他開始拿起生意場上的那套：「打擾他？啊，他是公務員對吧？」

他意味不明地看了她一眼。

顧顏難以置信地睜大了眼，控制不住自己發抖的身體站起了身。

「你最好不要去打擾他！如果你去，你馬上就會有一個強姦犯女兒！哈哈，你以為你的女兒是什麼搶手貨嗎？都是我去倒貼人家，是我強迫他的！他理都不理我，所以我花你的錢找人綁了他還給他下藥！」她抓起自己的手機晃了晃，冷笑著說，「你不信的話我這裡還有影片。如果你敢去打擾他，我馬上就會讓所有人都知道你有一個強姦犯女兒！」

「閉嘴！」顧中林兩步跨到她身邊，抬起手就想打她巴掌，但對上她毫無閃躲的目光時，他瞬間冷靜了下來。

和小孩子計較什麼？

他將手放在背後，深吸了口氣，換了種語氣。

「妳知道我為什麼沒有第一時間制止妳和他交往嗎？因為妳是我女兒，我了解妳，別人越不讓妳做什麼，妳就越要做什麼。反正你們似乎已經分開了，妳可以試著和其他家庭背景好一點的人談談看。」

他頓了頓後，用著最平淡的語氣繼續說：「妳看過那些報紙就應該知道，我們家是不可能接受這種一言難盡的家庭。」他無視女兒失望的眼神，又道，「不只是家境，他打他爸爸進了派出所的照片不會是假的，他的保送資格被學校取消也可見他的人品，還有報紙上寫的他媽媽被——」

「不要再說了！」顧顏捣住耳朵，背後全是冷汗，她不敢相信這是她爸爸說出的話，「他和他媽媽是受害者啊！」

「什麼受害者？」顧中林哼了一聲，懶得再說下去。

顧顏搖著頭喃喃自語：「你真讓我覺得害怕，讓我覺得……噁心，不對，最噁心的人是我，我確實是你的女兒，因為我從你身上第一次發現自己是多麼讓人噁心！」

顧顏的心臟像是被刀割了一下又一下，她擦掉臉上的淚水，毅然決然地轉身走了出去。

她待不下去了。

顧中林見她軟硬不吃，憤怒地吼道：「站住！妳還是要去找他？」

「對。」顧顏沒有回頭，平靜地說。

「我只跟妳說一次，妳要是敢再和那種人糾纏不清，我的錢妳一輩子也別想再花！房子、車子還有公司，妳全都別想指望！」

聞言，顧顏冷笑一聲，將自己的身分證還有手機從包包裡拿出來後，直接將包丟在了地上。

「那就捐了吧，我不稀罕。」

顧顏頭也不回地跑出家中，直到馬路上才停下腳步。喉頭乾澀極了，她喘了好久，才平復呼吸。

她讓自己忘記顧中林剛剛說的那些話，她只知道自己要去找周均言。這樣想著，她拿出了手機，還沒打開通訊錄，手指已經下意識地撥出了號碼。

可是在按撥號鍵時，她的食指卻頓住了，重要的話應該要當面告訴他。

確定以後，她不再困擾了。

她輕鬆地攔到一輛計程車，坐上車時，她想她這輩子所有的勇氣都花在周均言身上了，這對他來說究竟是好是壞呢？

這個答案，也只有周均言能回答。

她讓司機先將車開回家，再以最快的速度跑回家，將陽臺上的多肉拿上後，再無眷戀地回到車上。

到達周均言住的社區時，她不再將自己困在上次周均言讓她離開的眼神裡，那件事不怪他。

多虧了之前同居過，周均言社區的警衛對她相當熟悉，顧顏不需要任何證明便能自由出入。進了電梯後，她的整個身體都在燃燒，她站在周均言家的門口，低頭看了一眼地上的綠植，最後還是按了門鈴。

「周均言，開門吧。」她將手放在胸口，感受就快爆表的心跳聲。

可是等了半天都沒有人來開門，她的心忽上忽下地跳著，開始用手心拍門，顧顏是在這時才發現她的手上全是汗，她自己都不知道她其實並沒有看起來得那麼無所畏懼。

「周均言，周均言……」

房子裡靜悄悄的，沒有一點動靜。

顧顏突然意識到他可能不在家，這個時間點他會在哪裡呢？

她終於決定打電話給他，可是對面久久沒有人回應。

顧顏的心頭閃過一秒的迷茫，但很快被莫名的篤定所壓下。

週五傍晚的A市滿是喧囂，顧顏站在人來人往的街道上，車流從她面前駛過，鳴笛聲傳進顧的耳朵裡，聽起來並不真切，她一邊執著地打電話給周均言，一邊看了一眼叫車APP，還要等好久……

望著逐漸西沉的落日，她毅然決然地奔跑起來。

她跑到他們曾經逛過的超市，他們第一次看電影的電影院，他被她硬拉著去的電玩城還有她最喜歡吃的那家甜品店，可是通通都沒有她要找的人……

她離開冷氣充足的甜品店時身上的衣服竟然濕透了，華燈初上，霓虹燈在頭頂閃爍著，像是一個又一個小月亮，顧顏站在人潮洶湧的馬路上，茫然地四處張望著。

周均言到底在哪裡？

她站在十字路口，疲憊地看著紅綠燈，對面一家手搖飲料店裡突然走出來一對穿著A中校服的小情侶。

盯著熟悉的校服，顧顏才察覺到自己忘了什麼。

她知道了！

一輛空車迎面駛來，這一刻的司機在顧顏的眼裡就像天使，她飛快地攔下並鑽進去。

「司機，麻煩到A中北門。」

在和司機說完到離操場近的那個門後，顧顏不再執著地打給周均言了。

她相信他多過於相信自己。

「妳以前是A中的學生？」司機看她汗濕的頭，臉也紅撲撲的。

「嗯。」

「啊，今天是你們學校校慶對吧？」

「對。」

顧顏雙手緊握著，她到學校的時候已經差不多七點，學校這裡的路燈還沒亮，北門還沒有關，她沒走兩步就看到了操場。

顧顏徑直往籃球場跑，那個晚上周均言看著那個籃球框的目光在這時湧進了她的腦海。

她彷彿看到了十八歲的他在空蕩蕩的籃球場上沉默地揮灑汗水，最後無助地躺倒在地。

她想要靠近他，陪伴他，卻沒有辦法。

周均言，保送資格被取消的時候，你在想什麼呢？如果我可以陪在你身邊就好了。

她叫他的名字，「周均言……」除了被風吹散的回音，什麼也沒有。

周均言不在這裡。

可是他還能在哪裡呢？顧顏失魂落魄地站在原地，她今晚第一次感到怯意。

她開始小聲地喊出來，聲音帶著哭腔。

「周均言，如果你希望我陪在你身邊，就快點出現在我眼前好不好？天就快黑了，我好怕看不到你啊。」

頭頂的雲層變幻成幽深的黑色，連空氣都透著一股塵土的氣息，要下雨了。

幾秒後，一顆大大的雨滴落在顧顏的睫毛上。

顧顏站在原地好久，最後沮喪地離開操場，校園裡已經空無一人了，她錯過校慶了。

他在懲罰她嗎？她難過地想著。

從南門出來後，顧顏手擋著頭走到不遠處的牆邊，身後的店家因為暑假早已關了門，細雨順著屋簷落下，形成了一道簾，顧顏閉上眼睛將背靠在門上。

寂靜的街道除了雨聲什麼也聽不見，突然間，顧顏的心猛得跳了一下，像是一種預感，她睜開眼，街道上的路燈在這一瞬間亮起，被細雨籠上一層紗。

她屏住呼吸，緩緩抬頭，看到了站在馬路對面的那個人。

雨滴落在顧顏心裡，這讓她再次想到「命中註定」四個字。昏黃的路燈下，兩人隔著一條街道對望著。

她找了一個晚上的人現在就在她面前，但她沒有立刻走過去。

她本來是一隻手拿著多肉的小盆栽，很快變成了兩隻手一起抱著。

她心裡感到一陣窘迫，竟像是第一次見到他一樣。

雨水的味道變得清新香甜。

朦朧的燈光暈在周均言的眼睛裡，他的眼睛很亮，就這樣無聲地看著她。

顧顏感到一陣頭暈目眩，她抑制住想要衝進他懷裡的衝動，有些無措地開口。

「你怎麼都不接電話？」

周均言明顯愣了一下，他拿出口袋裡的手機按了按，最後看向她。

「沒電了。」

顧顏哦了一聲，她的腳尖點著地，小聲問：「校慶好玩嗎？」

「還好。」一貫的周均言回答。

顧顏終於笑了，她的眼裡像是綴滿了細碎的星河閃耀，「那，人來得多嗎？」

「昨天比今天多。」

這種時候，怎麼還在聊這些？顧顏覺得他們有點好笑。

她低頭看著懷裡的多肉，突然又道：「我住的地方陽光真的不怎麼好呢，多肉這兩天一點也沒有長大。」

她緊張地抬起頭，看到對方目光溫柔地回看著她。

「那就把它帶回我們住的地方。」他低聲說。

一時間，她的心像是在雲層起舞，她手忙腳亂地將多肉放在地上，正準備衝到周均言身邊，周均言比她動作更快，他已經幾步跑到她的面前。

屋簷下變得逼仄，剛剛與自己隔著一條街道的人，此刻和自己只有咫尺的距離。

顧顏的背用力地貼著牆，空氣裡除了久違的周均言的氣息，她什麼也感受不到了。

她看著他被雨水打濕的肩頭還有髮絲，半天不敢呼吸。

周均言垂眸望著她的眼睛，聲音有些低啞。

「雨聲太大，我聽不清妳的聲音。」

顧顏貪婪地凝視著面前這個自己一直思念的人，傻乎乎地笑。

「我的房子還有車都被我爸收回去了，我現在一無所有了。」

周均言只是點了點頭，似乎不太意外，「下個月我會升職。」

顧顏並沒有因為他的話感到奇怪，她只是由衷地替他高興，「真的嗎！」

周均言看著她熠熠發著光的眼睛，認真地說：「嗯，養妳應該沒問題。」

顧顏盯著他說話的嘴巴，心沒出息地跳個不停，她幾次張了張嘴，卻笨拙地不知道該說什麼。

她呆呆地看著周均言，眼睛裡已經泛起水霧，「你怎麼會在這裡？」

周均言一字一頓地說：「我覺得妳會來，昨天沒來，今天也會來。」

他的表情很平靜，但顧顏覺得鼻間一陣酸楚，突如其來的幸福讓她開始懷疑眼前的一切。

不會再是夢了，對不對？

她看見周均言俯下身，抬手輕撫她的臉，輕聲呢喃：「然後，你真的來了。」

幸福、彷徨、愧疚還有自責，各種情緒瞬間湧上心頭，顧顏紅著眼睛撲進了周均言的懷裡。

「對不起對不起對不起！」

周均言穩穩地抱住她，不讓她被雨淋濕，而他那顆不上不下的心終於回到了溫暖的地方。

他接納著顧顏所有的情緒，一下一下地拍著她的背，像哄小孩子一樣柔聲說：「對不起什麼？」

顧顏因為他的語氣，眼淚流得更加厲害。

「所有的一切都對不起！對你做的那些事，欺騙你還有強迫你和我在一起這些通通都對不起！我不該傷害你嗚嗚嗚……周均言……我錯了……」

周均言看著懷裡泣不成聲的人，心中充斥著柔情和心疼。這種陌生的感覺，除了她也不會有其他人能給了。

「都過去了。」他聽見自己說。

「你不可以這樣輕易地原諒我。」顧顏的眼淚沾濕了他的衣領，她嗚咽著小聲說。

許久，她聽到周均言無奈的聲音：「我原諒妳，這樣不好？」

「好，你一輩子跟我在一起最好，可是……」顧顏從他懷裡抬起頭，患得患失地說，「我這樣的人也能夠擁有幸福嗎？我可以讓你幸福嗎？」

周均言目光深沉地望著她，他將她臉頰上的淚水擦掉，將她擁得更緊，他貼在她的耳邊低聲呢喃：「除了妳，沒人可以了。」

原來，被愛的感覺是很好的，顧顏將頭埋在周均言的脖頸處，第一次這樣想。

雨漸漸停下，被雲層籠罩住的月亮再次出現在他們的頭頂。
兩人無聲地擁抱著，顧顏突然問：「我們五個月以後還會在一起的，對嗎？」
周均言的喉頭滑動了一下，他握著她的肩膀，在月色下動容地看著她，「只要妳不離開我。」
顧顏用力地搖頭，「我不會，只要你不趕我走，我永遠也不會離開你。」
如此浪漫的夜晚，如果沒有那麼多蚊子，應該會更美。顧顏將手臂上正準備吸她血的蚊子趕走後，催促周均言道：「我的腿撐不住了，我們還是回家吧，而且蟲子好多。」
「好。」
周均言神情自然地將她放在地上的多肉拿起，背對著她微微地彎下了腰。
顧顏驚詫地說：「你要背我？」
「上來。」
眼睛裡泛著熱意，顧顏覺得自己變得好脆弱，之前她沒那麼愛哭的。
「周均言，你的車呢？」她緊緊地攀著他的身體，隨口問道。
「可能被拖吊了。」他語氣淡淡地說。
「真的假的？」顧顏睜大了眼睛？
「假的。」
「可是，這裡離家很遠……」顧顏有些心疼地說。
「摟緊一點。」
顧顏望著這條她看了六年的街道上，有些老舊的店家早已被嶄新的店家替代，時間不知不覺改變了很多東西，她甚至記不得她第一次見到他的樣子了，但她想她永遠不會忘記這一晚。

周均言背她走過的是這座城市最普普通通的一條街，這是俗世裡最尋常不過的一夜，顧顏再一次看著頭頂的月亮，好像它從最初就在陪伴著他們。

顧顏抱緊周均言，閉上了眼睛。如果可以向月亮許願的話，那麼請陪伴他們在平凡的愛意裡一直走下去。

那天的最後，兩人還是搭了計程車回家，因為又下了一場小雨。

看向車窗外側不斷滑落的雨滴，顧顏想，夏天的雨總是來得這麼突然。

門開以後，顧顏乖順地站在周均言身後，不像往常一樣換了鞋自顧自地走進去。

她看著這個只離開了幾天的地方，明明看起來沒什麼溫度，為什麼只有這裡讓她覺得有安全感呢？

周均言牽著她的手直接進了浴室，兩人脫掉身上的濕衣服，在不算大的空間裡緊密貼合著。

蓮蓬頭打開，熱氣很快就將他們圍繞起來。

周均言擠出一點沐浴乳，掌心沿著她的脖頸一路向下，按揉著她的胸乳、小腹還有大腿，顧顏睜著眼睛安靜地靠在他身上，任他幫自己清洗。

洗完以後，周均言用浴巾將她包好，抱進了臥室。

躺到床上後，周均言吻遍她的全身，他的吻像羽毛一樣輕，顧顏眼睛眨也不眨地看著他。

很快，他覆上她的身體，看向她的眼神有些深邃。

「別哭。」周均言撫摸著她額前的頭髮。

顧顏摸了摸自己的臉，才發現自己真的又哭了。
這幾天真的過得很壓抑，即使回到他身邊，她還是害怕這是一場夢。
周均言低頭吻上她的眼皮，性器於這一秒進入了她的身體，顧顏終於閉上了眼睛。
差不多一週沒有做過，進入的一瞬間竟然這麼痛。
周均言剛進到一半就停了下來，他摩挲著顧顏的臉龐，壓抑著聲音問道：「疼嗎？」
一種失而復得的感覺充斥著顧顏的內心，她迫切地需要一場激烈的性愛來讓她打消掉內心的不安。
她點了點頭，很快又搖了搖頭，只是抬起手臂摟著周均言的脖子，說了今晚回到這裡以後的第一句話。
「我想你讓我疼。」
下一秒，周均言低下頭，兩人舌頭糾纏起來。他的手不忘撫弄她的乳頭，以減緩性器插進到底時她的痛感，硬物隔著一層膜在穴裡攪弄著，水聲淫靡，顧顏聽到他低沉的喘息聲，快感來得更加猛烈。
第一次，他們很快就高潮了。
那天晚上，他們做了很多次，他們變換著姿勢，最後一次的時候，周均言是抱著她做的。
顧顏的背貼著他的胸膛，兩條腿向前伸著，周均言從下往上地插進來，一直插到她的腿打顫才射精。
高潮過頭，兩人面對面地側躺著，周均言的手安撫性地輕拍著她的背，顧顏看著燈光下他柔和的眼神，突然說：「其實，今天下午我有來這裡找你。」
周均言拉過她的手，眼睛依然注視著她，「那怎麼不把多肉放下？」

顧顏呼吸放緩，看著他在她的手心落下一個又一個輕柔的吻。

「我以後都不會再做可能會違背你心意的事。」

聞言，周均言凝視著她許久，最後只是沉默地將她摟進懷裡。

夜半時分，顧顏突然醒來，她這幾天睡得太多，再也睡不著了。

她轉動頸脖，感覺到臉旁邊似乎有什麼冰冷的東西，睜開眼睛，月光下一把金色的鑰匙就躺在她的眼前，她盯著看了許久，又小心翼翼地去摸了一下，才確定就是那串放在綠植下的鑰匙。

周均言什麼時候去拿來放的，她都不知道。

顧顏愣愣地看向周均言，他的眼睛閉著，手攬著她的腰。

其實周均言在顧顏動的時候就醒了，他一睜開眼，兩人在深深的夜色下對視了一眼。

「睡不著？」周均言沒有提鑰匙，只是關切地看著她。

顧顏搖了搖頭，笑著說：「我想再看看你。」

周均言心情複雜地再一次將她摟進懷裡，「我就在這裡，明天再看。」

顧顏聽著他沉穩有力的心跳聲，悶聲說：「我們一定要永遠睡在一起啊。」

週一早上，顧顏還是和周均言一起去上班。

公司是顧中林的公司，但班還是要上。

其他員工昨天剛回來，放假這麼多天，累積了不少業務，大家沒時間聊天，各自投入自己的工作。

下午，顧顏在公司還是碰見了顧中林。那一整天，她都抱著被他掃地出門的打算，結果最後什麼也沒發生。

幾天後，顧顏收到了一個快遞，拆開一看，原來是她那天丟在家中的包包。

那一刻，她的心情很複雜，難以言喻。其實她已經過了對父母苛責很多的年紀，也不期待任何人為她改變。

顧中林就像一面鏡子，顧顏想，她永遠也不要變成那樣。

兩個月後的某天，周均言在下班的路上突然跟她說：「一會兒要去我媽那裡一趟。」

顧顏想了想，「正好許嫣約我看電影，你送我過去之後去看阿姨吧。」

周均言側頭看了她一眼，「電影跟我看，今天和我一起回去。」

顧顏咬住嘴唇，忐忑地說：「可以嗎？」

「有什麼關係。」周均言眼睛直視著馬路，左手覆在她緊握的雙手上。

到了周寧家以後，周均言一直牽著顧顏的手不放，令她有點害羞，但見對方若無其事的樣子，她也漸漸放鬆了下來。

顧顏後知後覺地發覺周媽媽大概早就知道他們「和好」了，她打開門後看著自己的眼神都透著溫情。

顧顏不知道周均言是怎麼和周媽媽說的，大概是，撒謊了吧。

吃飯前，顧顏去浴室洗手，周均言也跟著她一同過來，他背倚在門框上看著她。

顧顏眼神怪異地看了他一眼，小聲問：「你剛到的時候不是洗過手了嗎？」

周均言應了一聲，仍舊站在原地。

「那你站在這裡幹嘛？讓我覺得自己好像是沒有斷奶的小孩……」

顧顏一邊說，一邊將右手上的水往他的臉上輕輕甩了一下。

周均言側頭躲過，看向她的眼神卻很認真，「妳不是希望我在妳害怕的時候陪在妳身邊嗎？」

「我什麼時——」顧顏這樣說著，腦海裡驟然浮現處山洞裡她騙他自己生日，對著枯枝許願的畫面。她從沒想過他還記得，一時只能睜大眼睛望著他。

周均言見顧顏的手都要搓紅了，他上前兩步，關掉了水龍頭，拉住她的兩隻手把她牽出來，顧顏心底的不安瞬間被更為酸脹的情緒填滿。

吃完飯的時候，周寧去儲藏室找環保袋，周均言讓顧顏休息一下，他把碗放進洗碗機裡。

買了洗碗機以後，周均言覺得很方便，也買了一臺給周寧。

顧顏抽出幾張餐巾紙正準備擦餐桌，桌上的手機突然震動了。

她看了一眼螢幕，起身往陽臺走去。

「喂，外婆？想我啦！明晚去吃飯嗎？」顧顏手摸著玻璃窗的窗花，繼續說，「可以啊，幫妳買的藥妳吃完了嗎？好好，那明晚見。」

掛掉電話後，顧顏在原地停了一下才轉身走回客廳，周均言正站在那裡等她，探究的目光停留在她臉上。

周寧拿著兩個環保袋出來，對兒子說：「你們晚上有事的話，超市我自己去就好。」

顧顏連忙擺手，「沒事，我們正好也想去超市買東西。」

周均言收回目光，「超市九點就關門了，快出發吧。」

初秋時分，車在露天停車位剛停了兩個小時不到，車蓋上已經落了不少樹葉。

周寧的潔癖嚴重，從副駕繞過去伸手想要拂掉，突然聽到兒子毫無起伏的聲音。

「媽，記得坐後座。」

周寧停下腳步，一時沒明白兒子在說什麼。

顧顏站在他身邊，也沒聽懂他突如其來的一句話是什麼意思。

他面無表情地說：「她不讓五十歲以下的女性坐副——」

顧顏沒想到會聽到這句話，瞬間雙耳通紅，連忙伸手摀住他的嘴。

「我才沒有！」顧顏原本還在糾結明晚的事，現在只剩羞恥了，不知道周媽媽會把她想成什麼樣的妒婦……

周寧看著兒子眼底的笑意，心裡只覺得百感交集。

她半年前剛過五十周歲生日，周均言給她包了很大一個紅包，他怎麼會不記得？

他長那麼大，她第一次見他逗女孩子。

周寧也不再關注車上的枯葉，率先進了後座坐好。

周均言一隻手握住顧顏的手，用另一隻手拉開副駕的門，目光平靜地看著她，「快進去，天晚了。」

顧顏用很沒有威懾力的眼神瞪了他一眼，坐上車裡她一時覺得羞愧，心裡卻不由自主地冒著甜蜜的泡泡。

臨近連假時，顧顏搬了一張椅子在書房陪周均言工作，她刷社群時看到很多旅行社的廣告，無意識地說了一句：「我也好想出國玩喔……」

過了好久，她聽到周均言低沉的回應。

「可以。」

顧顏瞬間眼睛發光地盯著他看，隨即眉頭又蹙起來，「好請假嗎？」

周均言看她幾秒鐘內已經變臉好幾次，一時覺得有些好笑。

「沒那麼難，跟同事講好就好。」他故作嚴肅地說。

誰知下一秒，顧顏就興奮地跨坐在他大腿上，對著他的臉親個不停。

盛情難卻，周均言摟住她的腰，過了好一會兒才拍拍她的背。

「好了，妳這樣我沒辦法工作。」

顧顏又黏在他身上痴纏了好一陣才下來，沒過一會兒，顧顏把臉枕在他放在桌子的手臂上，痴迷地看著他。

「你還沒說我們要去哪裡呢。」

周均言一邊敲著鍵盤，一邊說：「妳之前不是想去峇里島？」

顧顏眨了眨眼睛，愉悅地說：「對，那我現在就去做攻略！」

周均言目光溫柔地看了她一眼，「妳只要人過去就好。」

顧顏忍不住把臉在他的手臂上蹭來蹭去，「啊，我好幸福哦，不能再更幸福了！」

接下來幾天，她不知疲倦地準備著出行的東西，這是她和周均言的第一次旅遊，她從沒有那麼期待過。

幾週後，出發的日子即將來臨。

和同事吃完飯後，顧顏看了一下手機，周均言應該還在休息時間，她想跟他打個招呼再回家。

站在辦公室門口，她看到周均言皺眉握著手機，顧顏叩了叩門，對方立刻抬起了頭。見到是她時，他的眼神有一刻的慌亂。

顧顏突然有種不好的預感。

很快地，現實就告訴她，她的預感在他身上永遠不會出錯。

周均言走到她面前摸了摸她的頭，告訴她，這幾天會有長官來視察。

他這一句話說得很慢，顧顏有些茫然地抬頭看他，心裡已經明白過來，嘴上卻依然問道：「所以呢？可、可是我們機票已經訂了，周均言……」

周均言知道她有多期待這次旅行，他看著她眼裡的光瞬間暗下去，立刻去拉她的手。

他從以前就很厭惡那些開空頭支票的人，對著她的眼神也忍不住說：

「下次。下次我一定──」

「好，我知道了。」顧顏低著頭抽出手，她知道自己就快哭了，不對，她現在的表情一定比哭還難看。

「我已經放假了，先回去了。」

她這時候不想跟周均言說話，明知道不能夠怪他，但就是難以控制心底滋生的失望。

「我找人送妳下去。」周均言不放心地看著她，他十分鐘後還有一個會，只能拜託一名女同事送她下去。

晚上七點，周均言回到家。

他今天開了一整天的會，領帶勒得他喘不過氣來，他從來沒這麼累過。

家裡沒有一點光亮，他站在玄關打開燈，看著空蕩而蕭索的客廳，叫了一聲顧顏，沒有人回應。

直到推開臥室的門，看到被子微微隆起，他的心才落回原處。

周均言沒有開燈，動作很輕地走到床頭停下。

藉著窗外淡淡的月光，他看到顧顏閉著眼睛，可是周均言知道她沒有睡，顧顏睡著的時候嘴唇會微微翹起，眉頭也不會這樣皺著。

他就這樣沉默地看了她一會兒，久到顧顏翻了個身背對著他。

周均言看著她埋在被子裡的小腦袋，低頭將床頭櫃上的燈打開，燈光是黃色的，並不刺眼。

「吃過晚餐了嗎？」

顧顏在被子裡睜開眼，依然沒有說話。

幾分鐘後，顧顏聽到了他離開的腳步聲。門關上的同時，她的眼淚順著眼角滑落，毫無預兆地。

在知道他沒辦法帶她出去旅遊時，她都沒有哭，現在竟然為了他轉頭就走而哭，太傻了吧？她吸了吸鼻子，用被角擦著眼角的淚水，眼睛渙散地看著眼前的衣櫃。

沒過兩分鐘，門再次被打開，顧顏感覺到床墊下陷了一點。

「還在生我的氣？」周均言坐在她身邊，聲音柔和地問。

聽到他的這句話，顧顏又想哭了。

周均言掀開她臉上的被子，猝不及防地摸到了大片濕潤，他手上的動作頓了頓，下一秒將顧顏抱坐在自己腿上，把她圈在自己懷裡。

顧顏別過臉，用力地閉著眼睛。

周均言卻固執地扳過她的臉，看著她泛紅的眼，他的心裡有些急躁，只是不斷地吻她。

「不要不說話。」

就這樣被他抱在腿上安撫了許久，顧顏才緩過來，她看向他的眼神有些難為情，還有些脆弱。

「我沒有生氣，我只是……不知道要說什麼，我也不想因為這種事和你生氣。」她說著說著垂下了眼睛，小聲地說，「而且，我怕我跟你生氣的話，你不會哄我……」

周均言心疼地看著她低垂的頭，許久後，他將下巴靠在她的肩膀上，低聲說：「妳可以對我生氣看看，我會哄妳的。」

他的氣息就灑在她的耳畔，顧顏在他溫暖的懷抱裡輕輕地顫抖了一下。

周均言緊緊地擁著她，「以後的每一次，我都會哄妳。」

顧顏吸了吸鼻子，看向他的眼神有些閃躲，「每一次……還有下次啊？」

周均言注視著她濕潤的眼睛，低頭吻了一下。

「沒有了。」

就在這時，顧顏的肚子不合時宜地叫了一聲，她羞澀地低下頭。

周均言寬大的手掌心貼在她的肚皮上輕撫了撫，「餓了嗎，水餃快煮好了。」

顧顏愣愣地看著他，「你剛剛是去幫我煮水餃？」

周均言點了點頭。

顧顏突然破涕為笑，「嗯，好像餓了。」

周均言給她找來一件開衫套上，提著她的拖鞋又把她抱到客廳的沙發等著。

顧顏坐在沙發上，不知怎麼竟然想起自己國一那年的一件事。

老一輩的人習慣在農曆生日那天給她慶生，顧顏還記得國一那年的十二月一日正好是週五，放學以後她一個人待在客廳看電視劇，也不能說是一個人，因為家政阿姨在陽臺擦窗戶。

她其實已經記不清那部電視劇的名字了，只記得男女主角在少年時期邂逅，時隔多年再相遇，他們還是愛上了對方。

顧顏在還不懂愛的年紀已經學會被愛打動，她嗚嗚地流著淚說：「他們的愛真好呢。」

家政阿姨隔著老遠的距離聽到她的話笑了，「妳才多大，懂什麼是愛嗎？」

顧顏擦了擦眼淚，她淚眼朦朧地看著全劇終時螢幕裡倒映著的小小的她，傻傻地希望在這個世上有一個人這輩子只愛她，她也只愛那個人。

顧顏從久遠的記憶裡回過神，她看向廚房裡那個為她忙碌的身影，終於忍不住跑進廚房，從背後抱住周均言。

周均言任她依靠著。

「等急了？」

顧顏搖了搖頭，悶不作聲地將臉貼在他背上。

她想對十年前那個獨自坐在沙發上看著電視劇流淚的小女孩說——

妳知道嗎？顧顏十三歲的生日願望，已經實現了。

——《恣意獨占》完

番外一

來年春末的連假，周均言終於有了五天假期和顧顏出國旅遊。

不過他們並沒有選擇之前計畫的峇里島，而是前往了歐洲。

第一站是西班牙的巴賽隆納，他們下飛機時已經是當地半夜，搭計程車到飯店又花了一些時間。

顧顏睏得眼睛早已睜不開，頭靠在周均言手臂上，等他辦好入住後，洗澡還是他抱著她去洗的。

等洗好澡出來，顧顏摘掉身上的浴巾就想往床上躺，周均言皺著眉讓她在一邊站好。

她就這樣看著他從行李箱裡拿出了一整套床上用品——枕巾、床罩、被套……

顧顏知道周均言有潔癖，但沒想到這麼嚴重。

救命……

顧顏睏得眼帶淚花，她沒忍住說道：「你真的很麻煩耶！」

周均言心想，還不是因為她有事沒事就喊過敏，持續換著花樣折騰他，否則他才懶得管她。

「嫌麻煩妳就不要躺。」

他弄好第二顆枕頭，不經心地看她一眼，上了床。

顧顏早已習慣他的口是心非，直接掀開他身上的被子，趴到他身上，隨後把手放在他兩腿間大剌剌地拍了拍。

「我今晚實在太累了，看樣子不能滿足你了，你不會介意吧？」

到底是誰滿足誰？周均言無言地握住她的手，放到自己胸口固定好。

「嗯，別客氣，累就安靜。」

顧顏卻在這時突然想起一件事，立刻在他懷裡仰起頭，叮囑周均言設定六點的鬧鐘，她要去巴塞羅內塔海灘看日出。

周均言不贊成地將手機直接放到床頭櫃上，並沒有搭理她。

他將她整個人摟進懷裡，聲音因為疲憊變得低沉：「妳起不來的。乖，好好睡覺。」

他這一句話激起顧顏的反抗心理了。

「我起得來，我當初追你的時候每天都很早起！」

周均言輕拍她的後背，就像是沒聽見她的話，直接拒絕了她。

「好了，別說胡話了。」

「不要，我想和你看日出！」

周均言不明白為什麼顧顏對於每個地方的日出日落那麼執著，他不知道都有什麼不同，但她就像是看不夠一樣。

不過他是磨不過她的，顧顏太會纏人，最後他只能冷著臉起身，定了一個六點的鬧鐘。

眼看著離起床時間還有不到四個小時，周均言真是無話可說了。

「不要這個表情嘛，我肯定起得來的，我保證。」

顧顏用力地親了一下他的下巴，沒什麼心理負擔地再次窩在他胸膛上，打了個哈欠，有氣無力地說：「晚安，快點抱我。」

周均言關掉燈，認命地閉上眼睛，摟緊了懷裡的纏人精。

當然，周均言對顧顏的認識是相當深刻的。

他在鬧鐘響起時第一時間就起了身，而身旁的人兒如同往常一般，就像是沒聽到鬧鐘般熟睡。

周均言沒開燈，動作很輕地拿開纏在他身上的一隻手和兩條腿，先下了床去梳洗。

等他連衣服都已經換好，顧顏還在睡，睡姿甚至都沒變。

周均言嘆了口氣，俯下身拍了拍她的臉。

「顧顏，起來。」

顧顏哼唧了兩聲。

周均言低聲說道：「妳答應我不會睡懶覺的。」

顧顏閉著眼睛搖了搖頭。

周均言無可奈何地在床邊蹲下，不過他覺得顧顏有一個優點是從來沒有起床氣。

辦公室的人聚餐時經常吐槽他們的老公老婆，心情不好的時候能因為起床這種事吵一架。周均言無法與他們產生共鳴，因為他家這位不管幾點被他叫醒，只要睜開眼睛看見是他也只會對著他傻笑，然後親他一下。

只不過，親完她會閉上眼睛繼續裝死，每次都是如此。

「不要，我好睏，你就讓我再睡一下嘛，就十分鐘。」

顧顏豎起一根手指跟他保證。

周均言將她的食指握在手裡親了親，好笑地看著她。

「妳不是說為了跟我一起看日出，什麼苦都可以吃？」

顧顏將頭縮進被子裡，小聲說：「沒關係的，看日落也可以，不然我們明天早上起來還可以看，求求你再讓我睡一會兒吧。」

發現周均言不應聲了，她自己大概也覺得有些不好意思，又厚著臉皮探出頭，摟著周均言的脖子讓他上床陪她再睡十分鐘。

就這樣，兩人睡到了吃飯時間——午餐的。

醒來的時候，不知道是不是因為心虛，顧顏感覺周均言的臉色都是冷的。

顧顏跟他說話，他也是嗯哦嗯哦，愛理不理的。

原定的行程直接砍了一半。

他們按照網路上的推薦找了一家網紅餐廳吃了海鮮飯以後，直接去了海灘。

顧顏挽著周均言的手臂，經過停靠在港口的船隻和遊艇。

海平面在太陽的照射下熠熠發著光，幾隻海鷗並不懼怕遊人，就這樣立在岸邊，它們仰起的頭也染上了瑰麗的色彩。

正是午後，沙灘上很多穿著比基尼的人躺著曬太陽，顧顏目光警覺地看向周均言。

「看我幹什麼？」周均言目光一貫的平靜。

顧顏踮起腳，雙手捧住他的臉，很是嚴肅地說。

「除了我，不准看別的女人喔，不然我會很生氣。」

周均言還是不習慣顧顏在公眾場合動手動腳的毛病，但也不到討厭就是了。

他表情有些彆扭地拉下她的手，不自然地看向海面，「妳能不能別在人面前——」

顧顏知道他要開始說教了，嬉皮笑臉地打斷他的話，又湊到他面前。

「幹嘛？讓我不要在人前對你上下其手嗎？」

周均言順了順她那被海風吹亂的頭髮，垂眸看著她，好半天才說：「『上下其手』不是這麼用的。」

顧顏愣了一下，成功被他打岔，也忘記自己剛剛在幹嘛了，她哦了一聲以後，叫周均言拿出包包裡的相機，指使他幫自己拍照。

晚上，他們在海邊吃了飯，後來還散步散到巴賽隆納最著名的酒吧附近。

顧顏和周均言撒嬌，進去只喝一喝氛圍，不會待很久，周均言才勉強同意。

只不過他們還沒進去，一對情侶已經撞到他們身邊，見周均言表情冷峻，便和顧顏打了招呼。

顧顏的英語早就還給美國的老師了，只能和兩個西班牙人用破破的英語對話。

情侶中的男人問顧顏他們打算在巴賽隆納待幾天，顧顏剛說了兩天，就看見他們目光閃爍看了周均言一眼。

他問顧顏，她和周均言今晚有沒有意加入他們。

顧顏腦子還沒反應過來，肩上的手掌陡然用了力，周均言沉著臉攬住她的肩膀拉她離開。

走上回飯店的街道，顧顏才回過神來。

「他們這是邀請我們3P？那是要我加入他們，你加入他們，還是他加入我們？」

顧顏被自己的想法給逗樂了，抬起頭才發現周均言的臉已經臭到不行。

周均言鬆開攬住她肩膀的手，退後一步，冷冷地看著她。

「妳感興趣？不然現在回去留個聯繫方式？」

顧顏立刻收起笑容，搖了搖頭，「沒有，我對那些亂七八糟的玩法一點興趣都沒有。」

見周均言還是一副冷冰冰、不為所動的樣子，顧顏終於忍不住地靠在他身上，笑出了聲。

「我就是好奇問問嘛，幹嘛這麼小氣？一點玩笑都不能開。」

周均言推開她，依舊板著一張臉，「我就是小氣，妳想都別想。」

到了飯店，周均言直接換了鞋就往浴室走，顧顏跟著黏上去，提醒他不可以忘記幫她洗澡的好習慣。

周均言沉默著轉過身面向她，他動作靈活地剝掉顧顏身上為了拍照好看才穿的紅裙子，內衣也被他熟練地扯掉丟在了一旁。

他把她放進浴缸後，自己也踏了進去。

六百歐元一晚的飯店，浴缸當然格外寬敞。

顧顏躺在浴缸裡，愜意地任由周均言將溫熱的水淌遍自己全身。

周均言的身上散發著淡淡的柑橘調沐浴油的香味，顧顏覺得自己有些奇怪，她心動的點大概和其他人不太一樣，她看見周均言的髮梢沾著水滴，身體突然有些發熱。

於是，周均言看見顧顏將兩條細白的腿抬起，一點一點向上，勾住他精瘦的腰，臉上也泛起甜蜜的笑容。

周均言眼簾微垂，「幹嘛？」

水氣蒸騰的空間裡，兩人灼熱的視線對上，顧顏挑逗地用腳趾觸碰他的身體，「你都不想做嗎？」

周均言嘴角輕扯，捉住她的兩條腿放在肩上，最後將臉埋進了她的雙腿間。

他一隻手扣住她的腰，另一隻手愛撫著她的乳頭，高挺的鼻尖頂弄著陰蒂，舌尖不由分說地模仿性交的動作插進她的穴內，在裡面攪弄著勾出濕滑的液體，舌頭被濕滑甬道包裹。

聽到顧顏的呻吟聲，周均言的內心感到一陣安定。

顧顏的身體就像過電一樣酥酥麻麻的，她背靠在浴缸裡，除了周均言吮吸她小穴的嘖嘖聲，她什麼也聽不見了。

她大概離缺氧不遠了，口中因為來勢洶洶的快感而忘情呻吟著。

就在快到達頂點時，顧顏白皙的手指插進周均言早已被水打濕的頭髮裡，失控地尖叫，噴了周均言整臉……

緩了一陣子後，周均言才用舌頭把她泛濫成災的下體一點一點地清理乾淨。他每含吮一次，顧顏就在他的懷中瑟縮一下，看起來乖巧極了。

周均言站起身，他看著顧顏在他唇舌的操弄下整個人身體泛著粉，她的雙腿仍然大敞，像是在邀請他進行新一輪的性愛。

他用浴巾包裹住她，抱著她回到了床上，顧顏翻身擺出跪趴的姿勢，讓周均言從後面進入。

兩人正是精力旺盛的年紀，往日在家裡，早上兩人只要視線一對上，就難以自控地糾纏起來。

顧顏試圖將臀部貼近周均言，以便他能進入得更深，周均言胯部向前用力挺動著，右手不忘扭過她的臉，深深地吻下去。

唇舌交纏，他們接了一個幾乎讓彼此窒息的吻。

此時，周均言性器頂入的節奏也如狂風暴雨般加快，身下的彈簧床墊隨著他抽插的動作發出曖昧的聲響。

「不知道這裡隔音……啊……怎麼樣……」

許久，顧顏離開周均言的嘴唇，她面色潮紅，雙手無力地撐著床頭，被周均言不斷向前頂著。

而周均言搗弄得更加強勢，他低頭開始舔吻她小巧的耳垂。

眩的高潮。

顧顏立刻打了顫，「我……不行了！」

「才到哪裡而已。」周均言低喘著將她拉近。

極致的快感讓顧顏仰頭靠在周均言的頸窩扭動喘息起來，長久地體會著令她頭暈目眩的高潮。

周均言一鼓作氣地往裡衝，最後盡數釋放於她的體內。

兩人訂的是巴賽隆納小有名氣的海景房，透過窗戶可以俯瞰整座城市。

在吹乾顧顏和自己的頭髮後，兩人再次回到床上，他雙手環住顧顏的腰，心跳在遠處浪漫的月色下漸漸趨於平靜。

顧顏在他懷裡翻了個身，將雙腿翹在他身上，抱怨道：「太久沒走那麼多路了，腳心到現在還麻麻的。」

周均言聞言眉頭緊皺，他握住她在他身上作亂的右腳，「我也沒看過有人旅遊還穿高跟鞋的。」

顧顏怕癢，周均言的手剛放上去，她就咯咯笑起來。

「你長太高了，怪你。」

周均言用另一隻空手箍住她的肩，故作嚴肅地說：「老實點。」

下一刻，右手卻小心翼翼地在顧顏的腳心揉捏起來。

「這裡疼？」他看向顧顏的眼神仍然帶著責怪，語氣卻溫柔許多。

顧顏在他懷裡仰起頭，眨了眨眼睛，用商量的語氣道：「如果可以稍微輕一點就好了。」

周均言瞥她一眼，「真麻煩。」

顧顏感覺腳上的力道輕柔了許多，一時間意識被睡意包裹。

她抬頭給周均言一個晚安吻後，試圖收回自己的腳。

「不用按了，休息一晚就會好了。你也早點休息，明天才好叫我起床，晚安。」

因為睏倦，她的聲音越來越小。

周均言卻沒依言放開她的腳，他聽到顧顏的呼吸漸漸變得悠長。

她睡著了。

周均言低垂視線，親了親懷裡人的頭髮。

端午假期，周均言把顧顏送回了她爸爸家吃晚飯。

他事先準備了一些禮物，不過顧顏提上了他買的東西，卻沒有要他跟她一起去吃飯的打算。

周均言不是不懂她的顧慮，所以他也只是捏捏她的臉，說晚上再來接她。

他順路去超市買了一些全麥麵粉，還有糙米。從超市出來後，他看了一下時間，六點半，還早，便將車開到了周寧那裡。

這段時間，顧顏一到晚上就說肚子餓，她自己懶得動手，非要叫外送。

周均言認為外食不夠衛生，堅決不讓她叫，但又耐不住她喊餓，只好親自動手做。

從前他只會簡單的煮水餃、炒飯，在經過她的折騰後，也逐漸學會了做各種麵點。

今早顧顏吃的肉粽就是他包了一個晚上的成果。不過她早上胃口一般，只吃了半個，剩下的半個硬塞給他。

到了媽媽家，周均言一眼就看到了周錫的棒球帽。

周寧沒想到周均言會來，昨晚他打電話來，問粽子該怎麼包，她以為今天他會和顏顏兩人待著。

周均言和周錫打了個招呼，先去浴室把壞掉的燈泡換了。

「哥你怎麼知道燈懷了？我剛剛聽姑姑說了，正準備換呢。」

周寧本來在客廳給周錫裝粽子，也在好奇。

「她從這邊回去時告訴我的。」周均言說這句話的時候語氣淡淡的，一邊將壞掉的燈泡給轉了下來。

周錫反應半天才明白這個「她」指的是誰。

再看他表哥眉目祥和，和從前那個一臉嚴肅的冰山真是判若兩人。有女朋友就這麼得意嗎？他面帶豔羨。

他們和周寧聊了會兒天，又幫忙把樓上的一些東西送到車庫，就一起走了。

周均言說要去接顧顏。

周錫駕照一直沒考過，自然要搭他的車。上車前，他故意從副駕繞了一圈，再坐到後座去。

周均言瞥了他一眼，說了今晚第一句重話。

「你有什麼問題？」

周錫樂了，「姑姑不是說，顧顏不讓別人坐你副駕嗎？」

「亂講。」周均言發動車子，問了周錫的目的地後說，「上次她在醫院門口看到年紀和她差不多的女孩子不舒服，就讓人家坐了副駕。」

有時候顧顏只是孩子氣，喜歡和他撒嬌。

他不喜歡別人誤解她。

周錫看自家表哥那副護短樣，故意誇張地說：「了不起，她真是真善美的化身，再世天使！」

本來以為會迎來一頓臭罵，對方卻笑了。

「她大概會很喜歡這個評價。」

「唉，真羨慕你們，為什麼我就遇不到對的人呢……」周錫前陣子遇到一個大他幾歲的姐姐，只不過見了幾次，人家就覺得他無聊，再也不聯繫他了。

他繼續訴苦：「唉，為什麼我喜歡的人都不喜歡我啊……」

周均言一邊算著到顧顏家的時間，一邊思考自己是不是有必要安慰一下失落的表弟。

「你活到現在，喜歡過多少人？」他試圖轉移一下話題。

周錫本來在認真思考這個問題，突然之間目光變得不善。

「成年以後就兩個。」其中還有一個剛萌芽就被告知名花有主，這個主還是他那冷面表哥！

周均言沒有察覺到他的視線，「兩個？」

周錫陰陽怪氣地說：「是啊，一個是最近那個姐姐，另一個是誰，你也知道吧。」

周均言不懂現在的年輕人是不是都那麼情緒化，不過顧顏雖然情緒化，但相對來說非常好哄。

「我怎麼會知道。」他並不在意問題的答案。

周錫朝他表哥的後腦勺撇了撇嘴，過了半分鐘後問：「你是先去接她，再送我回去對吧？」

周均言點點頭，周錫家正好在回他家的路上。

半分鐘後，周均言突然看向後視鏡，他的視線變得有些銳利。

「周錫。」他叫出了表弟的全名。

周錫本來還坐得吊兒郎當的，瞬間在座椅上坐直了，「怎、怎麼了？」

周均言用審視的目光看著他，「不要告訴我，你對她還有那種想法。」

聞言，周錫差點氣笑了。

他立刻狗腿地說：「表哥，你知道顧顏是用什麼眼神看你的嗎？她看你就像要在你身上留下一個洞，肉麻到蜜蜂都會覺得過甜好嗎？哪還會有人去喜歡一個永遠不可能看自己一眼的人？」

周均言一愣，神情頓時放鬆下來。

那晚，周錫感謝自己能說會道，沒有被提前趕下車。

——番外一完

番外二

那是一個平常的週末晚上，顧顏窩在周均言懷裡看電影。

如果讓周均言來定義，他會說那是一部毫無意義的電影。

聽顧顏說，這部電影是改編自一部著名的日本動畫。

女主角在高中對男主角一見鍾情，機緣巧合住在了一起，最後的最後，他們結婚了。

周均言全程被電影吵得耳朵疼，低頭看懷裡的顧顏也不像是喜歡的樣子。

「妳不喜歡為什麼要看？」他摸了摸她的後腦勺問道，他純粹感到不解。

聞言，顧顏仰起頭，「你不覺得看這種電影很紓壓嗎？看著這些奇奇怪怪的人，就不會覺得自己奇怪了。」

她將沒吃完的薯條塞進他嘴裡。那是兩個小時前，周均言放進烤箱烤的，光是把馬鈴薯切成條狀就花了他四十分鐘。

周均言剛想說，妳一點也不奇怪，就聽到顧顏繼續說話。

「這部確實很爛啦，害你浪費了一個晚上陪我。」她抱歉地親親他的臉，「不過不知道為什麼，看到人可以和自己從前就一直喜歡的人在一起，就感覺很浪漫。而且校園片會讓我很懷念上學的時光，難道你不會這樣嗎？」

同時她也會感到遺憾，要是她可以和周均言一起上高中就好了，說不定早就靠她的美貌和智慧搞定他了！

不同於興奮的顧顏，周均言的反應很平淡。

「我的高中沒有什麼值得懷念的。」他神色如常地說。

其實周均言並沒有帶什麼情緒，他甚至沒什麼記憶了，但他的話落到顧顏耳朵裡就不是那麼回事了。

她為他的過去感到心疼，於是她捧住了他的臉。

「周均言，這句話我只跟你說這一次。」她眉眼帶笑地看向他，「本來我想把這個當作祕密的……」

周均言那雙深邃的眼睛就這樣定在她的臉上，他看著她湊到她耳邊。

這晚，顧顏說了一個有點複雜又很簡單的祕密。說完以後，她一臉期待地看著他。

周均言望向她的目光從複雜到晦澀，他的腦內不斷重複著她剛剛說的話。

半晌，他看似平靜地問：「真的？」

顧顏點點頭，不過這種氣氛真讓人難為情，她跟他對視幾秒就開始害羞，於是將臉埋進他頸窩裡。

「不過，我告訴你這件事，並不是想讓你對我更好更愛我哦。」

許久，周均言回神一般將她緊緊摟進懷裡。

傻瓜。

其實顧顏偶爾還是會想起高一入學那天，在校門口看到的那個又高又帥的男生，冷冷酷酷的，那個時候她看到他的眼睛，只覺得，他和周遭的一切都是那麼有距離感，他的眼裡好像不會有任何人。

如果這雙眼睛，有一天可以只看著自己，那就好了。

想到這裡，顧顏掙開周均言的懷抱，四目相對後，她確定了一個事實——

這雙眼睛裡住著她。

——番外二完

番外三

時間慢慢沖淡了許多事，顧顏也沒想過有一天，她和周均言能跟顧中林在一張桌子前一起吃飯。

當初顧中林知道她非要和周均言在一起時，氣得不成樣子，甚至說過不認她這個女兒。

飯桌上，顧中林又開始從古今中外講到山川大河，從前他每一次和女兒吃飯的時候，就很愛說教，顧顏沒聽幾句就厭煩得很。顧顏偷偷瞥向周均言，沒想到他看起來倒是很平靜，沒有一點不耐煩。

顧顏吃著餐後甜點，看到手機螢幕亮了一下，是好友許嫣發來的消息。

「下午我們去逛街吧。夏天到了，都沒有衣服穿了。」

顧顏心想，她也是。

「行，但是可能還要等一下，我這邊還在吃飯。」

許嫣問：「妳和誰吃飯？周均言？」

顧顏又掃了一眼飯桌上的兩人，打下：「還有我爸。」

「……」

顧顏看著螢幕上一個個小點點，不用想也猜得到許嫣現在有多震驚。

「他們竟然同桌吃飯？也太離譜了吧。」

顧顏笑了笑，都怪她，在他們第一次吃飯的時候忘了告訴許嫣。

說來也奇怪，當初她和顧中林吵得像是要永遠斷絕關係，但是沒過一陣子，顧中林還是找了一些藉口把她的提款卡給了她。

畢竟她是他唯一的女兒，顧顏知道父女可能沒有隔夜的仇，但是她當時並不覺得顧中林會有接受周均言的一天，所以上個月，顧中林提出來讓她把周均言帶來一起吃頓飯時，顧顏嚇傻了。

直到那次吃飯時，顧顏才知道，有兩次周均言幫她去她家拿東西，都有碰到顧中林，而且周均言每一次都有準備見面禮。他舉止周到，面對顧中林不卑不亢又有禮有節的，讓顧中林不得不對女兒的選擇改了觀。

但是這些，周均言從來都沒有和她說過。

「別說，他們看起來父慈子孝的，好像很聊得來，雖然周均言基本上都在聽，根本不插話，我爸真是好能講啊。」

不過顧顏覺得很神奇的是，從前顧中林各種教育她的時候，她也是閉嘴不說話，但是她好像做什麼他看都不順眼，但是眼下，周均言也只是聽他高談闊論，顧中林卻好像很滿意似的，還不時拉踩一下，說什麼「小周性格比妳沉穩許多」。

顧顏忍住了，沒反駁。

下午和許嫣逛街時，就聽許嫣感慨地說：「當初妳跟妳爸吵成那樣，還說什麼他的錢啊財產都不要了，我差點沒氣死。為了男人，竟然連財產都不要，真是個沒出息的！誰能想到你們現在都能這麼和平地一起吃飯了。」

「一時氣話嘛，而且那麼多錢，我怎麼可能真不要，我又不是傻子。」顧顏笑著說。

因為這一天和許嫣聊了很多上學時的事，所以直到周均言來接她回家時，她還沉浸在上學時的青澀想像裡。

「在想什麼？」周均言見她不時飄來一個眼神，終於忍不住問道。

「我在想，要是老天沒那麼戲劇化，你沒有大我三歲，我上高一的時候，你也高一，我們會怎麼樣？」

周均言目不轉睛地看著眼前的路，很平靜地說：「妳會找上我，我會因為妳，被班導、年級主任、校長盯上，從此不得安寧。」

顧顏被他的想像搞得又氣又笑，「喂，你好過分，怎麼說得我好像是個災星似的。」

周均言也笑了，「災星嗎？這樣不是很有趣？」

顧顏覺得他這玩笑開得很離譜，「你因為我被班導訓，這還有趣，我以為你會做噩夢。」她說著話，在一邊嘟噥，「我有這麼恐怖嗎……」

周均言陷入了只有顧顏才能為他勾勒出的「噩夢」。

一開始說出來明明是開玩笑的，但是想了想，周均言發覺，如果顧顏真的可以在高中就來到自己身邊，自己好像也不會抗拒。就算帶來這些「噩運」，他的高中生涯反而會更值得紀念？

他沒想到自己會這樣想，明明上學的時候，就連被老師批評一次，他都無法忍受。人有時候真的很神奇，他跟顧顏在一起久了，好像也越發奇怪了。

車已經停在地下車庫，周均言見顧顏還坐在副駕駛座上不肯下來，「不下來，要我抱妳嗎？」

顧顏原本還在設想，假如她和周均言真的在高中就遇見，到時候她要怎麼在不害他被老師還有教導主任找上的情況下把他追到手，一聽周均言這麼說，她自然順杆爬坡地伸出手，要他抱。

周均言在原地站了幾秒，最後拿她沒辦法似的，見周圍沒有人，終於彎下腰，伸出手攬住她的腰，將她抱了起來。

不知道是不是顧顏太過沉浸於幻想她和周均言高中就會遇見的美好場景，事情竟然真的向著她期待的局勢發展……

顧顏一覺睡醒後，在床上伸手想要摸周均言，但是怎麼摸都沒摸到，她也不覺得奇怪，周均言可能已經起床去做早餐給她吃了。

她叫了幾聲，沒有人回應後，終於揉了揉眼睛，起了身。

這一起身，嚇了她一大跳。

她昨晚明明和周均言一起回了他家，怎麼現在，她還睡在她上學時候住的家的床上？

還在呆滯的情況，臥室門被推開，她正想叫周均言的名字，才發現門口站著的哪是周均言，而是昨天才一起吃過飯的顧中林！

她「爸」這個字還沒念出來，顧中林表情便不太好看地道：「都上高二的人了，怎麼還不知道要早起？一大早在這裡叫什麼？周什麼？那是什麼東西？」

顧顏頭都暈了，她唰一下從床上跳下來，對著鏡子一看，天啊，這皮膚的光澤度，還有頭髮長度，一看就是她高中的樣子啊！

難道真是昨天她各種念叨什麼回到過去，所以老天真這麼善良讓她回到了過去？

顧顏也不是這麼傻的人，穿越這種東西只存在於小說電視劇裡，那現在肯定是作夢了！

嗚嗚嗚，就算是作夢，能實現自己的小幻想也好！

顧顏已經想好，等今天上完這夢裡的課就去周均言的大學找他！

顧顏作夢的頻率不算高也不算低，但是在夢裡就知道作夢，卻一切都那麼逼真，這真的是第一次。

但是夢也只是夢，儘管顧中林一直嚇唬她遲到會被老師批評，她也一點都不害怕。

等她坐著車到學校，下車時，果然鈴聲已經響了。

顧顏沒什麼壓力地背上書包，真是久違的感覺啊。

她看著校門口幾乎陌生的面孔，感覺到一種重返青春的悸動。

還沒等她從人群裡找到自己班上的同學時，顧顏愣住了。

那個站在門口，身材頎長，手裡拿著本子正在記錄遲到人員的，不是周均言還能是誰？

顧顏一時間忘了去考慮周均言明明應該在上大二，怎麼也變成高中生這件事了，這是夢，說不定是為了她量身定制的夢。她都能穿越回高中了，那周均言也回到高中成為她的校友，也沒什麼好奇怪的。

她難掩激動地跑到他面前，周圍有遲到的學生正試圖在糾察隊的眼皮下偷溜進校園，見顧顏這樣大剌剌地跑到糾察隊面前，生怕人家看不到她，不記她的名字，也驚呆了。

顧顏原本還在暢想，會不會這個夢裡，周均言也是有現實記憶的，他來到她的夢裡也只是為了滿足她對他們青少年時期沒有搞到一起的遺憾的補償。

她抬眼甜絲絲地看向周均言，「周均言，我——」

她話還沒有說完，就已經被打斷。

「姓名，班級。」

對方眼裡只有淡漠和不近人情。

顧顏的心一下子涼了半截，就是這個眼神！當時在市政府和周均言重逢的時候，他就是這樣看她的！

可惡，周均言根本沒有現實的記憶，那她和他在校園裡搞點PLAY的想法豈不是破滅了？

顧顏苦著一張臉把自己的姓名和班級報給了他，他也不知道信不信，還要看一眼她校服上的名牌。

顧顏還不死心，在他寫名字的時候，小聲問：「你真的不記得我是誰嗎？」

而周均言冷清地看她一眼，就像在看一個奇怪的人。

哼，顧顏心想，你工作以後更冷更難搞，還不是被我搞定了，現在這麼看著我，以後還不是很愛我。

顧顏完全沒有被打擊到，相反地，她覺得很有趣，她沒花幾分鐘就從班上同學口中得知周均言在哪班。

原來他是高三生啊。

她剛上完第一節課，就迫不及待地跑去他們班找他。

不過不知道是不是平常像她這樣來找他的女生很多，大家都見怪不怪，只當作是又一個迎難而上來追求的女孩子。

周均言聽到有人找，出來了。

但是一見到是她，轉頭就要走，但是他不知道想到了什麼，沒有走，只是公事公辦地說：「麻煩以後不要來找我，我很忙。」

顧顏在他轉身就要走的時間，故意道：「但我是你女朋友耶。」

周均言的腳步果然頓住了，而周圍幾個站在牆外正在吹風的人也訝異地看向他們，想起鬨，但是鑒於周均言的性格冷淡，又沒敢起。

顧顏皺了皺鼻子，好笑地看著周均言，他轉過頭再看向她，眼神裡除了不耐煩還有淡淡的厭惡。

真是久違的眼神啊，顧顏感覺自己幾百年沒見到他用這樣的眼神看自己了。

他像是懶得理她這個胡說八道的女孩子，還要走，顧顏終於放出殺手鐧。

「你真的要走嗎？不後悔嗎？」她用只有他能聽見的聲音說，「周均言，你的後背有一顆痣，還有胸下——」

果然，說到這裡，周均言眼神瞬間變了，他像是怕她還會說出什麼驚人之語一般，一把攥住她的手腕，拉著她往沒有人注意的地方走。

顧顏不禁在內心誇獎自己，找到了門路。

她可是有著和周均言戀愛幾年記憶的人，他會有什麼反應她都一清二楚，她現在等於是站在巨人的肩膀上來搞定他，太容易了。

等到周均言把她拉到了操場的無人角落，顧顏在夢裡還是忍不住輕喘了幾下。

他走路怎麼這麼快！

本以為對方相信了她的話，誰知道他甩開她的手，說的第一句話就是：「我不想再追究妳什麼時候偷看我的身體，但是，請妳不要再打擾我。」

顧顏才不把他的話放心上，「你怎麼能不追究呢？追究吧！」

她看到周均言又用那種「世上怎麼會有這麼不知羞恥的女人」的表情看著她，她好想笑。

她心裡覺得好玩，好久沒做這麼有趣的夢了。

「我跟你說，我不是偷看的，」雖然她做過比偷看更過分的事，「我是跟你一起洗澡的時候看到的。」

周均言聞言，憤怒與羞恥讓他的耳根瞬間通紅。

顧顏沒想到他高中的時候這麼不禁逗，更開心了。

「請妳不要胡說八道。」他邊說邊向後退了一步。

顧顏卻往前靠了一步，這是她的夢，她想幹什麼就幹什麼。世上哪有比調戲高中版本的周均言更有意思的事？

她挨著周均言，墊著腳湊近他的耳朵，「你不相信嗎？我不騙你，我真是你來自幾年後的女朋友，不然我怎麼知道你後背的痣？」

她手指向後，虛虛地點了一下痣的位置，「這裡對不對？你是不是還在懷疑我偷看你，那我還可以說出你的其他祕密哦。」

她的手又來到前面，她一點一點向下，來到了周均言從未被人造訪過的地方。

周均言一把握住她的手，卻控制不住她手指的去向，他箍住她的手，卻像是硬生生地把她的手停留在那裡似的。

「妳夠了。」他聲音還帶著剛滿十八歲的青年的沙啞。

顧顏笑著說：「才不夠，我還知道你這麼長，對不對？」

她又湊近他耳朵說了好多好多事，周均言的表情越發難看。

「現在相信了嗎？我真的是你女朋友。」

十八歲的周均言顯然比二十多歲的周均言更不知道該怎麼對待顧顏，顧顏說了很多一般人根本不可能知道的祕密，即使他不願意相信，似乎也不得不相信了。

「你很愛我的，昨晚我們還睡在同一張床上，你知不知道你幹了什麼？」她將頭輕輕地靠在他僵硬的肩膀上，很曖昧地蹭了一下，不安分的手指還在那裡畫著圈。

她故意挑逗地說：「昨晚，我們還睡了，你高潮了一次，我高潮了三次。幹嘛這樣看著我？不相信？好奇為什麼你比我少兩次？那是因為你後來又非要我求你，又用嘴巴，還用手把我又搞得——」

「好了，不要說了。」周均言耳邊的紅已經染上了臉頰。

顧顏嘿嘿笑著靠著他說：「除非你說相信我。」

周均言看起來很掙扎，但是怕她說出更沒有底線的話，只好勉強地說：「我……相信。」

顧顏心滿意足，看到周均言又低頭看了一眼，像是很失望似的。

她不高興地問：「你對我不滿意嗎？」

周均言看了一眼，又無奈地看向天空，不知道在問誰：「幾年以後的我，很膚淺嗎？」

顧顏這時候一下子就明白了他的意思，她有一秒鐘的生氣，但是很快就笑著問：「幹嘛，你是說我很漂亮嗎？但是漂亮只是我很不值得一提的優點。」

周均言沒有說話。

顧顏又指著不遠處的雙槓，跟他說：「後來校慶的時候，你有帶我回到這裡，你還在那裡幫我舔了，然後我們就在那裡做愛了。」

這下，周均言臉上的血色都沒了。

「不可能，」他愣愣的，「太荒謬了。」

顧顏被他這個反應逗笑了，「你不荒謬，是我太有魅力，勾引到你了。」

她終於做了她一見到他就想做的事——抬起頭在他唇上吻了一下。

周均言被她親了才反應過來，想退開，但是腦子一片慌亂，他今天接受了太多的資訊。

等顧顏退開了，他才不贊成地看著她，「妳在做什麼啊，這裡是學校。」

顧顏狡辯道：「這是我的夢，又或者我穿越了？我們昨晚做了，我才會來到這裡，說不定我們再親一親、做一做，我們就回到現實了。」

因為失去了保送名額的緣故，這段時間周均言一直過得很壓抑，他聽到現實兩個字，愣愣地問：「現實，很好嗎？」

「當然啦！我不是說了嗎，你超愛我的，你跟我在一起，當然每一天都開心啦！」

「這樣啊……」

這一次，她再吻上去的時候，周均言不再拒絕了。

「頭低一點。」顧顏摟著他的脖子說。

顧顏的舌尖一點一點地探入，她才不會因為舌吻而不好意思，周均言每次都是這樣吻她的，只是這次，好像只有她一個人在唱獨角戲，她吻了幾十秒，有點累了，剛想收回舌頭，下一秒卻被捕獲。

顧顏驚喜地看向開始主動的周均言。

唇舌廝磨，無人的操場上除了風聲，只能聽到他們津液交換的聲音，不知道是不是因為他們都穿著校服，顧顏竟然覺得這一次的濕吻比從前和周均言的每一次都更令她心跳加速。

顧顏口中不時發出拉扯不清的哼叫聲，手終於忍不住地探進周均言校服褲子裡。

被她手上的動作驚到，周均言伸手想要推拒，顧顏才不同意。

她在他的唇下含糊地說道：「我要來檢查一下小周均言。」說完，她又笑，「不會有人看見的，想要快點結束的話，你也快一點哦。」

周均言終於認命地扣住她的腰，兩人親著親著靠到了操場的牆邊，顧顏拉著周均言的手摸上自己的胸膛。

「本來就想在學校和你做的，終於要實現啦。」

眼前的女孩總是語出驚人，周均言聽著聽著竟也有點習慣了。

而沒讓顧顏失望的是，夢裡的周均言並沒有各種推拒，他識相地將手覆了上去。兩人四目相接，感到一陣燥熱。

她握著周均言的手探進自己的校服裡，細嫩的肌膚終於被他有些粗糙的手指揉捏住，「用拇指和食指打圈……」

周均言按照她的話，在她已經翹起的乳尖上打圈，乳尖不知道在什麼時候受到操場的風的刺激，挺立了起來，也可能更早。

她輕聲說著：「你看，它們一見到你就有反應了，就像小周均言一見到我一樣。」

她不忘回報地將手在周均言褲子裡深入，掌握，套弄。

周均言的眉頭擰得很緊，眼睛因為第一次被迫疏解的欲望而半瞇著。身體的欲望越強烈，他玩弄蓓蕾的力道就越重，爽得顧顏感覺自己已經濕了。

兩人就這樣慢慢做到了地上，地上有灰塵，周均言讓她跨坐在他身上，兩人就著這樣的姿勢再次接起吻，像是野鴛鴦一般。

乳頭在周均言的指尖下已經腫了起來，顧顏好想要，推著他的頭向下，「快去吃那裡啊。」

周均言終於將她的校服上衣往上推，將頭覆了上去，他一邊吮吸，一邊閉著眼睛，按著本能將手往顧顏的校服裙子下伸去。

顧顏的胸被他舔得好舒服，舒服到她拱起身體，她下一秒就感覺到周均言的手指已經經過她的內褲邊，觸在了她的陰蒂上，前所未有的情色感湧了上來。

她心跳加速，下面吐出了蜜液。

她就這樣，上面被周均言吻著，下面被他的手指攻城掠地，發出無限呻吟。

周均言聲音低啞：「我昨晚也是這樣？」

顧顏哼了一聲，他又進來了一根手指，她咬著下嘴唇，眼睫輕顫，「對，好用力好用力地用手操我。」

周均言還在忍，忍著將那根早已硬起來的性器插進顧顏身體的衝動，還是用手狠狠地插著她。

顧顏聲音斷斷續續的，「還要……」

周均言盯著她裙下看了許久，終於將頭埋了進去，一瞬間，顧顏感覺到一種刺激到窒息的感覺侵襲全身。

周均言很認真地舔著她，用口腔包裹著她，他聲音很低：「我該怎麼做？」各種浪花在顧顏的腦袋裡翻滾，她顫抖著說：「舔上面的陰蒂，還有可以把舌頭伸進去……」

她一邊說著話，心跳如鼓。

周均言聞言，不厭其煩地在她的花穴上打著圈，不時插刺進去，一下重過一下。

顧顏因為他舔到了某個敏感點，倏地到達頂點，下面噴出一股股愛液……

高潮過後，顧顏身體還在輕顫，周均言這時才抬起頭，望向她看著自己的眼神，像是有了一絲動搖。

「你竟然會幫我做這個……」現實的周均言給顧顏口，顧顏一點也不奇怪，但還是高中生的周均言這樣做，她就不太能理解了。

「妳不是說，這是妳的夢嗎？做了這些，就能回到現實。」

周均言下身貼近她濡濕的大腿根。

「就因為這個？」

周均言堅硬的性器和她高潮過後還在不住顫抖的花穴毫無縫隙地緊貼著，他似乎也無法回答這個問題。

他迷茫地說：「因為感覺，妳好像很愛我。」

說完這句話，他將性器插進了顧顏的雙腿間，顧顏因為突如其來的快感驚叫出聲，感覺到身體一陣失重，再睜開眼，發現自己赤身裸體地躺在床上，而周均言正緊緊摟著自己。

她還沒能從夢裡的情景走出來，正努力分辨著眼前這個是哪個版本的周均言，最後根據髮型得知，這是現在的周均言。

她握住周均言的手臂，「周均言，我夢見我回到高中了，你也在高中，我去追你了！」

周均言半睜開眼，看到室內光線暗淡，猜測現在大約還不到凌晨五點，見顧顏醒來，也只是把她的手又抓回掌心裡握住。

「嗯。」

「跟你說，我本來還想去大學找你，結果你就在校門口抓遲到的學生，然後我就被你記下來！」她興奮地和他分享夢境，但是對方竟然一副毫不好奇的樣子，只是靜靜地聽她講。

她掐了一下他的掌心，不開心地問：「你怎麼都不好奇故事進展？」

周均言笑了一下，看了她許久才說：「妳那麼聰明，他應該很快就被妳追到了。」

「這種話才像樣嘛！但是什麼『他』，那就是『你』嘛。」顧顏瞬間陰轉晴，「不過夢裡好好笑，我說我是你未來的女朋友，你還說未來的自己好膚淺。哼，覺得我漂亮都不直說，過分。」

「確實過分，還說了什麼？」

顧顏很遺憾地說：「在學校操場，我們還沒做多久，我就醒來了。醒來之前，你剛要插進來。」

周均言看著她的表情，轉身去抽屜裡掏出一個保險套，他動作很快，低頭在顧顏的下體舔舐逗弄了一番後，直接插了進去。

「這下還遺憾嗎？」周均言挺進了幾次後，問道。

顧顏笑著說：「不遺憾了。」她摟著周均言的脖子，曖昧地在他耳邊吹著氣說，「再深、再用力一點好不好？」

周均言淺笑，「妳想怎麼樣，我都滿足妳。」

兩人就這樣依偎在一起，最後究竟做了幾次，高潮了幾次，誰都不記得了。

結束後，周均言抱著顧言去洗完澡，兩人蓋好被子緊抱著一起躺下。

顧顏親了一下周均言的嘴角，輕靠在他耳邊說：「他問我，現實好嗎？我說和我在一起，你每一天都很快樂。」

許久，周均言吻了一下她的額頭。

「嗯，他會相信的。」

因為，是真的。

——番外三 完

BH019

恣意獨占

作者	法拉栗
封面設計	MOBY
封面繪者	天路ゆうつづ
責任編輯	林書宜
發行	深空出版
出版者	星巡文化有限公司
地址	臺北市中正區重慶南路一段57號7樓之5
法律顧問	泓準法律事務所 孫瀅晴律師
電話	(02)7709-6893
傳真	(02)7736-2136
電子信箱	service@starwatcher.com.tw
官網網址	www.starwatcher.com.tw
初版日期	2024年08月
總經銷	聯合發行股份有限公司
地址	新北市新店區寶橋路235巷6弄6號2樓
電話	(02)2917-8022

國家圖書館出版品預行編目(CIP)資料

恣意獨占 / 法拉栗 著. -- 初版. -- 臺北市 :
星巡文化有限公司出版 : 深空出版發行, 2024.08
冊； 公分
ISBN 978-626-74123-1-2(第1冊 : 平裝). --
857.7 113006851